我就想蹭
你的氣運
明桂載酒 著
中

目錄
CONTENTS

第十一章　視力好

趙趙湛懷還在找停車位，趙墨就迫不及待，先行一步跳下了車。

「你先別下車！我警告你見到趙明溪你別——」見趙墨已經急著去找人了，趙湛懷擰眉，匆匆把車子停進一個狹窄的車位。

趙墨率先在圖書館找到趙明溪。

他雖然不是什麼流量明星，但也算是小有名氣的藝人，他戴著鴨舌帽，壓低了帽檐，故作神祕地快步走了過去，嘴唇勾著，重重拍了一下明溪右邊的肩膀。

明溪還以為是賀漾或者傅陽曦，往右邊轉頭一看。

趙墨的聲音卻出現在了左邊：「小豆芽菜，又在裝模作樣地念書呢，讓我看看妳在做什麼題？」

話沒說完他伸手去拿明溪桌子上的競賽題集，嘴裡「喲」了一聲，習慣性地譏諷道：「居然是競賽題集，我勸妳還是放棄，妳再怎麼學智商也就那樣。」

萬萬沒想到是趙墨。

明溪頓時太陽穴突突直跳。

不過想想也是，趙母生日宴，趙墨再怎麼忙也該回國了。

明溪立刻站起來，把趙墨往後一推，劈手將書本從趙墨手裡奪了回來，然後飛快將筆袋等物收拾進書包，圖書館不適合吵架，明溪把書包摔到肩上，一言不發地轉身就走。

明溪用了很大的力氣，趙墨差點沒站穩。

他扶住桌子，有些詫異地看了趙明溪的背影一眼——這是怎麼了？

自己以前拿她開玩笑，她也沒這麼大反應啊，反而還怯怯地削水果叫二哥。

怎麼半年沒見，小妹妹脾氣這麼大了？

趙墨迅速跟了上去。

圖書館外。

明溪飛快地下著臺階。

她上輩子剛進趙家門時，趙墨很討厭她，三言兩語少不了嘲諷。

隨後兩年，她做了很多事討好全家人，趙墨才真的有漸漸把她當妹妹的跡象——只不過他性格毒舌成習慣，說話還是很難聽。

她二十三歲去世之前，全家人包括趙墨在內，終於有了徹底融化的跡象。但那已經是五年之後了。這一次明溪總不可能還浪費五年在這一家人身上——簡直就是浪費時間！

「小豆芽菜，妳囂張了啊，現在不學趙媛，改走叛逆路線？」趙墨追了上來，習慣性惡劣地伸出手，想要掐一掐明溪的臉。

卻被明溪「啪」地一下打在手背上。

「滾。」

「妳說什麼？」趙墨還以為自己耳朵出了問題。

趙明溪讓他滾？

他手都僵住，用看天方夜譚的眼神看著趙明溪，呆愣地重複了一遍：「妳讓我滾？」

「就是讓你滾。」明溪眼裡真實地帶上了一絲厭惡。

以前十五歲還小，不知道趙墨這種人就是欠教訓，還以為是娛樂圈的人都帶著點藝術性格。

後來才知道狗屁的藝術性格，他就是讓人憎惡。

「……」趙墨此刻的心情不比一道雷猛然劈下來好多少，劈得他震驚無比，都忘了該怎麼反應。

反應過來後他火氣蹭地上來了。

三兩步在林蔭道追上趙明溪，怒道：「我他媽剛從國外回來，妳不打聲招呼就算了，妳讓我滾？趙明溪，妳他媽是不是太叛逆了點？」

這人還以為她是在叛逆呢。

趙墨沉了口氣，扣住明溪的手腕，道：「好了，跟我去飯店，今天生日宴，我沒心思管教妳這種不知好歹的小屁孩。」

他的手指還沒碰到明溪的手腕，明溪驀地將手腕一揚，將他的手拍開。

空氣中清脆的「啪」一聲。

不知道是不是趙墨的錯覺，他覺得趙明溪看他的表情像是看一隻曾經接近過的蒼蠅一樣，帶著後悔——她後悔什麼？

後悔討好過他這個二哥？

還是來到過這個家？

趙墨被她嫌棄的眼神看得瞬間暴怒：「趙明溪妳——妳那是什麼眼神？為什麼用這種眼神看我？」

「你覺得是什麼眼神就是什麼眼神。」明溪：「回去？你做夢吧你！你再不走開我就要叫保全了，不想明天出現在社會新聞版面，你就趕緊滾！」

趙墨：「妳叫——」

明溪打斷他：「哦，我忘了，你只是個不太紅的十八線，粉絲全是殭屍沒幾個活的，這點事未必有人關注你。」

趙墨：「……」

趙墨氣得血壓直線上漲，眼珠子漲紅，在憤怒之餘，他看著明溪冷淡和厭惡的神情，同時還有一種被針使勁往心中刺一樣的刺痛感。

他算是明白趙湛懷出門之前的欲言又止了。

明溪對他的尊重和討好全無，有的只是看糾纏不休的陌生人的反感。

到底為什麼？

趙墨冷冷吸了口氣，見周圍隱約有幾個正在打籃球的人看了過來，知道這裡不是吵架的地方。他便伸手去拽明溪的手腕：「跟我回飯店再說！」

林蔭道不遠處，傅陽曦正和柯成文拎著便當，往圖書館走，還沒走近，便見一個戴著鴨舌帽的陌生男人對趙明溪拉拉扯扯的。

傅陽曦腦袋嗡地一聲，理智的拉閘喀嚓斷了。

他過來一腳就將趙墨踹飛。

明溪去攔，已經來不及了。

趙墨猝不及防「砰」地一下橫腰撞在籃球場的鐵網上，眼冒金星，帽子被撞飛，砸到鼻梁上，擋住視線，他還沒看清楚是誰，就又被人怒氣沖沖地抓著肩膀拎了起來，一拳揍過來，摔在地上。

就聽見那邊幾個打籃球的男生朝這邊喊。

「我靠，曦哥？曦哥在揍人，誰？流氓嗎？」

「有流氓溜進學校非禮女生？拳頭硬了！」

趙墨心裡不停地爆粗口，他媽的他媽的他媽的！他媽的到底什麼情況！

他倉促地想爬起來。

但下一秒，密集的拳頭如雨點般砸到了他身上和臉上。

等趙湛懷匆匆趕過來時，見到的已經是一個頭破血流、破了相的趙墨。

三十分鐘後。警察局。

「你們一群高中男生圍毆一個成年男人，做這件事之前有沒有過腦子，知不知道校內打架會給你們造成處分？！」

警察仰著頭呵斥眼前一排高個子男生，怒氣沖沖：「還有你，為什麼要染紅頭髮？為什麼要帶頭打人？！」

一群小弟像雞啄米一樣低著頭。

「他是個變態不揍他揍誰？」傅陽曦昂頭不服氣道：「至於染紅毛，因為我帥呀，法律也沒規定紅毛不能做人吧——」

說完傅陽曦扭頭看了眼匆匆拎著公事包趕過來的律師：「趙明溪她人呢？」

幹練銳利的張律師連忙走過來，道：「傅少，在外面等著呢。」

傅陽曦：「別讓她和那個變態臭流氓在一起。」

「誰他媽是變態臭流氓？！」被另外一個警察訓斥的趙墨憤怒道，他一開口說話破了的嘴角就直流血。

他咬牙切齒道：「我是她哥！她二哥！今天讓她回去參加生日宴的！」

趙湛懷皺眉：「趙墨，你少說兩句，閉嘴。」

警察也立刻呵斥：「你也別搗亂！既然是當事人的哥哥，為什麼在大庭廣眾之下被誤以為是流氓？誰讓你動手動腳了？」

趙墨怒道：「我是藝人！當時見有人朝這邊看來，我怕被私生飯跟，就急著想帶趙明溪先回去——」

「哈。」柯成文和傅陽曦的小弟們紛紛笑了：「還私生飯，你私生飯還沒我們曦哥多呢。」

趙墨：「……」

趙墨氣得心肌梗塞，血壓一晚上升了好幾次，要不是就在警察局，他非得好好教訓教訓這幫小兔崽子。

傅陽曦：「咳，雖然是事實，但別太張揚。」

趙墨和趙湛懷：「……」

傅陽曦對張律師道：「哦，我覺得我掉了好幾根頭髮，你去現場數了嗎？」

「數了呢，少爺放心吧。」

警察：「……」

趙湛懷：「……」

趙墨：「…………」

張律師對氣得發抖的趙墨和一旁臉色發青的趙湛懷道：「兩位，接下來的事情全由我代理和你們交涉。」

傅陽曦和兩個小弟從警察辦公室出來。

趙明溪在走廊外抱著書包不安地等著，影子拉得長長的，見他們出來，連忙站起來：「怎麼樣了？」

「沒多大事。因為揍人的還有柯成文和別人，為了不連累他們，所以張律師可能會選擇私下和解。」傅陽曦去看明溪的手腕，見細白的手腕上沒有留下什麼勒痕，心頭憋著那把暴躁的火才沒那麼旺。

醫務室的人催：「快點過來！」

「等一下。」傅陽曦對著走廊那邊吼道。

頓了頓，他腳尖磨蹭著地面，因做錯了事不敢抬頭看趙明溪。

明溪看著他。

過了一下，醫務室的人又催了一遍，傅陽曦才撓了撓腦袋，小聲道：「不好意思啊，小口罩，打了妳哥哥，我不知道他是——」

明溪道：「沒關係，我才不在意他們呢。」

原來他是要說這個。

明溪鼻腔有點酸，除了自己上輩子就認識的賀漾和董深幾個朋友，還沒人為她這麼出頭過呢。

其實有的時候，家人不家人的，好像也沒那麼重要。

對自己好的人才是最重要的。

她看向傅陽曦和他身後的幾人：「你們沒事就行。」

柯成文忙道：「我們沒事，兄弟就是要講義氣嘛。而且妳放心，曦哥已經教訓過了，我們幾個不會把妳家裡的事說出去。」

傅陽曦揉了下趙明溪的頭髮，語氣輕快起來：「那妳在這裡等一下，別走開，我們去醫務室處理一下傷口，等等我們一起離開。」

他們幾人倒是沒受什麼傷，就拳頭上破了點皮。

趙墨被揍成那德行等等應該得轉移去醫院了。

明溪點點頭：「好。」

都已經晚上七點了，生日宴早就已經開始，而趙湛懷、趙墨、趙明溪三人都沒有到場，甚至電話都沒人接。

趙母那邊已經急壞了。

事情鬧這麼大，想要瞞住趙家其他人是不可能的了。

趙湛懷煩躁地看了闖禍的趙墨一眼，心事重重，擰著眉走到窗戶旁邊打電話。

這一晚趙母的生日宴被破壞，趙家所有人的心情一片狼藉。

趙墨被送去醫院了。

趙媛和趙湛懷的助理、以及他的經紀人跟著一起過去。

趙父趙母得知趙墨是被傅氏太子爺揍成這樣之後，臉色瞬間難看，如果是傅氏的話，他們完全告不贏，這件事只能憋屈地私下和解了。

除此之外，兩人還得知了一件更加爆炸性的事情。

警察局外。

趙母攏著風衣，腦袋轉不過來，搖搖欲墜，完全無法理解趙湛懷剛才所說的：「什麼叫明溪要和我們家劃清界線？！你說清楚，到底怎麼回事？！她不就只是離家出走嗎？！你還經常去學校看她！你現在說的又是什麼話？！」

趙湛懷看起來疲倦無比，懷揉著眉心道：「事實上她從上次離開家之後，我就沒辦法把她勸回來，只是我怕您們知道了是這個反應，所以一直瞞著，但今天還是紙包不住火。」

趙父臉色鐵青：「我不在的時候家裡到底發生了什麼事？！怎麼會鬧成這樣？！」

「不要問我行不行。」趙湛懷無法解釋，一向溫和的臉色也有些繃不住：「我怎麼會知道事情居然會發展成這樣，您二位先問問您們自己關心過明溪嗎？」

趙宇寧蹲在旁邊，聽著三人吵架，同樣心情煩躁。

「她就是小孩子脾氣，今天鬧這麼大，所有人都來找她，吸引到了所有人的目光，她就高興了。」趙母篤定道：「你叫她不回來，我去把她叫回來！」

趙湛懷向下扯了下嘴角，做了個「請」的手勢。

趙母剛往警察局走沒兩步，趙明溪就出來了。

她身後烏泱泱地跟著幾個人高馬大的男生，為首的那個還是將趙墨揍進醫院的，紅色短髮在夜色中格外清冷，看起來就囂張跋扈，嘴角貼了片OK繃。

趙父趙母看見心裡騰地就冒出了一把火。

但礙於對方的身分，他們一家只有把這火按捺住。

明溪掃了外面的幾人一眼，轉過身對傅陽曦道：「你們等我一下吧，有些事情還是得處理掉。」

柯成文有些擔憂道：「趙明溪，妳不會真的要和妳家裡人斷——」

斷了之後，她還是個學生，能去哪裡？再說了，她家裡人也只是偏心而已。

柯成文覺得不用做到這地步。

但話還沒說完就被打斷。

「停，閉嘴啊。」傅陽曦道：「不要嘰嘰歪歪的勸，如人飲水冷暖自知，旁人置喙都很討厭。趙明溪，妳別聽別人的，也別聽我的。自己做決定。只要想清楚了，什麼決定都是好決定。」

明溪看著傅陽曦，堅定地點點頭。

「需要幫忙嗎？」傅陽曦指了指他身後的律師。

明溪搖頭：「我自己解決。」

傅陽曦越過趙明溪的頭頂，冷冷掃了那一大家子人一眼，心裡有些不是滋味，但也清楚總得給點空間讓小口罩自己解決。

他想了想，把她書包接過去，伸出手道：「那麼，妳手機。」

明溪：？

明溪把手機掏出來。

傅陽曦又道：「指紋。」

明溪用指紋把手機解鎖。

傅陽曦把她手機飛快地換到聯絡人畫面，輸入了他的手機號碼。然後塞進明溪手裡，語氣意外地穩重：「螢幕幫妳設置了不會自動鎖定，等等妳一按撥號鍵，電話一打過來，我就過去。」

柯成文道：「我們也過來。」

明溪點點頭，轉身朝趙父趙母那邊走去。

夜色很涼，但她感覺身後有了堅實的牆。

見明溪冷冷地走過來，看他們的眼神像是在看幾個上門找事的陌生人，趙父額頭上的青筋開始跳動。

「別來找我了。」明溪先開口：「一次又一次，很煩。」

趙母還沒開口就被噎住，大腦瞬間亂成一鍋粥。

很煩？明溪說他們很煩？

她驀地意識到趙湛懷說的可能不是假的——明溪這架勢好像是真的要斷絕關係。

趙母臉上表情開始出現變化，身體因為不敢置信而輕輕抖動：「趙明溪，妳到底在說什麼？今天妳同學和妳二哥打架的事情是一場誤會，爸媽就不怪妳了，妳趕緊跟爸媽回去！妳知道妳已經一個月沒回家了嗎？有什麼事回家慢慢說！」

「還沒懂我的意思嗎？」明溪冷冷道，竭力說得更清楚點，讓這家人一次聽懂：「斷絕關係，近義詞就是，你們無需再養我，未來你們老了，我也不用承擔贍養責任。從法律意義來講，就是兩不相欠。」

趙母：「……」

明溪掏出一張卡，丟給趙湛懷。

角落裡的趙宇寧頓時站了起來。

趙宇寧道：「姐——」

「不要叫我姐。」明溪直接打斷了他。

趙宇寧喉嚨一澀。

趙湛懷臉色慘白，接住：「這是——」

明溪道：「這是我從賀漾那裡借來的一筆錢，十三萬，還這兩年你們趙家花在我身上的錢。賀漾的錢我可以再慢慢還給她，但是你們的錢，我不想再欠。至於你們欠我的，我也懶得要。」

想了想，明溪又道：「哦，有些東西我還是想索要回來。我的照片，請你們從自己的手機裡刪除掉、或者裁剪掉，不要用我的照片做非法勾當。我還有十幾天就成年了，有索回自己東西的權利，請把我的圖像資訊抹去。」

「至於你們的照片，我早就全部清除掉了。」

趙母有那麼一瞬間，差點沒喘上氣，她狂喘著氣，捂住胸口，道：「今天是妳媽媽生日，妳就一定要在生日這天說這些氣話嗎？！」

趙父不敢置信地看著明溪，忍不住去呵斥趙湛懷和趙宇寧：「我不在的時候到底發生了什麼？！」

趙湛懷心裡又刺又痛。他有種感覺，假如今天還沒能挽留住明溪，那以後就真的決裂了。他忍不住也道：「明溪，至少在今天，在媽的生日妳別說這種——」

「不是氣話。」

為什麼都認為她說的是氣話？是篤定她離不開他們一家嗎？還是篤定她一定要討好他們

一家人？

明溪吸了口氣，說：「一開始就是我錯了，我不該期待親生父母，不該期待來到這裡之後有你們的新生活，不該惦記不屬於自己的一切。現在我已經搬出來了，也沒有人會讓你們在我和趙媛中間左右為難，更沒有人礙你們的眼。」

「請你們現在就當是最後一次盡責，最後一次對我好點，放過我，別來打擾我，行不行？」

空氣一時之間死寂無比。

風聲隱隱約約地在哭號。

趙父和趙母原本在明溪從警察局出來的那一剎那還有怒氣，但這一瞬間大腦完全一片空白。

他們找了很長時間的親生女兒，在接回來以後，以為終於可以了卻缺憾了，誰知道，她要和他們斷絕關係。

斷絕關係。

這話光是說出來，無論真假，就已經像是一把刀子，一下一下地切割著人的心肺。

趙母的心臟彷彿被一雙大手攥住，揪得生疼，她從來沒想過會有今天這局面。

她腦子裡猛然閃過很多和明溪待在一起的瞬間——她試衣服時明溪耐心等著說好看，明溪是家裡最耐心的一個人；她肩膀痠時明溪主動過來捶肩膀；她抱怨趙父整天不回家時，明溪幫她出謀劃策……

而這一刻，這些點點滴滴的瞬間，迅速聚攏，變成了明溪冷冰冰的眼神。

到底為什麼會走到這一步。

趙母揪著心口的衣服，一句話也說不出來，只能僵硬站著，彷彿啞了聲。

趙父大腦也是嗡嗡作響。他一回來就遇到這麼多事，根本反應不過來，只是下意識地往前走，想把趙明溪帶回家。

但是明溪看著他的動作，往後退了一步。

退後一步的動作非常傷人，意味著——別靠近我。

兩年前她還是個用力奔向他們的小女孩，今天卻宛如對待陌生人一樣往後退。

趙湛懷和趙宇寧心頭鈍痛。

此時此刻，他們已經不知道該說什麼。

明溪不再看向他們。

十秒後，明溪撥通了手中的電話號碼。

片刻後，一輛從未見過的銀色越野摩托車騎了過來，身後還跟著好幾輛車。

引擎嗡鳴聲中，傅陽曦摘下安全帽，眉眼俊俏，紅髮囂張。

他俯身，將冰涼的安全帽戴在明溪腦袋上。

明溪看著他，心頭落定。

關係徹底斷了。

她肩上的一塊大石落了地。或許早就該這樣，上輩子是她看不清。

但是背對趙家人，她眼睛還是紅了。

明溪固執地不想承認是自己軟弱，她只承認難過是因為自己浪費了那八年。

她低聲對傅陽曦道：「謝謝。」

傅陽曦把她下巴上的帶子繫上，指尖輕輕一彈，不著痕跡地將趙明溪眼角的一點閃光拭去。

「離開家這種鬼地方這麼開心？」傅陽曦抬眼對趙家人扯了下嘴角：「上車，走囉。」

他們不要小口罩，小口罩就是他的了。

夜風中，趙家幾個人心頭綴著沉沉大石，看著那輛摩托車，一路破開風，順著霓虹燈而上，駛上大橋，過了江。

趙明溪的黑髮被風吹拂，離他們越來越遠。

趙明溪一次都沒回頭。

趙家人心情亂成一鍋粥，完全不知道自己是怎麼回到家的。

趙母回到別墅時指尖都在抖，她竭力讓自己冷靜下來，但是脫下高跟鞋時心神恍惚、站立不穩差點摔倒，站在旁邊的趙湛懷欲言又止，將她扶起。

趙母什麼也沒說，攏著衣服匆匆回了房間。

沒過多久，房間裡面就傳來啜泣聲。

趙母的哭聲傳來，整個別墅都非常低氣壓。

保姆和廚師搞不清楚發生了什麼，不敢在別墅內多待，都紛紛去院子裡了。

趙父臉色難看，看了眼趙母房間的方向，對趙母隱隱有幾分責怪的意思，但是他滿臉疲憊，倒也沒多說，只道：「生日宴那邊還有很多賓客沒送走，我得過去一趟。」

今年這場生日宴，算是徹底搞砸了。

而且，只怕是趙母永生難忘的一場生日宴了。

趙母剛換上晚禮服，還沒來得及和賓客觥籌交錯，甚至很多賓客都還沒到，就接到了趙湛懷打來的電話——然後就到了現在這個局面。他們一家人哪裡還有心思回到生日宴上繼續接待客人？

趙湛懷點了點頭，道：「我等等去醫院，趙墨的傷勢沒什麼問題，沒骨折，您也放心。」

「我放哪門子的心？你們一個兩個都不讓人省心！」趙父理了理領帶，臉色鐵青，一邊朝外走一邊道：「明溪的事情等我回來再說，我倒是要好好問問你們！我不過出差一個月，事情怎麼就變成這樣了？！」

趙父一離開，趙宇寧神情冷倦，轉身也要出門。

趙湛懷連忙一把撈住他手臂，心情煩亂：「跑什麼？！趙宇寧你又要去哪？！」

「哥，你是不是忘了我還在離家出走中？」趙宇寧嗤笑道：「今天來生日宴是給你一個面子，不然我根本不想去！氣死我了，媽不問青紅皂白打我一巴掌的事，還沒跟我道歉呢！」

說完趙宇寧也不管趙湛懷的表情，把身上的燕尾服小西裝一脫，丟在玄關口的櫃子上，轉身就走。

趙父和趙宇寧一走，整個趙家別墅像是一座空墳，只隱隱傳來趙母的啜泣聲。冷清得幾乎不能待。

趙湛懷一屁股坐到沙發上，焦頭爛額地揉了揉自己的眉心。喘了口氣，意識到除了他，無人收拾這爛攤子。

過了半晌，他還是上了樓，敲了幾下趙母房間的門。

「媽，您還好嗎？」

「……事情怎麼會變成這樣？還有迴旋的餘地嗎？」趙母回想著警察局門口，趙明溪說已經把他們的照片全刪了，讓他們也把她的照片刪掉，不要拿去做非法勾當的冷漠口吻，越想腦袋裡越像是被針一下一下地扎，胸悶氣短，心臟也心悸得很。

她哭得上氣不接下氣：「我到底哪裡虧欠她了呀？！明明把她找回來之後卡隨便刷！衣

服隨便買！想吃什麼吃什麼！還親手幫她布置房間……怎麼就！怎麼就讓她這麼討厭我了呢？！」

趙湛懷被趙母的哭聲吵得宛如腦袋裡有一臺攪拌機。

他閉上眼強忍了忍，勸道：「或許，我們該反省我們自己的態度。」

趙母只是哭。等稍稍冷靜下來後，問了幾句趙墨的情況，問完後安心了點。隨後不知道想起了什麼，情緒又開始崩潰了。

趙湛懷頭都大了，打算讓她一個人冷靜一下，轉身朝樓下走。

外面響起汽車停下來的聲音，趙媛也回來了。她一進門，聽見趙母隱隱的啜泣聲，就知道發生了什麼事。

「我來安慰安慰媽。」趙媛拎起裙角朝樓上走。

趙湛懷下意識看了眼她身上的長裙。

他莫名覺得喉嚨有點堵。

明溪已經被排擠出了家門，在冰涼的夜風中一去不復返。

趙媛卻還穿著明溪的裙子。

其實這條裙子在趙媛身上很不合身——她比明溪矮很多，本該是及膝的俐落魚尾裙被她穿得格外拖沓鬆垮。

但是，明明很不合身，卻還是理所當然地穿在了她身上，就像以前很多事情一樣。

大到一個化學競賽名額，小到一隻兔子娃娃。

明溪有的她都有，她有的明溪卻不能碰。

——明明該是趙明溪的。

趙湛懷心煩意亂地收回視線。

趙媛匆匆進了趙母的房門。

很快哭聲不再傳來。

趙湛懷頭疼也算是好了一半。

助理從醫院回來，問他：「今晚住家裡嗎？」

「去公司吧。」趙湛懷心事重重地說。

他也將身上的晚禮服扔在了沙發上，離開了這棟別墅。

不知道為什麼，今晚格外不想在這棟冷冷清清的別墅待著。

趙媛說了些「媽妳還有我」之類的話，趙母得到了趙媛的安慰，被轉移了一點注意力，心情好了一些。

只是她的視線也無可避免地落到了趙媛身上的晚禮服。

她莫名覺得有些刺眼，忍不住問：「妳怎麼還穿著？」

趙媛伏在她膝蓋上：「媽媽眼光真好，今晚很多人誇裙子漂亮呢。」

「……」

趙母只感覺，一瞬間，她自己的話重重搧在她自己臉上。

——「到底哪裡虧欠她了？」

她哪裡不虧欠趙明溪？

她總是怕趙媛會因為並非這個家的親生女兒而感到失落和被排斥，於是想方設法地對趙媛表現出自己的關愛，想告訴趙媛，自己還和以前一樣，是她的母親。

於是在兩年前趙明溪不經意拿起趙媛的玩偶時，她迅速趕過去，將玩偶拿走還給趙媛，並對明溪說「妳想要我再買給妳，不要搶媛媛的」。

於是在趙媛表現出喜歡這條裙子的感受時，毫不猶豫地將裙子給她了，並且擅自認為明溪不會介意。

但是當一個小孩在兩年間一次又一次受了冷落，怎麼會不介意？正是這些介意，堆積起來，才會造成今天的狀況！

是她自己！是她自己為了維持和養女之間十五年的情分，忽視了明溪在這些事件中的感受！

是她自己生生將明溪越推越遠！

趙母心裡針扎一樣，焦躁又刺痛，她完全無法繼續看著趙媛穿這條裙子，簡直無異於一巴掌又一巴掌搧在她臉上，提醒她是怎麼對待明溪的。

她匆匆將自己埋進被子裡，道：「妳先出去，讓我一個人靜靜。」

趙媛愕然地看著她：「媽，怎麼突然——」

「出去！讓我一個人待一下吧！」被子裡傳來趙母的哽咽。

明溪坐在摩托車後座，雙手揪著傅陽曦的外套。

車流如瀑，夜間冷冽的風颳過她的鬢間，她望向隔著江的閃爍霓虹燈火，經過一盞又一盞的路燈，慢慢冷靜下來。

她後知後覺地想起：「對了，你們摩托車哪裡來的？！」

傅陽曦外套被風吹得鼓起，故意道：「我聽不清！」

明溪迫不得已微微直起身子，抓住他肩膀，攀到他耳邊，大聲吼：「我說，你們摩托車哪裡來的？！」

貼得太近，即便呵出來的氣被冷風吹散，但依然有幾分落到了耳廓上，傅陽曦那裡極其敏感，酥酥麻麻的感覺一瞬間傳來。

他耳根頓時紅了，手一抖，差點騎歪。

傅陽曦喉結一動：「柯成文有個朋友開車行，就在那附近幾百公尺的位置，我們就去提了幾輛。」

「哦。」明溪回頭一看，身後還跟著四五輛摩托車，明溪扭過頭去數了下人頭，發現傅陽曦的小弟都在，除了柯成文，她頓時悚然一驚——

「等等，柯成文呢？我們把他漏在警察局了！」

傅陽曦：「妳那麼關心柯成文幹嘛？」

「這邊！」柯成文開著一輛跑車跟了上來，降下車窗，朝他們招了招手。

柯成文早就滿十八了，有駕照了。

明溪看了眼柯成文開著四個輪子的跑車，問傅陽曦：「所以有跑車，為什麼你是騎著摩托車來的？」

「酷啊！」傅陽曦挑眉，臭屁道：「妳不覺得幾輛風馳電掣的摩托車突然在妳身邊停下，圍著妳嗡嗡嗡地繞一圈，就像電影裡的場景？妳們女孩子不都喜歡這樣嗎？可惜沒有墨鏡。」

明溪：「……」

不愧是你，曦哥還是曦哥。

明溪問：「那我們去哪？」

傅陽曦道：「先下車吧。」

「夜晚太冷了，再吹下去我們手指都會凍僵。」他將摩托車停在路邊，翻身下車，十分自然地抱住明溪的腰，把她抱了下來，紅著臉順勢把她圍巾圍好。

明溪看他動作過分熟稔，覺得哪裡不對，但腦子被冷風吹得思緒緩慢，一時之間也沒察覺哪裡不對。

傅陽曦被明溪盯著，不自在地扭開頭，他面紅耳赤嘴唇勾起，但是又立刻「嘶」了一聲。

明溪問：「疼嗎？」

傅陽曦摸了摸唇角的ＯＫ繃：「唉，這點小傷，小爺無所畏懼。」

柯成文也把車子停在路邊。

後排車窗降下，賀漾探出頭，對明溪招了招手：「明溪！」

明溪：「怎麼把賀漾也帶來了？」

「一刀兩斷、破繭成蝶的大好日子，怎麼能不去吃點烤肉什麼的慶祝一下！曦哥就叫上妳的朋友了。」柯成文道：「趙明溪，快上車！」

明溪心裡暖融融的，在警察局門口的不愉快也彷彿一掃而光。

她走過去拉開車門。

「等等！」傅陽曦忽然打斷，大步流星地走到車門前，把車門一開，從裡面拽出個男生：「姜修秋，你坐副駕駛座。」

「好久不見，你就是這樣對待你的老朋友的？」

「去去去。」

姜修秋？！

明溪頓時眼睛一亮——這不是那個可蹭人員名單的第二名嗎？

叫做姜修秋的男生桃花眼，穿著高領毛衣罩住下半張臉，彷彿極為怕冷，穿得猶如過冬，揣著手瞪了傅陽曦一眼，然後掃過明溪臉上時，視線頓了頓，接著很不情願地坐到副駕駛座了。

明溪視線一直落在他身上。

百分之二！

還沒試過百分之二的氣運回報率會是怎麼樣！

傅陽曦擋著車門，正要催促明溪快點上車，忽然順著明溪的視線看過去，然後就落到了姜修秋的身上。

他：「……」

一秒、兩秒、三秒——傅陽曦掐著錶數了十秒，就見趙明溪還盯著姜修秋！

姜修秋長得有那麼帥嗎？

她都沒這麼盯過他！

明溪回過神，發現傅陽曦正虎視眈眈地盯著自己，臉色還突然臭了。

明溪一頭霧水地問：「怎麼了？」

「大晚上的妳視力真好呢。」傅陽曦竭力不酸溜溜地道。

他推著明溪快速上了車。

傅陽曦把摩托車鑰匙拋給小弟，叫人騎回去。

一行人在熱氣騰騰的烤肉店坐下來。

「是妳？」

「是你？」

明溪和姜修秋同時問出了聲，問完後兩人都是一副驚訝、隨即了然的表情。

傅陽曦盯了眼趙明溪，又盯了眼姜修秋，最後盯了眼把姜修秋帶過來的柯成文，拳頭簡直都要硬了。

柯成文慌張用眼神示意「他自己聯絡我要來的又不是我特地把他帶來的」，傅陽曦用眼神瞪回去「你不會拒絕啊？」，柯成文眼神更加悲苦「這不是曦哥你青梅竹馬嗎？我怎麼拒絕？」

幾輪眼神來回，傅陽曦紅色短髮本就被夜風吹得東倒西歪宛如刺蝟，這下臉上更是結了一層冰霜。他將菜單翻得嘩嘩響，十分擾客：「是你個屁啊，小口罩，妳和姜修秋早就認識？」

明溪解釋道：「說認識倒也不認識，就是大半個月前我幫他代考過文藝宮的大提琴考試。就是那個昵稱叫 Handsome J 的。」

開價八千，她就說誰這麼土豪呢，原來是傅陽曦的富二代朋友。

現在一回想，怪不得那幾天小嫩苗長得飛快呢，原來還有這件事的漲幅在裡面。

傅陽曦拉長了臉：「那你們已經加過通訊軟體的好友了？」

明溪道：「對。」

代考嘛，不加好友怎麼聯絡。

傅陽曦拿起桌上的悶醋擺弄：「那豈不是很有緣分？」

明溪道：「對。」

傅陽曦：「……」

傅陽曦只覺得自己嘴角的傷口好疼！

姜修秋則一邊擦拭著筷子，一邊笑咪咪地看著傅陽曦，對趙明溪道：「那我就不同了，我對妳的認識還來自於——」

話沒說完，嘴巴被傅陽曦隔著桌子塞進去一塊哈密瓜，傅陽曦暴跳如雷：「你這人長了張嘴一天到晚嘰嘰歪歪，我警告你別胡說八道、說些不該說的，吃水果！」

姜修秋繼續笑，一副有了威脅傅陽曦的籌碼的樣子。

明溪看姜修秋笑得那意味深長的樣子，懷疑傅陽曦是不是在背後說自己壞話了——就是自己剛轉班，千方百計地想坐他隔壁，他最討厭她的那段時間。

賀漾也聽不懂他們在說什麼，打破僵局：「烤肉來了！」

明溪主動站起來，從服務生手中接過碟子，擺在桌上。見店裡人多，服務生人手不夠，她下意識就要了條圍裙戴上，道：「你們吃，我擅長烤，我先幫你們烤。」

傅陽曦從沒烤過肉，但是見趙明溪這麼自然地接過夾子去烤，他心頭又不大舒服。

他站起身，劈手奪過趙明溪手裡的夾子，仗著身高，從後面一下子把她套上的圍裙摘了下來：「妳坐一邊去。」

明溪眼前被圍裙擋了一下視線，等反應過來，已經被傅陽曦推到座位裡面去了。

她驚呆了：「你來？」

幾個人都驚訝地看向傅陽曦。

姜修秋托著腮，又多看了眼趙明溪，笑咪咪，心裡「喲」了一聲。

「怎麼樣？瞧不起我？」傅陽曦道：「覺得小爺我不會烤？妳這是在挑釁我。」

「不敢不敢。」明溪忍住笑。

傅陽曦和明溪換了位子，坐在最外面，用剪刀將肉剪成幾塊，手忙腳亂地扔進去。

沒多久就傳來燒焦了的味道，油劈裡啪啦地響。

烤肉夾在他手裡面格外不靈活，差點飛出去。

不遠處的服務生看了都著急，生怕紅色刺蝟頭的男生把他們店燒了。撇下另一桌人，趕緊走過來：「我來幫你們吧。」

傅陽曦訕訕地鬆開了夾子。

「這幾塊誰要吃？」服務生問被烤得燒焦、黑得爹媽不認的那幾塊烤肉。

傅陽曦看向姜修秋，姜修秋移開了視線。

傅陽曦看向柯成文，柯成文「咳」了聲，抬頭看著窗外：「月色真美。」

見沒人要，傅陽曦面上無光，黑著臉：「給我。」

「我也要幾塊。」明溪不忍心沒人捧場，將盤子遞過去。

傅陽曦哼了一聲，拽起嘴角，心裡卻美滋滋。

不過下一秒他還是將自己和明溪盤子裡焦了的烤肉倒進垃圾桶。

烤焦了還是別吃了。

開始吃起烤肉，明溪盯著對面的姜修秋，打起了姜修秋的主意，說：「僱主，握個手吧，以後還有類似的事情找我。」

她本來以為傅陽曦的朋友是和傅陽曦一樣難搞的人物，但沒想到姜修秋脾氣非常好，笑咪咪地朝她伸出了手：「沒問題。」

明溪心情激動，立刻雙手在衣服上擦了擦，握了上去。

還在吃烤肉沒來得及阻止的傅陽曦：「……」

明溪肌膚一觸碰姜修秋，盆栽裡的小嫩芽立刻動了一下。

生長了一棵半！

雖然沒有像第一次碰傅陽曦生長的那五棵嫩芽那麼多，但是也足夠令人高興了！

明溪心潮澎湃，夾了塊烤肉嚼著，又問：「姜修秋，你是不是因病快一個月沒來學校了？你桌子上應該堆積了很多卷子吧，你需要人幫你整理嗎？還有你平時值日什麼的需要人跑腿嗎？」

柯成文默默看向傅陽曦快綠了的臉色：「……」

姜修秋還沒來得及說話，傅陽曦一把將明溪的身子拽過去，雙手攥著她肩膀，惱怒地盯著她——

「怎、怎麼了？」明溪一頭霧水。

傅陽曦臉色很臭，惡狠狠地盯著她，憋了半天，憋出一句：「妳到底是我小弟還是他小弟？」

明溪把烤肉嚥了下去：「我不能兩個都當嗎？」

當老大這種事，還有職業競爭嗎？

「不行！」傅陽曦氣急敗壞——他懷疑小口罩是真不懂還是假不懂，他說的「小弟」難道就真的是那個「小弟」的意思嗎？非逼他主動捅破窗戶紙嗎？

明溪：「為什麼？」

傅陽曦漲紅了臉，惱怒道：「一山不容二虎，懂？」

姜修秋在旁邊笑得瘋狂咳嗽，喝了口水，嘆氣道：「沒辦法呢，我的人格魅力，擋不住呢。」

明溪身上爬起了一層雞皮疙瘩，心想，百分之六和百分之二，那她肯定選擇傅陽曦這個百分之六啊。

「那我還是選擇當你小弟吧。」

傅陽曦耳根一紅，心頭舒坦了，他放開明溪的肩膀，還老大做派地夾了幾塊肉給明溪。

明溪：「謝謝。」

「不用謝。」傅陽曦得意洋洋地撣了撣自己身上並不存在的灰，挑眉朝姜修秋看去，眼神狂霸酷炫跩：「看來還是我人格魅力大呢。」

柯成文和賀漾：「……」

明溪：「……」

很好，兩層雞皮疙瘩。小口罩拳頭硬了。呢呢呢，呢你們妹呢。

烤肉店熱氣騰騰，肉質和佐料的香氣四溢，明溪身上很暖和，看著眼前這一群年少的人插科打諢，心裡也暖和。

有一些東西悄無聲息地滋生，彌補了她心中空落落的角落。

中間服務生送來些果酒，沒人注意明溪也喝了兩杯。

傅陽曦發現她不對勁時，趕緊攔下，但她已經喝三杯了。

明溪感覺腦子暈暈乎乎，窗外的月亮長了毛邊。

傅陽曦晃了她一下。

但傅陽曦開始變成兩個傅陽曦。

她轉頭，身後黃綠色的玻璃窗框也變成了兩根。

明溪撐著腦袋，漂亮的臉上泛著紅暈，眼睫沾著霧氣，視線不自主地落到了街邊，那邊有一對祖孫在寒風中擺著攤，正在賣鮮紅色的糖葫蘆。

不知道孫女撒嬌說了些什麼，拽著老奶奶的袖子一直擺盪，那老奶奶耐不住，取出一根糖葫蘆，遞到孫女手上。

老奶奶轉過來時，臉上帶著慈祥平和的笑容，髒兮兮的手揉了揉孫女的腦袋。

明溪呆呆看著，頓時忍不住了，她鼻子酸澀，眼圈泛紅。重生後得知奶奶已經不在了到現在積攢下來的所有情緒，瞬間傾瀉而出。

眼淚不受控制「啪嗒」一下砸下來。

「我奶奶。」明溪哇地一聲哭出來，聲音帶著沙啞的餘韻：「我奶奶去世前還留了幾千塊錢給我！」

「……」

桌上一桌人看著她。

「完了，趙明溪不能喝酒，她喝一點都能醉得不輕。」賀漾此時才想起來，她自己也有點暈。

傅陽曦迅速起身把明溪拉過去，對賀漾皺眉：「怎麼不早說？」

明溪抱著傅陽曦，像抱著一根電線桿，嗚嗚哇哇地哭。

她連奶奶的最後一面都沒見到。

她離開桐城時，奶奶放心不下，而她卻帶著滿心的期許和嚮往，還對奶奶說，等她討到趙家人喜歡了，過段時間就把奶奶接過去，以後考了好大學有出息了能給奶奶養老。

只是等她剛到趙家沒多久，生日前後兩日，剛打電話給奶奶沒人接、察覺到不對，就接到從鎮上打來的電話。

說她走之後，奶奶去送貨，一不小心被暴雨困住，因為腿疾滑下了山，那個晚上就過世了。

鎮上的人好心，幫奶奶辦了葬禮之後，才不忍心地打電話通知她。

因為發現得遲，鎮上醫療條件也不好，甚至不知道奶奶具體是哪天去世的。

當時明溪整個人都愣了。

她一路狂奔回桐城。

她在寒冷的靈堂裡沒有聲音，哭到麻木。

她還說要讓奶奶過上好日子，最後卻是奶奶留下一個破舊的紅布包給她，裡面裝著奶奶腿疾多年卻不敢醫治、攢下來要給她的學費。

明溪像是被打開了開關，眼淚啪嗒啪嗒地掉，哭得鼻尖泛紅，用手亂七八糟地抹著臉。

手上沾著辣椒，越抹眼睛越辣，眼淚流得更加洶湧了。

傅陽曦慌亂地抓起桌子上的紙巾，幫她擦掉臉上的淚水。

傅陽曦很少看見趙明溪這種崩潰的哭，心裡揪了起來，扭頭問賀漾：「她奶奶是誰？住哪，地址是哪裡，傳給我。」

「已經去世了。」賀漾難過地看著明溪：「她——算了，這些事情說了應該沒關係。」賀漾跳過一些趙家親生與非親生女兒的事情，只把明溪從小生活在北方桐城，十五歲才回到趙家的一些事情告訴了傅陽曦他們。

傅陽曦聽著，眉心越發地皺了起來。

柯成文看著明溪，心情複雜：「沒想到。」

其實看趙明溪氣質出眾，還以為她是嬌生慣養長大的呢。但是仔細想想也能知道，哪個嬌生慣養的又會烤肉又會做菜？

明溪身體輕飄飄，腦子像進了水，晃悠悠，但是依稀能聽見他們的對話，她頓時悲愴地又哭了出來。抓住面前的人，將額頭往上面撞：「嗚嗚嗚去世了去世了都怪我。」

傅陽曦：「……」

接下來另外幾人還說了什麼，明溪已經聽不清了，聽清了腦子也轉得很慢，沒辦法辨認到底在說什麼。

她沉浸在巨大而悲傷的夢裡，彷彿回到了上輩子在靈堂的那一天。手腳都凍得發麻，哭得渾身都在抖。

明溪依稀感覺自己被傅陽曦半抱著出了烤肉店，自己吐了他一身，他蹲在自己面前，把自己繫得亂七八糟的鞋帶重新繫好。接下來對姜修秋以及其他幾個人吩咐了幾句。

烤肉店外路燈的光照在地上，細小的飛蟲在寒氣中飛揚環繞。

呵出的氣成了白霧。

淚水砸在地上。

冷得要命，眼淚淌進脖子裡也冷。

她脖子上又多了一條圍巾。

總算不冷了。

明溪抱住了身前暖和的電線桿。

接下來明溪就徹底失去了意識。

她睡了一覺。

很奇怪的是，醉酒的人快醒來之前，能知道自己醉了。

意識朦朦朧朧的快要清醒，可是身體上卻像是壓著一座山，怎麼也抬不起來。

眼皮也沉重疲倦得不行，只能感覺到一點閃爍的光亮。

像是卡了帶的放映機，能想起來的只有昨晚幾個零星的畫面。

引擎的嗡鳴聲以及輕微的搖晃讓明溪感到頭疼欲裂，著陸時的失重感更是讓人胃部擰成一團，昨晚吃的東西都快要吐出來。

等到明溪模模糊糊地有了點意識，快要睜開眼時，第一個感覺就是冷。

怎麼回事？

比昨天冷多了？

氣溫突然驟降了十幾度嗎？

耳邊不斷傳來嘈雜的聲音，座位一直在顛簸，明溪渾身上下的骨骼彷彿都不是自己的。

她努力睜開眼，意識還有點遲鈍。

入眼的是一道有些髒的車窗玻璃，她在車上？

人販子？！

明溪悚然一驚，嚇得魂飛魄散，徹底清醒了。

明溪朝左邊看去，傅陽曦坐在她左邊，明溪突然安心了。就算是被人販子綁了，有傅陽曦在一起，那也會有人順帶把自己贖了。

傅陽曦正疲倦地睡著，嘴唇緊緊抿著，眉心緊皺，換了身衣服，他沒戴他的降噪耳機。

明溪很快反應過來銀色的耳機掛在自己耳朵上。

她摘下來，已經沒電了，關機了。

明溪又朝右邊看去，是一個破舊而熟悉的車站，候車大廳上掛著去年張貼的現在還沒摘下來的囍字，灰塵撲撲，人來人往的叫賣聲十分嘈雜，是一個破落卻又欣欣向榮的地方。

街道兩邊到處都是紅紅綠綠甚至五顏六色的小廣告。

車子還在往前開，擦肩而過許多三輪車。

坑窪不平的砂礫地面上，隔一段距離就是垃圾堆，沿路的垃圾桶彷彿全是擺設。

明溪眼皮一跳，忽然覺得無比熟悉。

甚至連街道轉角冷冷清清的豆漿攤都覺得熟悉。

老闆說著明溪熟悉的口音：「豆漿！好喝又不貴的豆漿！」

香氣彷彿溢了過來。

她呼吸窒住。

她心臟怦怦直跳，額頭不由自主地貼上了冰涼的車窗，感覺到了氣溫差。

不知過了多久，顛簸終於暫停。

車子繞了很久，在鎮上一處破舊巷子口停下來，深幽的巷子一如明溪記憶當中，地上長滿青苔，剛下過雨，還積滿了水。

視線往上，是錯亂無章的破爛民宅，窗戶沒有幾家是關上的，都大開著，一根或兩根竹竿伸出來，褪色的T恤、校服和曬乾的臘肉胡亂掛在一起。

太熟悉了。

再往巷子裡走幾步，就是以前和奶奶生活過的那個小院子。裡面長著一些梔子花樹，放著幾盆曬著的蘿蔔，還有整整齊齊擺著的一些奶奶補的鞋子。

意識到來到哪裡之後，明溪心跳越來越快，觸碰在車窗上的手指都在輕輕地顫。

有些地方變了一些，但是記憶裡的大多數東西都沒變。

一群少年三五成群招搖過市，抱著籃球去旁邊雨水少點的小空地打球。

車子停下來，司機說著本地口音：「到囉，醒醒，給錢囉。」

明溪這時才注意到後面還跟著一輛車。

柯成文和姜修秋還有賀漾揉著眼睛，一副沒睡醒的樣子從上面跳下來。

傅陽曦也醒了，醒了下意識地看了眼身邊的趙明溪。

他打了個呵欠，照例頂著一張不耐煩的臭臉，掏出幾張紅色鈔票遞給司機，然後跳下車門，繞到這邊來。

他打開了明溪面前的車門。

明溪眼睛紅腫著，呆愣地看著他。

這一瞬間她感覺自己彷彿在做夢。

愛麗絲夢遊仙境嗎還是什麼？

怎麼一覺醒來就回到了以前生長的地方？明明回來一趟火車得搭十幾個小時。

但是她睡著了是怎麼被弄上火車的？

明溪陡然想起來沉睡時起飛著陸的嗡鳴聲——私人飛機？

而且還有傅陽曦——這幾個人——

像是誤闖了她的夢境一樣。

傅陽曦站在車門前，扶著門，等她下去。

他逆著清晨的光，一頭紅色耀眼短髮將清冷的晨霧暖化不少。

見她愣著不動，傅陽曦微微俯身，嘴角一勾，笑了起來：「愣著幹什麼？」

明溪慢半拍地下車，傅陽曦頂著車門頂。

他踹了個板子在車子下面，剛好蓋住泥土地上的積水。

「Welcome home, little girl.」他對趙明溪道。

第十二章　很重要

「……」

傅陽曦突然拽上這一句臭屁的英文，瞬間把明溪從幻境當中拉了回來。

賀漾沒忍住翻了個白眼，對柯成文道：「你們國際班的人都這麼有病？」

柯成文趁著傅陽曦沒空收拾他，捂著嘴小聲對賀漾道：「實不相瞞，我是最正常的，而且，我還是班草。」

賀漾：「……」

算了，她不該有所期待。

沒一個正常人。

明溪從如墜夢中的狀態回籠，下了車，情不自禁地屏住了呼吸。

她看著眼前熟悉而又陌生的一切事物，腎上腺素分泌得很快，心臟撲通撲通地跳。

她看著大家，忍不住問：「我們怎麼會在這裡？」

柯成文道：「你們鎮上沒有停機坪，所以飛機先開到了市中心去，然後曦哥包了兩輛車，我們在泥巴路上開了四個小時才到這裡來。」

明溪看向傅陽曦。

她很難形容此時的感受，就像是最冷的時候，有人送了炭火來，還替她攏了攏衣服，告訴她一切順意。

喉嚨裡有什麼在翻攪，明溪想說些什麼，但是覺得這時候說謝謝又太見外。

傅陽曦這個人，帶著鋒利而散漫的鮮活氣息，張揚熱烈得像一團紅色，在人群中一眼就能認出。

如果說以前明溪單純是為了氣運接近他，那麼現在他對於明溪而言，是一個即便沒了氣運，也很重要的人。

很重要。明溪悄悄在心裡做出了這個決定。

被趙明溪一直盯著，傅陽曦臉部一下子燙了起來。

「咳，世上無難事，只怕有錢人。」傅陽曦竭力坦然，單手朝後捋了下頭髮，得意洋洋，一臉「小菜一碟啦我也只是舉手之勞妳不必太感動啦」的酷炫跩。

他單手把趙明溪的書包從車子裡拎了出來。

剛得意完就聽到柯成文突然抱怨起來：「我說曦哥你也真是臨時起意，哪天來不好，偏偏昨晚大半夜的跑來！剛下過一場雨，到處都是泥濘，顛得我渾身都快散了。而且趙明溪妳到底幾公斤？曦哥說妳太重，我們都搬不動，非得——」

傅陽曦耳根「唰」地一下子紅了，粗暴地打斷他的話：「你話很多是不是？要不要幫你報個一小時說一百萬字大賽？」

柯成文：「……」

賀漾詫異地問：「真有這個比賽？」

明溪忍不住笑了。

「好了好了快進去，這裡風好大。」傅陽曦看了眼趙明溪被冷得發白的耳垂，催促道。

明溪點點頭，深吸一口氣，做好心理準備，朝著小巷子深處的破敗院子走去。

傅陽曦則繞過去和兩個司機說了幾句話。

引擎發動的聲音傳來，兩個司機很快開著老爺車吭哧吭哧地從顛簸的道路上離開了。

姜修秋落在最後，抄著手，毛衣領恨不得蓋過頭，冷得渾身哆嗦，走到傅陽曦身邊，呵了口冷氣問：「你讓他們什麼時候過來接？」

「明早七點。」

姜修秋低聲道：「那豈不是要在這邊過夜？」

傅陽曦看了眼走在前面的趙明溪，漫不經心道：「我家小口罩好不容易來一趟嘛，況且——」傅陽曦左右看了眼，壓低聲音道：「我查了下，回去的綠皮火車每天就只有早晨七點那一趟。」

「等等。」姜修秋睡眼惺忪的眼皮猛然一跳：「你別告訴我回去要坐火車，我們來時的私人飛機呢？！」

「我們一下飛機就驚動了我爺爺那邊。」傅陽曦掏出手機看了眼：「三十——現在五十二通未接來電，我沒接，他就把我許可權取消了——你幹什麼，姜修秋，你這是什麼臉色？你中毒了嗎？」

「你找死吧。」姜修秋道：「看你回去你家裡怎麼教訓你。」

「那就是我的事情了。」傅陽曦不以為意，坑人坑得理直氣壯：「瞧這裡山清水秀，要不是我，你可還沒機會出來一睹國內的大好河山呢！」

姜修秋看了眼周圍的窮鄉僻壤：「……」

那可真得謝謝太子爺您了。

明溪走進院子裡。

院子裡熟悉的竹編小茶几已經不見了，被丟在簷下角落裡放東西，許久沒人動過，落了一層灰。

玻璃窗上以前她貼上去的窗紙被揭下來了，只留了一層印記。

梔子樹也沒了，泥土地面鋪上了粗糙而簡陋的大理石磚塊。

土紅色的院牆也重新被砌過。

這塊面積準確來說不算是奶奶和明溪的，而是隔壁李嬸家的，以前是租住，奶奶去世後，李嬸就把這間小院子翻修了。

一切都已物是人非。

但明溪的心境已經與上輩子截然不同。

上輩子奶奶去世後，她每次都是一個人回來。更別說得了絕症之後回來的那次，心情有多絕望。

走過人海中，覺得沒有一個地方是自己的歸屬地。

但這次或許是因為身邊有了一群朋友插科打諢的聲音，院落裡熱鬧起來。

明溪的心境也明亮開朗，對以後充滿希望。

傅陽曦拎著書包走過來，一隻手插口袋，一隻手遞給她一個雲南白藥的蒸氣眼罩，東看西看就是不看她，裝作隨意道：「敷一下，妳眼睛都腫了。」

明溪拆開拋棄式眼罩的包裝袋，發現是一個眼部鏤空設計的蒸氣眼罩，眼睛可以露出來。她戴上後，傅陽曦瞥了她一眼。

趙明溪皮膚白皙，眼珠烏黑，漆黑睫毛纖長，眼眶紅得像兔子。戴上之後，眼罩邊角的兩個尖尖翹起，顯得更像一隻發愣的兔子。

傅陽曦冷酷的表情差點沒憋住。

「很搞笑嗎？」明溪用手把熱乎乎的部分往眼周按，暖了下手，問：「你從哪裡弄來的？」

傅陽曦又掏出一個同款：「就隨便買的唄。」

冷得待機在牆角的姜修秋：「……」

在客運站讓司機把車子停了大半天的是誰。

傅陽曦一隻手拎著書包，一隻手笨手笨腳地拆不開。

明溪伸出手，幫他拆開，踮起腳幫他戴上去：「別動。」

傅陽曦驀地屏住了呼吸。

空氣寒冷，趙明溪白皙的臉凍得更加發白。

就昨天一個晚上，她的臉彷彿小了一圈，一個眼罩就蓋住了大半，只露出淺粉色的唇和白瑩瑩的下巴。

她靠過來。

傅陽曦喉結嚥了下，覺得自己血液往頭皮上衝。

柯成文宛如大馬猴般跳了過來，嚷嚷道：「不公平啊，我也沒睡好，姜修秋一個人橫躺在後座，把我腿都壓麻了，我黑眼圈都出來了，為什麼沒有我的？！」

氣氛瞬間被破壞。

「你他媽眼圈平時不就是黑的嗎？！」傅陽曦氣急敗壞地把他腦袋推開：「沒了，只有兩個。」

柯成文：「……」

明溪昨晚剛受到他們那麼多幫助，覺得已經和他們有了革命友情。

她非常不好意思地把自己臉上的眼罩摘下來，道：「不然我的給你？我睡飽了，眼睛不難受。」

柯成文剛要高興接過來。

傅陽曦「啪」地一下就把他手打開。

傅陽曦臭著臉，小氣地從包裡掏出了另外三個：「給。」

柯成文：「？？？」

明溪：「不是只有兩個？？」

傅陽曦臉不紅心不跳眼皮不眨：「我剛才忘了還有一盒。」

「……」

五個人都戴上眼罩，宛如闖進來搶劫的江洋大盜，把抱著瓷盆過來洗菜的李嬸嚇一跳。

明溪連忙摘下眼罩走過去：「李嬸，是我，我回來看看。」

「是明溪？！」李嬸一下子認出了明溪，頓時將瓷盆放下，過來拉著她仔細端詳了下，感慨萬千道：「明溪變好看了。」

李嬸很熱情，拉著五個少年少女留下來吃飯，把火盆也燃了起來，讓幾個人圍著暖手。前前後後忙完，又拉著明溪絮叨了好久。

明溪在以前的房間裡待了很久，將沒來得及帶走的東西一件件收拾起來。

中午吃的是李嬸家的大鍋飯，雖然熱氣騰騰，但米很硬，菜的味道也一般。

可是傅陽曦和姜修秋他們什麼都沒說，柯成文和賀漾也積極地去幫李嬸洗碗。

轉眼到了下午。

明溪打算去掃墓，除了格外怕冷離不開火盆的姜修秋，其他三個人和她一起去。

他們在鎮上的店裡買了打火機和紅紅綠綠的紙錢，用紅色塑膠袋拎著，深一腳淺一腳地上山。

山上很多墓，這種小鎮子沒大城市那麼講究，東一塊西一塊。

明溪奶奶的墓在一個偏僻的角落，正處於一個較斜的小山岡上，現在下雨溼滑，很容易一腳摔下去。

拜祭完，才十分鐘，柯成文和賀漾就分別摔了一跤。

明溪便對賀漾道：「不然你們三個先回去吧。」

賀漾看著身上的泥水，不回去也不行了，再過一下泥水浸進衣服裡得難受死。

而且已經拜祭完了，他們這些外人也不好多待，便道：「那我們先回，妳自己小心點，別摔跤。」

「嗯。」明溪點了點頭。

傅陽曦裝作沒聽見，道：「我可沒摔跤，我等妳。」

山上偏僻，一個女孩子確實不行，柯成文便道：「那曦哥你再陪趙明溪待一下，我和賀漾先下去。」

兩人一走，山上頓時安靜了下來。

明溪沉默地燒著紙錢。

傅陽曦站在一邊低頭看著她，抓了抓頭髮，心煩意亂，也不知道該安慰她些什麼，簡直想把柯成文叫回來。

明溪先抬頭看了他一眼，笑了：「不用安慰，我不難過，我們明天回學校？」

「嗯——」傅陽曦鬆了口氣，剛要說回去坐火車的事，忽然兩個人都聽見了狗持續瘋狂吠叫的聲音。

叫得實在太恐嚇人，彷彿隨時要衝過來。

明溪嚇了一跳，迅速放下紙錢站起來：「這山上什麼時候有狗了？！」

她拽起傅陽曦的手腕就要拉著他走。

但不知道是不是明溪的錯覺，傅陽曦死死盯著那條藏獒，身體格外僵硬，明溪握住的他的手心裡也全是汗水。

明溪還是第一次見他這樣，臉上完全沒有表情，甚至糅雜著一些冷意。

他死死抿著唇。

「傅陽曦！」明溪被他嚇到了，驚叫一聲。

傅陽曦才勉強從那種狀態抽離，他喉結動了動，反應過來後，叫了聲「糟糕」，迅速拉著明溪轉身跑。

兩人遲了這麼一下，迎面就衝過來一隻齜牙咧嘴、體型高大的藏獒。

那狗脊椎強壯，眼珠子是黑色。

一瞬間牠嘴裡的尖銳獠牙逼近，帶著幾分腥臭的熱氣幾乎撲鼻而來。

傅陽曦擋在趙明溪面前。

兩人腳一滑，一下子沒站穩，踩著溼滑的泥土瞬間摔到了小山坡的下面。

泥土鬆軟，倒是沒受傷。

但是眼見著那狗又要衝下來。

「大黑！」

狗被叫住，朝他們凶神惡煞咧了下嘴，很快過來一個當地的農民，朝他們抱歉地伸出手：「不好意思啊兩個學生，快快快，我拉你們上來。」

傅陽曦扶明溪起來：「摔傷了嗎？」

明溪搖搖頭：「沒有。」

傅陽曦臉色很臭，朝著那牽著狗的中年男人暴怒：「你別管我們了，你把你家的狗拴好拉走就行！」

等傅陽曦和明溪回去，兩人身上泥水比賀漾和柯成文還要多，都成了泥人。

李嬸嚇了一跳，連忙讓他們去洗澡。

明溪對這裡的設施比較熟練，洗得很快，洗完換了李嬸給她的衣服就出來了。

傅陽曦比較慢。

「你們遇到巨型犬了？」姜修秋走過來問。

「對。」明溪想到下午傅陽曦的反應，覺得不對勁，擔心地問：「傅陽曦是不是對狗有什麼陰影？」

他今天的反應很不正常，甚至回來洗澡時，他都一直沉默不語，和平時的囂張模樣判若兩人。

「倒也沒什麼大事，就是——」

姜修秋剛要說話，就被洗完澡出來的傅陽曦打斷：「靠，被我抓住了，不要在背後說小爺我的壞話！」

傅陽曦的紅色短髮溼漉漉地滴水，頭髮也沒擦乾，急匆匆地把趙明溪拽到身後，離姜修秋遠遠的。

他又恢復了平日裡的臭屁樣子，不悅地看著趙明溪道：「小口罩妳行了啊，說了只認我當老大，妳還和別人在一起說我壞話！」

趙墨好歹是個小明星，進警察局的事情傳出了點新聞，但是在趙墨的經紀人準備好應急措施之前，消息就被傅氏壓了下來。

畢竟事情涉及傅氏太子爺，雖然看不起一個不入流的十八線小明星，但是傅氏也不想讓這事聲張。

不管怎樣，趙墨的經紀人算是鬆了口氣。

醫院這邊，趙墨後知後覺地發現自己被趙明溪封鎖了，簡直不可思議，狐狸眼整個揚了起來，手指戳著手機，震驚地看著趙湛懷：「她封鎖我？！什麼情況，她封鎖我了？！」

趙湛懷見趙墨還搞不清楚狀況，懶得理他，自顧自地吩咐助理幫忙收拾趙墨的東西，打算出院。

趙墨吊兒郎當的樣子收斂了點，忍不住道：「趙明溪和家裡斷絕關係，該不會是因為我吧……？因為我之前一直欺負她？」

趙湛懷心說，可不是有你的原因嗎？

一旁的趙宇寧抱著手臂，看著趙墨這樣子，居然感到了一點慰藉，至少自己被趙明溪討厭的程度比他好一點。

趙宇寧故意道：「二哥，不是因為你是因為誰？我和明溪感情比較好，大哥和老爸常年在公司，也就你在家的時候整天欺負明溪了——哦，還有媽——」

說起趙母，趙宇寧閉了嘴，臉上表情有些不愉快。

趙湛懷聽趙宇寧的話，也苦中作樂，苦澀道：「而且我和宇寧是最早知道明溪和家裡斷絕關係的，你是最後一個才知道的，比較一看，就知道誰的分量最低了。」

趙墨臉上的表情無比陰沉：「趙明溪不識好歹。」

一旁的護士：「……」

這有什麼好比較的啊？！

趙墨被扶著下床，右腳一接近地面，就疼得「嘶」了一聲：「慢點！慢點！」

他摸了下自己打架時被扯掉的耳環，不禁惱火起來：「那群紅毛為首的乳臭未乾的臭小子，再見到我要揍死他們。還有趙明溪，愛回不回，現在吵著要和家裡人斷絕來往，說不定就是受了那紅毛的挑唆！過段時間等腦子裡的水倒乾淨了就知道回來了！」

「我就不信了，十七八歲的小丫頭賭氣還能鬧這麼凶！」

但是說完，卻沒一個人接他下文。

趙墨抬起頭，便見趙湛懷和趙宇寧臉上神情都憂心忡忡、心思沉沉的。

他又想起當天在圖書館趙明溪瞪著他那漠然的眼神，心裡一個咯噔，忍不住問：「——不會是真的吧？真的斷絕關係？她現在叛逆成這樣了？」

「你說呢。」趙湛懷擰眉道：「爸昨晚因為這件事對我大發雷霆，我還不知道怎麼應付。」

趙墨臉色這才變了變。

他想了下，嗤笑道：「嘿，這事大了。我不走了，這事我留下來解決。」

趙宇寧忍不住道：「二哥，你能解決什麼？你別把事情往更壞的方向發展就謝天謝地了。」

趙宇寧本來想回飯店，但是趙湛懷說家裡因為趙明溪的事情要開個會，他才不情不願地上了趙湛懷的車。

一進家門，兄弟三人就感覺家裡的氣氛格外凝重。

「怎麼了？」趙湛懷走過去問。

趙母眼睛紅腫著，趙父則鐵青著臉色，還是趙媛走過來遞給他一張紙。

趙湛懷掃了眼，眼皮頓時重重一跳。這是一封律師函，要求他們將趙明溪小姐的私人物品——也就是照片、戶口名簿等物盡快返還。

並特地強調，合照中請將趙明溪小姐的肖像裁剪掉。

落款是張義澤，也就是當天在警察局遇見的那位傅氏太子爺身邊的張律師。

這封律師函彷彿一記耳光，重重打在每一個以為趙明溪不會真的離開的人的臉上。

「我真的沒想到，明溪是動真格的……」趙母捂著臉又哭了起來：「當時她離家出走，我還罵她死丫頭，我還以為她又鬧小孩子脾氣，心裡還覺得她煩得要命……但沒想到她是真的要和我斷絕關係了。怎麼這麼決絕啊，她是我十月懷胎……」

「別哭了！」趙父聽了一上午趙母的絮叨，頭都大了。

趙墨和趙宇寧接過律師函看了眼，臉色都很難看。

趙母停止哽咽之後，客廳死寂了一下。

大家都有種喘不過氣的感覺。

趙墨抓了抓自己的銀髮，轉身一屁股在沙發上坐下來：「要我說，都是姓傅的那小子惹的禍！趙明溪不回就不回，她總有一天會回來——」

「閉嘴！」趙父喝止了他：「你難道還搞不清楚當前的狀況嗎？你妹妹，你親妹妹，被你欺負走了！」

「這事怎麼就怪我頭上了？」趙墨也怒了：「我才剛回來，我哪裡知道那麼多——」

趙父訓斥道：「要不是你去學校又對你妹妹胡說八道冷嘲熱諷，你妹妹會這樣嗎？！」

趙墨蹭蹭蹭地來了火氣，還要頂嘴，趙湛懷皺眉道：「少說兩句。」

趙家簡直雞飛狗跳。

趙媛反而像是被他們忽視了一樣。

趙媛站在角落，咬著下唇，指甲漸漸掐進了手心。

她從沒想過趙明溪的離開，會對趙家這些人帶來這麼大的影響。

明明在趙明溪來之前，他們都只屬於她一個人的。

但是不知道從什麼時候起，趙明溪就開始占據了分量。

甚至在趙墨那邊，逗弄脾氣不好惹的趙明溪，也比逗她好玩得多。

昨晚明溪徹底離開家，今早趙媛起來時，見趙母在吩咐人搬東西。

她還以為是要把趙明溪的房間搬空，恢復以前的格局。

但沒想到趙母反而是把明溪的東西全部留著，並且讓人罩上防塵布，免得等明溪回來時，這些東西都落了灰塵。

——即便趙明溪已經說得那麼清楚了，這一家人仍在等她回來。

趙母還讓她在學校盡量不要和趙明溪接觸，免得刺激到明溪。

趙媛心頭猶如堵了一塊。

她小心翼翼地對趙母提起被趕走的保姆張阿姨。

這次趙母的回答卻很堅決，而且很不耐煩她提起這個人：「她都那樣欺負明溪了，肯定留不得，妳別替她說好話了。」

趙媛只感覺，家裡的一切都在發生變化。

而且因為昨晚警察局前明溪和趙家人的決裂，急速加劇了這一變化的發生。

天平一下子傾斜向趙明溪那邊。

「不然，我還是離開這個家吧。」趙媛突然開口，她的話打破了僵局：「明溪應該是討厭我，所以才不想回來。」

她站在那裡，眼淚大顆大顆往下掉，顯然是被他們吵得不知所措。

趙家人齊齊朝她看來。

趙父立刻喝止她：「胡說八道什麼呢，妳離開幹什麼？這件事不關妳的事，我早就承諾過，我們趙家還不至於多養一個孩子都養不起。」

趙母看著趙媛眼圈泛紅，心裡也有些難過。

……換作平時，她會立刻上前去抱住趙媛。

但是昨晚趙母腦子裡翻來覆去的全是趙明溪和她相處的那些畫面，不知怎麼，她感覺這麼做彷彿就對不起了親生的趙明溪一般，心中一下子便非常刺痛。

於是趙母指尖動了動，什麼也沒做，只是口頭上勸道：「對，別說這些胡話。」

趙媛捂著臉，眼淚從指縫大滴大滴落下。

趙墨在娛樂圈見慣了女人的哭泣，他看趙媛的眼神頓時有些微妙起來。

這種時候，說這些話，聽起來好像很善良，但怎麼感覺哪裡不太對勁呢。

趙墨已經很久沒見過趙媛了，他覺得趙媛好像和他記憶裡的樣子有所改變。

但隨即他又覺得是不是自己多心了，居然用娛樂圈的那一套來揣測自己的妹妹。

趙宇寧眼神則更加微妙，要是以前他還會覺得趙媛委屈極了，是趙明溪搶走了她的東西。但自從上次在文藝部的衝突後，他就覺得自己看不清趙媛了。

趙媛現在哭，未必是真哭，說不定又是什麼手段。

趙宇寧鼻子裡頓時發出一聲不屑的冷哼。

趙媛：「……」

全家：「……」

趙母解釋道：「宇寧和媛媛鬧了矛盾，還沒解開。」

但此時大家也沒有心思去管趙宇寧和趙媛又鬧了什麼矛盾。

大家在這種低氣壓當中，沉默了片刻。

趙湛懷被趙父叫到了書房，說的自然是趙明溪的事情。

就只有趙墨翹著二郎腿，見趙母和趙媛上樓了，摸著下巴思忖片刻，對趙宇寧招了招手：「過來，跟二哥說說你和趙媛之間都發生了什麼？」

鄂小夏這一整個週末都在想上週五的事情。

她百思不得其解。

她週五放學後特地去了一趟學校資訊部，登錄上去，查了一下趙明溪和趙媛兩人的學籍資訊。看見上面寫的明明都是十月十四日。

——那趙明溪幹嘛要對傅陽曦他們說自己的生日是十月二十四？

口誤？還是不想被送禮物，所以瞎說的？

但鄂小夏憑直覺感覺這件事沒那麼簡單，她心裡隱隱有些懷疑趙明溪是不是其實是趙家的養女或者私生女。

但是又不敢確定。

於是週六早上她忍不住去了一趟趙家所在的別墅社區。

以前她經常來，來了之後就去趙媛的房間玩，趙家的司機等人都認識她了。再加上趙家的保姆也不知道她和趙媛之間發生的那些事，以為兩人還是朋友，便讓她換了鞋進來。

鄂小夏一進趙家，就發現趙母正在吩咐人把趙明溪房間裡的東西蓋上防塵布。

而且趙母還盯著走廊上一張趙明溪的相框照片發呆，捂著臉流淚。

什麼情況？

因為趙明溪離家出走，這麼傷心？

鄂小夏有些摸不著頭腦。

趙媛從樓上下來，一眼便看見坐在客廳裡拿著一杯水的鄂小夏，她臉色立刻變了，匆匆走下來：「誰讓妳進來的？」

一旁的保姆慌了，連忙道：「小姐，我以為她是妳朋友。」

趙媛道：「我沒有這種像毒蛇一樣的朋友，以後別讓她進來。」

鄂小夏才剛坐下沒兩分鐘就被請出去了。

不過她也不感到意外，她本來就是來瞧瞧情況的。

鄂小夏一邊出去，還一邊扭著頭往裡面看，就見趙媛上去扶住趙母，卻被趙母輕輕拂開手。然後趙母就進了房間，趙媛臉色難看地站在外面。

保姆見鄂小夏還在門外東張西望，趕緊衝過來把她趕走：「小姐讓妳快走！」

「凶什麼凶？」鄂小夏嘟囔道，背著書包迅速走了。

她腦子裡覺得趙家的事情很亂。

趙明溪兩年前才被從鄉下接回來，假如她的生日和趙媛的真的不是同一天的話，那麼就意味著她們兩人中肯定有一個是私生女，或者養女。

看趙母這態度——

趙母現在對趙明溪戀戀不捨、趙湛懷也三番兩次地來學校找趙明溪，趙家還是很在意趙明溪——就說明趙明溪不是那個私生女。

而趙母對趙媛的態度卻有個微妙的過度，從疼愛變得有些淡漠。趙湛懷也是，這段時間放學後都不接趙媛了——就說明，可能導致轉折的事件是，趙家發現了趙媛不是親生的？

難道是趙媛才是那個趙父的私生女？

鄂小夏亂七八糟揣測了一大堆，直覺自己肯定猜對了一些地方。

只是目前沒有證據。

她咬著牙，覺得不能就這樣放過這個機會，必須得從趙媛或者趙明溪身上套出點資訊。

桐城這邊。

從山上下來後，轉眼就天黑了。

吃晚飯時，傅陽曦一直插科打諢，明溪什麼都沒能從姜修秋嘴裡問出來。

見大家都很好奇，尤其是柯成文，簡直伸長了腦袋想聽兩人被藏獒嚇得屁滾尿流的場景。

傅陽曦把筷子往瓷碗上「啪」地拍了一聲，面紅耳赤，惱羞成怒道：「小爺我承認怕狗，行了吧？！」

「我靠哈哈哈！」柯成文狂笑，驚奇道：「曦哥你居然也有怕的東西？！狗有什麼好怕的，多可愛的生物啊！難怪你從來不去我家，我家養了隻哈士奇，下次帶到學校給你們看看，可乖了，從來不凶人。」

傅陽曦暴跳如雷，站起來過去揪柯成文的後衣領，陰惻惻道：「你敢帶到學校你就死定了！」

柯成文嚇得滿屋子逃竄。

賀漾和李嬙端著碗被逗笑了，扭過頭去看著兩人。

一時之間空氣中充滿了歡快的氣息。

但明溪想到當時傅陽曦的反常，笑不出來。

她心裡很擔心，又不知道該不該問。

她扭頭盯著傅陽曦看了一下，忍不住對四處逃竄的柯成文道：「怕狗又不是什麼丟人的事，我也怕的，快坐下吃飯吧，等等都涼了。」

李嬸見狀，給她認為這幾個男生中長得最俊的傅陽曦夾過去一塊竹筍：「這是我們這裡的特產，你們這種城裡來的小少爺肯定沒吃過，快嘗嘗。」

傅陽曦看著那黑不溜秋的筍片，努力不把自己的嫌棄表現出來：「別了吧。」

「嘗一塊嘛。」李嬸伸著筷子不屈不撓。

傅陽曦索性把碗一撤：「阿姨，我從來不吃。」

明溪打破僵局，夾了一小塊放進傅陽曦碗裡，小聲勸道：「李嬸的一番心意，你要是不過敏的話，就嘗一下。」

傅陽曦還是第一次被趙明溪夾菜，而且還是這種小腦袋湊過來，小聲說著話的夾菜，他瞥了眼趙明溪，耳根頓時一熱，佯裝心不甘情不願地夾起那塊竹筍塞進嘴裡，慢慢咀嚼：「那我就勉為其難地嘗一口。」

還伸長著筷子的李嬸：「……」

一頓晚飯在打打鬧鬧中吃完了。

明溪和賀漾睡一間房。

因為來這裡一趟舟車勞頓，再加上白天太累，一行人很快就睡了過去。

賀漾甚至累得打起了小聲的鼾。

明溪沒睡著，她披著衣服出去，輕手輕腳將奶奶以前用過的針線盒等東西繼續收拾好。

月色深長，夜間一片寂靜，給了明溪一個情緒緩衝的時間。

她在心裡默默地懷念著奶奶，對奶奶說，我這輩子會好好生活，您別擔心。

第二天陽光從薄霧中穿過來，照耀在大地上，又是新的一天。

一行人集體蹺課，乘坐火車趕回A市。

十四個小時的綠皮火車，幾個人睡眼惺忪地出火車站時，已經是晚上九點，火車站周圍燈火通明。

明溪看了眼時間，一個激靈，立刻清醒過來，自己竟然差點把董叔叔一家人回國這件事忘了！

董家人乘坐的航班剛好是晚上十點左右落地，還有一個小時來得及趕往機場。

明溪急匆匆地從傅陽曦手裡接過書包：「我差點忘了，我得去機場接幾個長輩！」

柯成文從停車場把車子開過來，在幾個人面前停下：「走啊，趙明溪，我剛好讓人把車子停在了這裡，我送妳去機場，然後再送賀漾和姜修秋回家。」

他看向賀漾和姜修秋：「你們不急吧？不急就在車上睡一覺。」

賀漾打了個呵欠爬上車：「睏死我了，我先上車。」

明溪覺得太麻煩柯成文了，人家也是坐了十幾個小時的火車沒怎麼休息。便趕緊道：「去機場會繞很遠的路，不用送我！我自己去就行——」

「自己行什麼行？！大晚上的妳想被黑車拖到山溝裡去賣掉？」

傅陽曦直截了當打斷了趙明溪。

他抬手把明溪的圍巾攏了攏，然後握著她肩膀把她轉了個圈。

明溪暈頭轉向，等反應過來，傅陽曦已經打開了車門，把她推了上去。

明溪：「……」

姜修秋瞥了傅陽曦一眼，拍了拍他的肩，低聲道：「自求多福。」

說完毫不猶豫地轉身上了副駕駛座。

傅陽曦剛要關上車門，明溪就趕緊抓住車門。怕他關門，她把腳也伸了出去抵住，急切地仰頭問：「那你呢？」

「本少爺當然是得等家裡人來接，怎麼可能和你們擠一輛小破車？看看柯成文這輛車，在外面放了一晚上全是灰。」

傅陽曦雙手插口袋，滿臉嫌棄，睨著趙明溪：「幹嘛，妳該不會是擔心我——」

話音未落就聽見明溪道：「我擔心你。」

「……」

傅陽曦情不自禁地吞嚥一下，他心臟怦怦直跳，視線落在趙明溪臉上。

她擔心他。

傅陽曦不由自主想要勾起嘴角，但是又怕被發現。

他趕緊舔舔後槽牙，別開頭，一秒變冷酷：「我有什麼好擔心的。」

明溪問：「你私自調動私人飛機，還蹺課，你爸媽不會罵你吧？」

傅陽曦喉結動了一下。

他伸出手拍拍明溪的髮頂，得意洋洋道：「唉，多大點事，我是家裡的獨子好嗎，怎麼可能因為這點破事怪我？」

「小口罩，快去吧，等等行程耽誤了。」

明溪看了他一下，才收回了腳：「那好吧，你一個人注意安全。」

「嗯。」傅陽曦嘴角揚起，竭力不讓她看出來自己的羞赧。

車門被傅陽曦輕輕關上。

明溪回頭望去。

夜色燈火闌珊襯在傅陽曦身後，少年身姿挺拔又修長，對她揮了揮手。

幾個人一走，一輛黑色的加長車就慢慢開了過來。

半小時後，傅家老宅。

簷下燈光全開著。

一個清臞的老頭拿著棋盤，將傅陽曦揍得上躥下跳。

張律師和管家一行人嘴角抽動，看著傅陽曦那頭紅毛宛如一團火紅的球，大半夜的被從屋子裡攆出來，奪命狂奔，又被攆到院子裡去。

最後他慌不擇路地跳上了假山。

傅陽曦扒拉著假山，扭頭瞪向老爺子，暴跳如雷道：「我就是喜歡她！您要敢動她，我立刻跳樓！我從這裡跳下去——不對，我從傅氏大廈上跳下去！讓傅氏股票崩盤！」

老爺子氣得高血壓直線往上飆。

之前他還不知道，畢竟傅陽曦待在學校，雖然打架鬧事沒少幹，但倒是沒闖出什麼大禍。直到前天晚上進了警察局，消息再也瞞不住，傳到了他的耳朵裡。

他立刻讓人把傅陽曦帶回來，結果這小子更加猖狂，還動了私人飛機！

就為了和一個小女生談戀愛？！

「我動她幹什麼？我動你！小兔崽子我非打死你不可！」

老爺子捲起袖子，憤怒地邁著不靈活的四肢就要往假山上爬：「你喜歡她，你也要看她喜不喜歡你啊？你還單相思，你不配做我傅家的人！」

張律師和管家慌忙把老爺子扶下來：「使不得，使不得，等下摔了。」

老爺子在下面捏著棋盤，氣喘吁吁。

「我可不是單相思，我們兩情相悅！」

老爺子：「兩情相悅個屁！」

傅陽曦在上面道：「打死我可就沒人繼承家產了。」

老爺子看不上傅至意，他心裡很清楚。

老爺子氣得渾身哆嗦，拿著棋盤指向傅陽曦：「如果不是你哥死了，輪得到你這個混帳來繼承？你害死了你爸和你哥哥你還有臉說！如果不是你，你哥哥說不定還好好地活在這世上，他是我最看好最優秀的一個孫子，有他的話，你以為你還能拿得到半毛錢？」

傅陽曦渾身一僵，但很快恢復如常：「現在沒有我哥，只有我了。您沒得選。」

老爺子氣急敗壞，扔了棋盤，從張律師手裡接過來一疊裝著照片的牛皮紙袋，摔在假山下：「反正我不管你了，但是你自己搞清楚，別蠢到被人利用了還幫人數錢。」

傅陽曦從假山上跳下來，撿起老爺子摔給他的東西，卻連打開都懶得打開。

他隨手扔給了張律師：「這什麼？我才不看。八成又是在我和趙明溪之間製造誤會，我才不信，我只相信自己看到的。」

老爺子面色鐵青：「滾滾滾！一分鐘之內給我滾出去，回你自己家去，別讓我看見你！」

張律師看了眼傅陽曦下假山時一瘸一拐的腿，忍不住道：「剛才少爺挨了好幾下，背上和腿上大概都瘀青了，先找私人醫生來上點藥？」

「活該。」老爺子對傅陽曦罵道：「你哥哥都死了，你受點傷怎麼了？」

說完老爺子便摔手離開了。

張律師回頭看了眼傅陽曦。

傅陽曦垂著頭靜靜站在那裡，短髮上凝結著一層寒霜，顯得極為疲憊。

他沉默著轉身打算走。

但一轉身，可能是牽扯到了背上被揍的地方，就忍不住「嘶」了一聲，臉都皺了起來。

張律師忍不住道：「你別動了，我送你回去，先回去躺一下。」

「好。」傅陽曦抹了把臉，語氣輕鬆：「謝謝張律師了。」

張律師搖了搖頭，嘆了口氣，道：「我去把車開進來。」

張律師大步流星地出去開車。

跟了他多年的助理還是第一次來傅家老宅，第一次看見這緊張場面，忍不住嚥了口口水，小聲問：「我還以為這爺孫倆鬧著玩呢，上躥下跳的好玩——怎麼老爺子還真打啊？落在我身上骨頭都要碎了，而且還沒打臉，專挑有衣服的地方打。」

張律師道：「哪能打臉啊？傅少臉上要是帶著傷離開傅氏老宅，明天豈不是得上報紙？」

助理又問：「那也不至於跟個仇人似的打那麼重吧？傅少走路都走不了。」

「仇人倒也不至於是仇人，老爺子還是把他當孫子的，但是有個坎這麼多年都過不了。總之——」張律師搖搖頭：「總之你別問了，知道越多死得越快懂不懂？」

助理連忙閉緊了嘴巴，不敢再問了。

張律師開著車載傅陽曦回去，卻忍不住從後視鏡中看了閉目養神的傅陽曦好幾眼。這少年變了很多。

他還記得當年第一次見時，他還是個律師界的新人，也是跟著上司來處理傅氏的事情。當時傅陽曦才十三歲，他哥哥傅之鴻十八歲。

兩兄弟家教都很好，待人謙遜有禮，任誰接觸都會感覺如沐春風。

十三歲的傅陽曦還是個小孩，一雙澄澈的眼珠尤其乾淨單純，不諳世事，在高爾夫球場撞到球童了，還連忙把人扶起來道歉。當時他還和傅之鴻一樣，是漆黑的短髮，看著像乾淨的小白楊樹一樣，挺拔修長。

可後來就發生了那件事。

那件事當時十分轟動，畢竟綁匪居然膽敢綁架傅氏的兩位太子爺，還公開要求傅朝親自提著贖金去贖兩個兒子。

當時差點上報紙頭版，不過影響不好，被傅氏用錢壓了下來。只有小道消息在私底下流傳。

綁架案當中具體發生了什麼事情，張律師這個級別已經算是傅氏親信的人，也弄不清楚。只知道前去贖人的傅朝沒回來，傅之鴻也沒回來，都死在了那裡，屍體的樣子還相當慘烈。因為逃出去了一個人，兩人都被綁匪報復性撕票了。

只有傅陽曦回來了。

應該是綁架之中發生了什麼事情，回來之後的傅陽曦不只沒有得到安慰和擁抱，還不被老爺子和他母親原諒。

當時老爺子給了他兩個選項，要麼拿著錢離開，要麼留下來收拾爛攤子，傅陽曦應該是選擇了後者。

然後等張律師再見到傅陽曦，就已經是今年年初了。

傅陽曦十八歲，長成了和他哥哥當年完全不一樣的少年。

染了紅色的頭髮，三天打魚兩天曬網的念書。

再也找不到當年的影子。

傅陽曦忽然睜開眼睛，張律師慌不擇路，連忙收回了視線。

夜幕中，車子開進一幢名貴的別墅。

別墅外停著幾輛車，其中有一輛車牌號是傅陽曦母親的車。

「夫人回來了？」張律師看了眼，皺起眉。

「該來的都會來。」傅陽曦打起精神，轉了轉手臂，推開車門快步下了車。

走了兩步，他深吸一口氣，讓步子邁得更大了點，這樣牽動傷口的次數就少了點。

別墅裡冷冰冰的，一張照片或相框也沒有。

燈光也是冷冰冰的。

客廳裡只點著一盞燈，沙發上坐著一個妝容精緻的女人，她抱著臂，聽見腳步聲，冷冷瞥了眼：「知道回來了？聽說還進了警察局，真是能耐了。」

傅陽曦一言不發，轉身朝樓上走去。

下一秒一個玻璃杯便摔了過來，「砰」地一聲在他面前的地板上四分五裂。

玻璃碎片炸濺開來，從傅陽曦手背旁邊劃過。

傅陽曦眼皮一跳，角落裡兩個傭人差點被傷及無辜，慌忙躲開。

傅陽曦道：「你們先出去吧。」

「謝、謝謝少爺。」那兩人忙不迭地躲進了廚房。

「您又在發什麼瘋？」傅陽曦轉過身，煩躁道：「我去警察局，是張律師把我撈出來的，又沒麻煩您去，關您什麼事？我用私人飛機，也是用我名下的，又關您什麼事？」

「你害死了你爸和你哥，你還敢頂嘴！你還有臉這麼開心？！」于迦蓉咬牙切齒地問：「你還有臉談戀愛？你這麼開心是不是已經忘了你對他們做過什麼了？！」

傅陽曦攥緊了拳頭。

于迦蓉越走越近，死死盯著面前這個長相與傅朝極為相似的少年，聲聲泣血地詰問：

「你為什麼一個人活了下來？」

「一個人活了下來，開心嗎？」

「那條路沒有水溝，沒有阻礙，你為什麼跑得那麼慢？」

「你知不知道就是因為你，你父親和哥哥都死了？你父親那麼疼愛你，卻因為你喪命。

兩條命換一條命，值得嗎？」

「……」

傅陽曦太陽穴開始突突地跳：「您吃藥了嗎？」

「我不吃！把我送進醫院裡，你不就會忘了這些事嗎？你的過錯你要永遠給我記住！」

見他臉色鐵青，轉身要往外走，于迦蓉憤怒地攔住：「我才說了幾句你就受不了了？你哥哥和你爸命都沒了，你想過他們在地底下會冷嗎？」

半晌，傅陽曦強忍住怒氣，一言不發，轉身上樓。

于迦蓉還在身後嚷嚷，但他選擇置之不理。

在綠皮火車上折騰了一夜，傅陽曦疲憊至極，倒在床上便睡著了。

他開始分不清夢境和現實。

他一直在跑。

風聲從耳邊擦過，快要削掉半隻耳朵。

漆黑的夜，月亮很大很圓，距離地面很低，彷彿可以將一切吞噬。很冷，他手指裂開，嘴角腫脹，臉上全是血，他拚命地向前跑。

夢中那種急促慌張感蔓延到他全身，他全身都是汗水。

忽然傳來狗的吠叫聲，此起彼伏。不是一隻狗，而是一群。

在漆黑的夜裡，那群饑腸轆轆的惡狗一直對他窮追不捨，耳邊幾乎已經感覺到了腥臭的熱氣撲過來的感覺。

傅陽曦不想腿軟的，但是他腳踝處被狠狠咬住，鑽心的疼痛很快傳來。

他一下子摔在地上，雙手手肘被摔爛。

刺痛感在全身蔓延，一抽一抽的痛楚。

父親拚了命把他手上的繩索解開，拖著時間，讓他順著通風管道逃出去，盡快找到救援。

他跑了好遠，肺都快炸了。

又一下子被那群餓狗拽了回去。

小傅陽曦哭得上氣不接下氣，傷心欲絕，拚命地想把自己的腿搶回來，拚命地想往前跑——

可沒有辦法，來不及。

是他耽誤了。

什麼都來不及。

最後是兩具橫屍。

傅陽曦全身冷汗，猛然從夢中驚醒，他瞬間坐了起來，狂喘著粗氣。

紅色的短髮上豆大的汗珠一滴接一滴砸下來。

意識到這只是又一個惡夢之後，傅陽曦抹了把額頭上的冷汗，嚥了口口水，稍稍冷靜下來。

他呆坐了一下，勉強直起身子去床頭櫃邊翻出兩個白色瓶子，擰開瓶蓋。他倒出幾顆藥，沒有配水，嚥了下去。

但是睡意仍沒有襲來。

他在夜裡總是很難入睡，一睡就會做惡夢。

耳邊斷斷續續的哭泣聲又響了起來。傅陽曦還以為自己又在做夢。結果不是。

哭泣聲來自于迦蓉的房間。

于迦蓉經常半夜哭泣，她有輕微的躁鬱症，但是每次都想方設法從醫院離開。哭了一下後，她過來敲傅陽曦的房門。

崩潰絕望的聲音在傅陽曦房門外響起，還是那一句句重複的詰問：「為什麼只有你一個人活了下來？」

「為什麼你爸爸明明讓你去找救援，你卻那麼遲？」

傅陽曦靜靜聽著。

過了一下，房間外，于迦蓉慢慢蹲下來，掩面哭泣：「對不起陽陽，媽媽對不起你，但媽媽真的好難受，你會讓媽媽好一點的對不對？你不要忘了你哥哥——他們都忘了，已經沒人記得你哥哥了，你不能忘啊。」

傅陽曦沒說話。

過了一下，于迦蓉像是清醒了點，摸索著離開了，哭聲時斷時續。

傅陽曦看了眼窗外，晨霧朦朦朧朧。

又一個夜晚過去了，天又快亮了。

母親這麼多年一直在責怪他，覺得只有他一個人逃出來了。

但有的時候傅陽曦也會想，如果當時跑得更快一點，更有力一點，更勇敢一點，不因為那群惡狗繞遠路，哪怕被咬爛一條腿呢——是不是就不會這樣。

家裡人都覺得他和哥哥長得太相似了，同樣的臉，同樣的黑髮，同樣的性格。每當看見他，便是提醒著他們，傅之鴻和傅朝都死了，活下來的只是一個身體最弱的傅陽曦。

於是所有人都不願意再多看他一眼。

十三歲之後，于迦蓉總是用恨意的眼神盯著他，恨他和傅之鴻長得太相似。

他去染了紅髮，于迦蓉卻又恨他和傅之鴻不再相似。

于迦蓉恨在他身上再也找不到傅之鴻和傅朝的影子，於是又去將傅至意接了過來。

傅陽曦又躺下去，雙手枕著頭，盯著天花板，渾身冷汗地看了一下。

他努力讓自己腦海裡浮現出趙明溪的臉。

——那一雙看到他時亮晶晶、乾淨清澈的眼睛。

努力讓她的笑容充斥自己的腦海，讓她說的那些話、讓她的聲音縈繞在自己耳邊。

——「我叫趙明溪，剛從普通六班轉過來。」

——「我能不能替他跑？」

小口罩喜歡他。

小口罩在乎他。

至少他有小口罩。

念了很多遍，他翻湧不止的心緒才慢慢平靜下來。

傅陽曦心裡忽然升騰起著一股瘋狂，一股瘋狂想要見到趙明溪的欲望，那股欲望每晚都炙熱燃燒，今晚更加洶湧。如果是趙明溪，知道了這件事，她會怪他嗎？她還會對他說一句「我很擔心你」嗎？

傅陽曦不敢確定。

他忍不住起身穿鞋，穿上外套，他從窗戶翻了出去，做這件事時他腦子一片空白，只是如快要凍死之人急切地想朝著炙熱的火光而去。

他開走了家裡的一輛車。

凌晨時分天還沒亮，整個世界都沒清醒。

傅陽曦一路狂奔到學校宿舍大樓下，臉頰凍得發白，狂喘著粗氣，看到鐵門時，才意識到趙明溪住的宿舍大樓有門禁。

他腳步停了下來。

門衛室外面一盞暖黃的燈光將他的身影拖得長長的。

他嘴裡呵出白氣，眼睫彷彿凝了白霜。

呆呆站了一下，傅陽曦渾身疲憊不堪地在旁邊的花壇上坐下來。

他想等趙明溪醒過來，想在趙明溪下樓時就見到她，想早點見到她。

沒有人喜歡他，他們都很討厭他。

但是只要趙明溪喜歡他，他就不怕。

第十三章　追過他

明溪一向勤奮早起，天才剛亮，四周萬籟俱寂。

她背著書包下來，從宿管阿姨那裡拿了鑰匙蹲下去打開鐵門。

鐵門一打開她就注意到外面高挑的人影。

「嗨，曦哥，大清早的你怎麼在這？你昨晚沒睡嗎？」明溪三兩下地跳下臺階，迅速跑下去，撥了下額前劉海：「是有什麼急事嗎？」

「怎麼可能沒睡？！」傅陽曦一臉「妳這小傻瓜當我是鋼鐵人嗎」的表情，道：「昨天從火車站一回家就睡著了，就是因為睡得太早，今天大清早的就醒了，無事可做跑出來散步，剛好路過妳宿舍樓下。」

傅陽曦問：「妳昨天接親戚，接到了嗎？」

「接到了。」明溪提起董家人，唇角就忍不住開始上揚，即便兩年沒見，但是再和他們見面，也並不覺得生疏。董阿姨和董叔叔都胖了一些，董深則瘦了一些。

她道：「他們先找地方安頓下來，今天放學後我過去和他們吃頓飯，過段時間董深會轉學到我們學校來。」

「誰？」

「董深。」

傅陽曦琢磨著趙明溪這興奮雀躍的表情，竭力不把自己的酸溜溜表現出來，裝作漫不經心地問：「男的女的？」

「男生，比我小一歲，是以前的鄰居。」

傅陽曦冷不丁問：「妳喜歡他？」

「什麼有的沒的？只是鄰居而已。」明溪皺起眉看著傅陽曦。而且她很懷疑傅陽曦這種單細胞校霸懂「喜歡」是什麼嗎，上次音樂課人家女生遞千紙鶴給他，他凶狠地問人家女生是不是要打架。傅陽曦連開竅都沒開竅吧。

「那他喜歡你？」

「不喜歡。」明溪無奈地道：「我現在只想好好念書，你也知道我家裡那情況，我現在不是趙明溪，我是鈕祜祿明溪[1]，我必須把成績提到更高的水準。」

傅陽曦得到了自己想要的回答，努力讓自己不要高興得太明顯。

他得意洋洋地想，什麼念書不念書的，都是藉口。

分明就是已經喜歡他了。

---

1 鈕祜祿，本是滿族八大姓氏之一，因電視劇《後宮甄嬛傳》引申為當有人被冠上「鈕祜祿」的姓氏，則表示已經單純不再，變得很有心機、更強大了。

既然如此。

「給。」傅陽曦單手插口袋，偏過頭，冷酷地將一大堆外帶過來的早餐遞給明溪。

明溪受寵若驚，接過牛皮紙袋看了眼，見裡面有麥當勞，還有幾份中式早餐。

她又抬頭看向傅陽曦，不敢置信道：「給我？」

太陽從西邊出來了？

明溪看著傅陽曦滿身的清晨的寒氣，髮梢還凝結著露珠，心臟莫名漏跳了一下：「你、你一大清早跑過來專程送早餐給我？」

「什麼專程給妳啊？！小口罩妳怎麼這麼自戀？」傅陽曦白皙的脖子一紅，立刻暴躁跳腳，像是聽到什麼天方夜譚的笑話一樣：「我家司機買了一大堆，我吃不完，剩下的讓妳幫忙解決掉而已。我懶得提，妳帶去教室，分給柯成文他們。」

「哦。」明溪看了眼手中明顯是幾個人的分量。

也覺得自己剛剛委實自戀了點。

傅陽曦這種大少爺，動動手指頭叫來一輛直升機的事情他會為了小弟幹，但是他瘋了才會幹出大清早的蹲在女生宿舍樓下送早餐的事。

「那你幹嘛不直接拎去教室？」明溪問。

傅陽曦道：「我順路來拿昨天塞在妳書包裡的衣服不行啊？」

昨天一行人身上穿過去的外套都被泥水弄髒了，於是都在鎮上隨便買了幾身衣服。

其他人的髒衣服自己拎著，傅陽曦則懶得拿。

他的髒外套用塑膠袋包起來塞在了明溪的書包裡。

明溪想起來了，嘟囔道：「我還以為你會直接扔了那外套。」

一件髒衣服而已，至於專程跑過來取嗎？還搞得她自作多情，以為他特地送早餐給她。

「很貴的好不好？！」傅陽曦怒道：「妳回去仔細看下標籤上的牌子，三萬多一件！我要不是為了取衣服我幹嘛——」

「啊啊啊知道很貴了，閉嘴。」明溪被吼得耳根發麻，看了眼周圍的人群，轉身就往樓上跑：「行行行，我現在就上去拿。」

傅陽曦看著她跑上去，背上的書包一顛一顛，忍不住勾起唇角。

明溪把衣服拿了下來，用袋子拎著，傅氏太子爺才滿意了。

兩人在晨霧中朝教室走。

明溪進教室之後，匆匆打開書本，邊看邊吃。

沒吃兩口，就把其他的早餐放在了柯成文的桌上，留下給柯成文。

百校聯賽的名額得之不易，她必須好好準備，不能浪費了這次機會。不管最後能不能拿到獎，入圍決賽這一關是一定要通過的。

傅陽曦見她只吃兩口，深感浪費。但見她是抓緊時間念書，又不好打擾。

他坐在一邊，看了她一下，忍不住問：「妳什麼時候參加百校聯賽的集訓？」

明溪打開手機看了下日期，道：「十月二十三就得去集訓了，為期十天。」
「那妳的生日豈不是得在集訓的地方過了？」
明溪愣了一下，有些意外地看了傅陽曦一眼，自己上次只敷衍地說了個日期，他就記住了？
沒想到他天天睡覺成績也差，記性居然這麼好嗎？
「到時候再說吧，我過不過都無所謂。」明溪無所謂道：「你們陪我回了一趟奶奶那裡，就是最好的生日禮物了。」
傅陽曦：「那到時候再想辦法。」
他心說，到時候那天他跑去集訓營也是可以的。
但這是個驚喜，傅陽曦不打算這時候就說出口。
傅陽曦頓了頓，嘩啦啦地翻著書頁，又繼續盯著趙明溪。
「……」
趙明溪被他盯得很不自在，側過頭去，怔然地看向他：「怎麼了?你今天早晨不睡覺？」
以前每天早上傅陽曦來學校第一件事就是趴在桌子上補覺，氣壓還相當低。
今天是怎麼了，話格外多？
而且他看著自己，像是等著自己說點什麼似的。
傅陽曦還以為趙明溪會補一句「你的生日也要到了，我可以幫你慶祝生日」呢。

但結果等了半天，也沒等趙明溪說這一句。

他盯著趙明溪，心裡狐疑地想，難道小口罩忘了他的生日？

這不可能。

哪有人記不住喜歡的人的生日。

而且當天他還特意暗示柯成文強調了兩遍。

趙明溪一定是想給他一個驚喜，所以故意裝作記不住這件事。

「沒什麼。」傅陽曦這樣想著，翹起嘴唇，心中充滿了期待：「說了昨晚睡夠了。」

他摸出充好電的降噪耳機戴上，隨後翻出他的皮卡丘抱枕，趴在桌上。

他視線剛百無聊賴地落向窗外，就見校競隊的那一群人從窗戶外面走過去。

不知道是不是傅陽曦的錯覺，他怎麼感覺最近校競隊總是從國際班右邊的樓梯上來？

明明金牌班的人走左邊的樓梯是最方便的。

而且他們以前也是走左側的樓梯——

這就導致這群人出現在國際班走廊外面的次數變多了。

連傅陽曦這種從不關心他人的事、對他人很漠然的人都注意到了。

以及為首的叫沈什麼堯的那個人，每次經過時，都要朝這邊看過來。

傅陽曦微微抬頭，不悅地皺起眉頭，眼眸漆黑，冷冷回視過去。

「你手怎麼了？」耳側忽然傳來趙明溪的聲音。

明溪捏著中性筆，疑惑地看著傅陽曦趴在桌子上的那隻手，因為趴在桌子上，袖子微微提上去一小截，於是露出了腕骨處的一小塊瘀青。

換了別人明溪可能還注意不到。

但傅陽曦皮膚白皙到有些蒼冷，瘀青在他身上格外明顯。

「……」

傅陽曦回過神，瞬間把袖子往下一拽，蓋住瘀青。

見趙明溪還在看著他，他揚眉道：「還不是和妳在山上被狗追時，摔下去才有的？」

明溪：「前天摔的？我怎麼記得昨天坐火車回來時還沒有。」

傅陽曦道：「妳坐火車昏昏沉沉的，哪裡記得那麼清楚了？」

「好吧。」明溪也沒有多問，她從桌子裡取出上次還沒用完的藥酒：「把手伸過來。」

傅陽曦以為一回生二回熟，上次在圖書館門前已經被她上過一次藥，再上第二次，他就不會渾身僵硬了。

但沒想到此時此刻他心臟依然跳得很快。

明溪往他手腕的瘀青上倒了點藥酒，然後用手心揉了上去。

傅陽曦垂眸看她，視線落在她微微抿著的嘴唇上，感覺心裡漆黑的角落彷彿有光源落了進去，照亮了一些，暖熱了一些，四肢百骸都被這暖意快要融化。

傅陽曦彎起嘴角。

明溪以為他又要說些什麼「傷疤是男人的勳章」之類的屁話，想也不想直接道：「閉嘴，安靜點。」

傅陽曦：「……」

傅陽曦忍不住笑。

明溪覺得他的瘀青肯定不只手腕上這麼點，拽著他的袖子想趁他不注意往上推。

但傅陽曦十分警覺，及時把手縮了回去。

明溪又趁著教室還沒來人，去扒拉他的外套。

傅陽曦差點沒跳上桌子，他飛快往後退，退到牆邊靠著，雙手抱胸，一副捍衛自己清白的樣子，面紅耳赤道：「大清早的幹嘛啊妳？」

不愧是小口罩，一上來就這麼生猛。

「……」

「算了，剩下的如果還有，你自己上吧。」明溪被氣到了。

怎麼這位太子爺整天一副她要輕薄他的樣子？

她根本想都沒想過好嗎？

不過，其他地方應該也沒多少。

明溪確定他們摔下來的那小土坡很鬆軟，她自己都沒摔傷。

「拿去。」明溪把藥酒推往傅陽曦桌上。

傅陽曦看起來倒也不介意她的凶巴巴，甚至好像習慣並縱容了她這個小弟偶爾開始「以下犯上」。

傅陽曦自己拿起藥酒悠哉地去廁所了。

八點之後，國際班的學生陸陸續續進了教室裡來。

柯成文進來時抱著一團外套，彎著腰左顧右看，確認沒有老師在附近之後才進來，神神祕祕的。

「曦哥已經來了？」他見傅陽曦的座位有人坐過的痕跡，但是人不在座位上。

明溪頭也不抬，繼續解題：「去廁所了。」

「趙明溪，妳過來。」柯成文興奮地小聲道：「我給妳看個大寶貝。」

明溪被他說的話弄得一陣惡寒，放下筆，嫌棄地回頭看過去，就見柯成文朝左右看了看，然後小心翼翼地激動地掀開懷裡的外套——

他懷裡忽然傳來一聲小狗的「汪汪汪」！

那是一隻大約兩三個月大的哈士奇，只有一個抱枕大小，黑白配色，長得凶萌凶萌的，歪著腦袋瞪著明溪。

簡直可愛得要命。

明溪眼睛一亮，伸手就去摸那隻小狗的腦袋，那小狗也不咬人，好奇地看著她，隨後舔了舔她的手心。

不少已經進了教室的同學們也看向這邊，幾個女生一臉興奮。

明溪問：「你從哪弄來的？」

「我家大哈士奇生的。」柯成文道：「我還是最近才知道曦哥怕狗，這弱點也太不傅陽曦了吧？說出去等下常青班的人都要笑他。所以我就先帶隻小狗來跟他親近親近，說不定親近了不咬人的小狗，他就不怕狗了……」

明溪還以為柯成文只是在學校撿的，等等就要送走，沒想到居然是特地抱過來給傅陽曦的。

她不贊同道：「我看你還是算了吧，他不是說了他怕狗嗎，幹嘛非得讓他克服——」

話音未落，傅陽曦從教室後門進來了，手裡還拎著藥酒瓶。

他視線緩緩落在了柯成文懷裡的那隻狗上。

他喉結一動，臉色猛然一變。

「曦哥，看！」柯成文不知死活地抱著狗遞到傅陽曦面前去。

小狗躍躍欲試，往傅陽曦身上撲。

有那麼一瞬間，不知道是不是明溪的錯覺，她在傅陽曦臉上看到了一種近乎凝固的、回到惡夢的表情。

那是一種飛快直直墜落的表情。

在山坡的那天，太過倉皇，明溪自己也對那隻藏獒畏懼無比，因此沒能看清楚傅陽曦盯著那隻藏獒時，到底是怎樣一種僵硬的神態。

此刻她看清了。

——那是一種完全不會出現在傅陽曦這個人臉上的神態。

正因如此，明溪不知道怎麼的心裡也突突地直跳，她血液隨之竄到了頭頂。

她匆忙過去擋在傅陽曦身前，忍不住道：「行了，上課了，別鬧了，狗趕緊送去給門衛大叔吧，不然等等盧老師——」

話沒說完，意識到不對，轉頭一看。

身後的身影忽然不見了。

傅陽曦拎著藥酒瓶不知道去哪了。

柯成文張大嘴巴，愕然地看著傅陽曦的反應，後知後覺地察覺到自己可能闖禍了。

他脊背發涼，對明溪道：「完了完了，等下曦哥要揍死我了，我真不知道他這麼怕，我想著是小奶狗，又不嚇人，就帶過來熱鬧熱鬧。」

明溪對他道：「你先把小狗送走吧，我去找找。」

柯成文嚥了口口水，還要說什麼，明溪已經匆匆跑出教室了。

上課鈴已經響了。明溪見到抱著教材從辦公室出來的盧老師，渾身緊張，在盧老師叫住自己之前，慌不擇路地衝下樓。她在教學大樓附近轉了一圈，根本沒找到傅陽曦的影子。

學校太大了，這樣找下去，一上午都要蹺課了。

於是明溪又爬上了教學大樓樓頂，打算去高處往下看找一下。

她氣喘吁吁地上了天臺，就在那裡看到了傅陽曦。

意外的是，傅陽曦躺在天臺上。

天臺上有幾把橫著的躺椅，供一些學生平時上來早自習，只是躺椅上經常積了灰塵，所以並沒什麼學生會上來。

傅陽曦平靜地躺在其中一把躺椅上，雙手交疊，看著天空。

他的神情像是在想些什麼，但又像是什麼都沒想。

明溪喘著氣走過去。

傅陽曦聽見腳步聲，便直起了身子，詫異地問：「妳怎麼上來了？」

明溪走過去，從口袋裡摸出兩張衛生紙，把椅子擦了擦，在他身邊坐下，側頭看他：「你不上課嗎？」

傅陽曦扯了扯嘴角，無所謂道：「唉，小爺我就是突然犯睏，教室太吵了，所以上來躺一下。」

「倒是小口罩妳，上來幹嘛，居然膽敢蹺課？」

這簡直太不像趙明溪了。

「你能蹺課，我就不能蹺課？」

明溪也覺得這很不像自己。她居然為了傅陽曦蹺課？而且還是想也沒想地衝出去，而非為了盆栽裡的小嫩芽。

傅陽曦雖然一開始對自己很凶，可後來他決定罩著自己以後，漸漸地他就對自己很講義氣了。

在到達桐城的那天，明溪就決定，從今以後，傅陽曦是自己很重要的朋友。她擔心他無可厚非。

「妳去別的椅子上坐。」傅陽曦揚眉，不悅地看著她：「我都沒地方躺了。」

「不去。」明溪賴著不動：「我就只有兩張衛生紙，擦了這張橫椅，就沒紙巾擦別的了，坐別的椅子會坐一屁股灰。」

明溪沒問怕狗的事情，傅陽曦也沒提起。

這也算是兩個人的默契。

傅陽曦覺得趙明溪家裡的事情，如果她想說出口的話，她總會告訴他。她不想說的話，何必去揭人傷疤。

趙明溪則覺得傅陽曦不想讓別人知道他怕狗的事情的話，定然有他自己的道理，自己也沒必要窮追不捨地問。

傅陽曦覺得趙明溪就是擔心他、就是在意他、就是想賴著他。

趙明溪就是那個每次都能將黑暗撕開一道口子，不管不顧闖進來的人。

生活真的很苦，但是有小口罩，好像就甜了一點。

傅陽曦竭力想要繃住自己上翹的嘴角，心口不自覺流淌出一道暖意，方才渾身的僵硬彷彿也被融化了。

傅陽曦突然道：「算了。」

明溪：「幹嘛？」

傅陽曦：「下樓。」

再不下去，等等就要連累小口罩被班導師罵了。

明溪愣了一下，傅陽曦這就自我調節好了？

兩人下去，果然被班導師盧老師教訓了。盧老師一邊教訓，又一邊擔心耽誤趙明溪的課業，於是把趙明溪放進去，拎著傅陽曦繼續教訓。

傅陽曦：「……」

等傅陽曦進來之後，柯成文簡直不敢抬頭看他一眼。

傅陽曦說是昨晚睡得很好，但是接下來一整天卻都在睡覺。他很怕吵，一直戴著降噪耳機，眉心蹙起。

明溪放學後約好了和董家吃飯，知道她住校，為了讓她方便點，董阿姨約在了一家川菜館。

董家人一家人對趙明溪而言，都是非常親近的存在，關於趙家那些事，也沒什麼不好說的，於是明溪一五一十地對他們說了下這兩年的近況。

當然，掩去了一些會讓董家人非常義憤填膺的事情，只說了自己最近已經與趙家斷絕往來了。

而這邊，傅陽曦還在教室。

柯成文見他收拾著書包，忍不住小聲在後邊道歉道：「曦哥，我不知道——」

「停。」傅陽曦淡淡道：「這件事就此揭過，以後別再帶狗來了。」

柯成文趕緊點頭。

柯成文自以為認識傅陽曦挺久的了，兩年算久嗎，但是有的時候也感覺自己有點看不懂他。不過傅陽曦既然說這件事翻篇了，那就是翻篇了。柯成文心裡悄悄鬆了口氣。

「話說。」傅陽曦想起早晨校競隊那個姓沈的經過窗戶時一直盯著趙明溪看的眼神，心裡覺得不大痛快，忍不住問：「校競隊的那人到底怎麼回事？」

柯成文一聽就知道他在問誰，連忙道：「不就是趙明溪那天說的嗎，和趙明溪認識啊？」

傅陽曦扭頭看柯成文一眼，狐疑道：「你是不是有什麼事情在瞞我？」

柯成文：「……」

「曦哥，趙明溪給你的藥酒袋子裡是不是少了一瓶？」柯成文眼尖瞥見這個，連忙轉移話題。

傅陽曦在桌子上的藥酒袋裡找了找，發現是有瓶酒精落在洗手間了。他瞪了柯成文一眼，道：「回來再找你算帳。」

說完轉身出教室。

柯成文鬆了口氣，連忙跟在傅陽曦身後。

但就在傅陽曦和柯成文剛走到廁所門口時，忽然猝不及防地聽見裡面傳來「趙明溪」三個字，一看就是什麼男生在背後議論趙明溪。

柯成文見傅陽曦臉色一臭，抬腳就要進去，結果就聽到了下一句——

「趙明溪的甜品真好吃，還是她追沈厲堯追得要死要活的時候好，每天都有甜品吃。現在她和沈厲堯鬧矛盾，我們就沒有口福了。」

「馬上就要百校聯賽了，到時候她會和我們校競隊的一起去集訓，不知道她會不會和堯神和好。」

「追了堯神兩年，眼看著堯神快鬆動了，她總不可能半途而廢吧？」

「你覺得她真的放棄了嗎，還是仍在利用那位傅氏太子爺讓沈厲堯吃醋啊。葉柏怎麼說她好像真的放……」

「……」

後面還說了什麼柯成文根本不敢去聽。

空氣近乎窒息。

傍晚走廊的天色本就陰沉，此刻更加大雨將至，烏雲密布。

他眼睜睜看著傅陽曦的臉色肉眼可見地一點點鐵青起來。

完了。

柯成文絕望地心想，他最擔心的事情發生了。

「他們在說什麼？」傅陽曦臉色鐵青，臉上幾乎是風雨欲來。

柯成文連忙一把將他攔住：「就是些閒言碎語！根本不是真的！」

「我當然不信！小口罩不是那樣的人。」傅陽曦攥成拳頭的手不易察覺地都在抖，他整個人喘著粗氣，拎起柯成文的衣領將柯成文甩開，下一秒就衝了進去。

「你們他媽在亂嚼什麼舌根，有種再說一遍。」

校競隊的兩個男生嚇了一跳，哪裡想到放學後說兩句閒話也能被當事人聽到。

頓時一個激靈，抓起旁邊的隊服，來不及關掉水龍頭，連滾帶爬地溜了。

「有種站住！」傅陽曦臉色難看到可怕，衝出去揪人，被柯成文再次一把攔住。

「算了，算了，曦哥，你這個月被教務主任罵了多少次了，還進了趟警察局！冷靜！冷靜！」

那兩個男生頭也不敢回，生怕被傅陽曦看清楚臉，倉皇逃下了教學大樓。

傅陽曦根本無法冷靜下來，滿腦子都是剛剛那兩個男生的對話。

「什麼叫做追姓沈的追得要死要活？什麼叫做『能不能和好』？」

「他們說的傅什麼太子爺是我？說小口罩利用我讓姓沈的吃醋？」

傅陽曦像是聽到了什麼無稽之談，扭頭看向柯成文：「這群人腦洞也太大了！」

可旁邊的柯成文走過去關掉水龍頭，嘴唇蠕動了下，看了他一眼，卻面有難色，不敢說話。

空氣一時安靜了下來。

傅陽曦頓了頓：「你什麼意思？」

他心中突然有種不好的預感。

他盯著柯成文：「你到底有什麼瞞著我，給你最後一個機會。」

「就是，就是——」柯成文完全不知道該怎麼說。

傅陽曦：「快說！」

「趙明溪剛轉班過來的時候，你不是讓我去查查她的家裡人、喜好、以前的朋友什麼的嗎？」

柯成文急了，不停地道：「她就是追過沈厲堯啊！就是隔壁班的沈厲堯！別人家的孩子！連年拿金牌、誰都不放在眼裡、厲害得要命的沈厲堯！」

「沈厲堯很有名的，只是曦哥你天天上課睡覺，連班導師的名字都不記得，所以沒聽說過而已！就是那個長得很帥的，上次你還在圖書館見過——」

「可她說只是普通朋友。」

柯成文嘟囔道：「女孩子臉皮薄，總不可能隨隨便便對我們說她追過沈厲堯吧。況且那時候曦哥你天天趕她走，她對我們也沒什麼好感，告訴我們幹嘛。」

傅陽曦無法理解眼前的狀況。

他心中充斥著一股焦灼的火。

他不明白是妒火還是什麼火。

沈厲堯，很帥，連年金牌，別人家的孩子。

那麼，他呢？

「我不信。」傅陽曦深吸了一口氣，看起來冷靜了一點：「其中肯定有什麼誤會。」

就因為沈厲堯優秀，和小口罩認識，小口罩送過他甜品，這群人就編排小口罩追過沈厲堯？

那他還甩沈厲堯一百條街，可以用錢砸死沈厲堯呢，是不是有夠優秀？

小口罩還送了快一個月的甜品給他呢。

——這群人怎麼不編排他和小口罩？

傅陽曦發現自己甚至連這些流言蜚語也嫉妒。

趙明溪說是普通朋友，他就相信是普通朋友。

他不在意這些人說的屁話。

柯成文見他這樣，也沒轍：「那我們先回去？曦哥，今天你回別墅還是回公寓？」

——不，他怎麼可能不在意？

他在意得要命。

「回個屁，先把事情弄清楚。」

傅陽曦忽然拔腿就往外走。

柯成文以為他又是要去找那兩個閒言碎語的人算帳，連忙跟了上去。

卻見他往樓上資訊部跑。

傅陽曦衝進資訊部，這裡老師還沒下班，見他進來，下意識站起來。

傅陽曦就已經一言不發地衝進了電子檔案室。

柯成文跟在後面，急匆匆進去後把門關上了。

等柯成文走過去時，傅陽曦已經三兩下敲擊鍵盤，登錄了學校的內部官網。

內部官網會根據時間線放很多以前活動的照片。平日每週的籃球賽、或是升旗儀式的照片也會放。

傅陽曦直接調取了去年一整年所有的校內照片。

所有的照片在電腦上呈現出來，很多蛛絲馬跡就一目了然了。

有沈厲堯出現的每一場籃球賽，趙明溪都在，趙明溪還抱著水。

去年校慶時，趙明溪和沈厲堯互相出現在了對方班級的照片當中。

去年迎新時，趙明溪也去幫沈厲堯的忙了，當時她還帶著口罩。

原來傅陽曦認識的那個小口罩，沈厲堯也認識，甚至比他認識得更早、更久。

兩人同框相片可以說相當多。

如果把這些同框了的照片全部下載下來的話，恐怕會有幾個G。

還有圖書館的打卡紀錄，廣播室的打卡紀錄，兩人的簽名也經常前後出現。

一點一滴，彷彿一個漫長而盛大的喜歡的過程。

就這麼真實地呈現在了傅陽曦和柯成文眼前。

柯成文簡直都不敢再看了。

傅陽曦臉色難看，手指攥緊了滑鼠，卻仍一張一張地翻下去。

電腦液晶螢幕倒映著他的臉，柯成文不知道他是以什麼心情在看這些東西的。

傅陽曦以前從不上論壇，那些不著邊際的校內緋聞對他來說就是浪費生命的存在。

上一次讓一群小弟為趙明溪投票，是他唯一上過論壇的一次，但他也只是直接點進投票頁面，並未留意那些閒言碎語。

但這一次他忍不住掏出手機，打開論壇看了眼。

原來關於小口罩的貼文裡，提及小口罩和沈厲堯的，遠遠比提及小口罩和他的多得多。

有人發文問：『有人扒一扒新校花和校競隊的沈厲堯嗎？感覺有很長一段淵源。』

還有人問：『趙明溪現在變成了校花，以前她追過沈厲堯的事情都被挖了出來。當時還感嘆她為什麼那麼有勇氣，原來是因為本身就長得漂亮啊～』

『那某F（不可提及大名）到底在其中扮演著什麼角色啊，很明顯沈厲堯是官配，利用他讓沈厲堯吃醋？』

傅陽曦看得太陽穴突突直跳。

小口罩追過別人，為什麼全世界都知道，就他不知道？！

妒忌宛如不知名的蟲蟻，啃噬著他的內心，讓他無比煎熬。

「別看了，曦哥。」柯成文忍不住道。

他害怕傅陽曦發現這件事，就是怕今天這一幕。

曦哥這種性格，雖然並不在乎那些閒言碎語，但是要是看到別人說趙明溪可能是因為讓沈厲堯吃醋才接近他，他豈不是立刻炸了？

炸學校都有可能。

柯成文百般阻撓，但沒想到該來的還是來了。

不知道過了多久，傅陽曦關掉電腦，深吸了口氣，努力讓自己冷靜下來。

他站起來，手握成拳：「喜歡過姓沈的有什麼關係？我又不是什麼清代老古董，有什麼好介意的。」

「她是喜歡過——但現在肯定不喜歡了。」

現在趙明溪喜歡的是他，是的，沒錯。

她現在喜歡的是她。

可即便這麼一遍遍念著，傅陽曦卻越來越不確定，心裡的問號越來越大。

他覺得好像是自己誤會了什麼。

是他自己一直錯誤地幫自己編造了一個自欺欺人的美夢。

而現在這個美夢不小心撕開了一個口子，露出了讓他如墜冰窖的真實部分。

——口子只會越來越大。

傅陽曦不知道自己是否該將這件事探究到底。

如果答案是當頭一棒，他該怎麼辦？

傅陽曦忽然想起了老爺子讓張律師給他的那一疊照片。

老爺子說他單相思——

是不是照片裡有什麼？

傅陽曦心臟突突地跳。

他忽然快速編輯一則訊息傳給了張律師，讓他叫人把東西送到學校附近的ＫＴＶ包廂。

然後傅陽曦就朝著資訊部外面走去。他四肢僵硬，腦袋裡嗡嗡響，已經不知道該怎麼離開學校了。

半小時後，學校外面的ＫＴＶ包廂。

沒有放歌，包廂裡死寂一片。

傅陽曦一言不發地坐著，臉色晦暗不清，一張張地看著老爺子給他的那些照片。

柯成文在旁邊一句話都不敢說。

第一張照片，是小口罩追上來要幫他倒垃圾那天。他們在巷子裡說話，巷子正對著教學大樓，姓沈的就站在五樓，遠遠地看著他們。

所以當時趙明溪衝上來是真的要幫他倒垃圾，還是因為沈厲堯在看著，才衝上來的？

第二張照片，是月考考試之前，小口罩突然倉促地握住他的手。教室監視器的照片列印出來一角，能看到沈厲堯路過的身影——

所以她是真的為了握住他的手，還是在看到沈厲堯之後，才突兀地去握住他的手？

第三張、第四張、第五張照片，是一系列圖書館的監視器畫面照片。那天在他到達圖書館之前，小口罩分明與沈厲堯吵了一架，兩人的表情看起來就相當熟稔。可是她卻對他說只是普通朋友。

除了這麼多的照片，還有小口罩去年的申請轉班紀錄。

原來小口罩不是一開始就打算轉到國際班，更不是他以為的對他一見鍾情才轉到國際班。

她去年第一次申請轉班是隔壁沈厲堯所在的金牌班，只是當時成績沒達到，沒被批准，今年才申請來到了國際班。

傅陽曦死死攥著這些東西，指骨蒼白，血液一點、一點從四肢百骸竄到頭頂，以至於他渾身冰涼起來。

老爺子神通廣大，從哪裡弄到的他也不得而知。

他只知道，原來很多事情早就有了端倪，只是他在自取其辱、自欺欺人。

她衝上來為他跑圈時，隔壁班的人也都知道，而沈厲堯臉色難看。

那時候，他在其中扮演的到底是什麼角色？是工具人嗎？

她今天早晨突然要幫他塗抹傷藥，也是沈厲堯剛好路過。

她那張快翻舊了的百校聯賽的重點範圍，原來是沈厲堯給她的。

還有，她當時拒絕李鯨魚說的是要好好念書，而非已經有了喜歡的人——明知道他在窗戶旁邊聽著。

他當時還覺得奇怪呢。

原來啊，原來如此。

傅陽曦不知道該怎麼去形容自己此刻的心情……生氣、憤怒，他甚至沒力氣去湧出這些情緒。一旦有這些情緒，必定伴隨著恨，但他又恨不起來。

他腦海中全是鋪天蓋地的無措。

像是親手戳破了一個自己編織的夢，迎來了現實，並且發現自己只是一個笑話。

不管是不是利用，他都不在意了。

他腦子裡有一個聲音一遍遍惡意地重複——

小口罩不喜歡他。

原來小口罩不喜歡他。

在圖書館她牽住他的手之後，他從沒設想過這種可能。這個聲音將他打落懸崖下，渾身都不自覺地發著抖。

所以，她記得他的生日嗎？

傅陽曦腦子裡跳在最上面的念頭竟然是這個。

他像是抓住一根救命稻草一般，心裡拚命地想，假如這一切都是誤會呢？天底下就是會發生那麼巧的事情！剛好就在她對他好時，沈厲堯出現在附近！他如果因此而誤會了，並去無理取鬧，那就是神經病了！

她是喜歡過沈厲堯，但那又有什麼關係，她現在和沈厲堯完全沒有任何接觸，他又不會介意這一點！

只要她現在喜歡的是他，他明天就裝作今天的一切沒有發生！

「我誰也不信，我要聽她親口說。」傅陽曦抹了把臉，忽然站起來，讓柯成文把手機掏出來：「你打電話給她。」

傅陽曦的理智繃著最後一根弦。

儘管臉色已然十分蒼白，嘴唇毫無血色，但他維持著最後一點的體面，努力去繃住神情，不讓自己流露出任何的狼狽情緒。

他定了定神，對柯成文一字一頓道：「你幫我問。」
柯成文欲言又止地看了他一下，只能把電話打過去。
此時此刻，包廂裡只聽得見壓抑的呼吸聲。
片刻後，電話打通了。
柯成文不知道該怎麼問，看了眼傅陽曦的神情，先問了一句：「明溪，妳在哪呢？」
「和董家人吃飯嗎，好，嗯，就是——」柯成文頓了頓：「妳還記得曦哥生日是哪天嗎？我們要不要給他一個驚喜？」
隔著電子音的嘈雜，那邊的明溪道：『要啊，驚喜當然要。』
柯成文手機開了擴音。
接著傅陽曦就聽明溪問道：『不過他生日是哪天？』
傅陽曦：「……」
空氣死寂。
柯成文簡直不敢去看傅陽曦的臉色，又接著問：「明天再和妳說，明天去學校我們商量商量送什麼，私底下商量，別和曦哥說。妳打算送什麼？」
電話那邊說還沒想好，要好好想想。
柯成文心臟緊張得突突直跳，努力去套話：「妳別送太誇張的東西，等下全班都知道妳喜歡曦哥了。」

說完，他心中吶喊祈禱，趙明溪快點不要不識抬舉，快說就是喜歡曦哥吧！不然曦哥明天真的要炸學校了！其他人也要遭殃！

電話那邊的明溪一愣。

她頓時意識到她轉班以來的一些行為是很容易讓人誤會，聽柯成文這語氣，好像以為她在追傅陽曦。

幸好傅陽曦沒這麼以為。

幸好傅陽曦單細胞還沒開竅，只是把她當同性小弟，要是誤以為她喜歡他，等下朋友都沒得做。就和那天送千紙鶴的女生一樣，以為她要找揍。

明溪不想失去傅陽曦，連忙拿著手機去了廁所，解釋道：『沒沒沒，你別瞎說，我把曦哥當老大，我不會——』

明溪想說自己不會逾矩的，但不知道為什麼這話剛說完，電話那邊柯成文就斷線了。

接著就傳來忙音。

沒電了？

第十四章 失戀了

傅陽曦劈手將柯成文的手機掛掉了。

他不知道繼續聽下去，自己還會幹出什麼事。

現在一切都清晰了。

小口罩根本就不喜歡他。

傅陽曦不知道自己在想什麼，也可能什麼都沒想，他腦子嗡嗡的響，胃裡像是有隻大手狠狠將他五臟六腑擰住，一瞬間感覺哪裡都空蕩蕩的，沒了力氣。他一屁股在沙發上坐下來，發怔地看著地面，一個字也沒說。

柯成文心裡打著鼓，不知所措地看著傅陽曦：「曦哥——」

柯成文感覺自己也有責任。要是早在趙明溪轉過來時，就告訴傅陽曦，趙明溪轉過來之前追過沈厲堯，那麼也不會放任曦哥的感情發展到這一步了。但是他當時的確也沒想那麼多，就是怕曦哥脾氣炸開。

「你先出去吧。」傅陽曦打斷了他：「讓我一個人靜一靜。」

柯成文卻還是忍不住道：「你要是覺得被欺騙，很生氣，不想看到趙明溪，要不然讓張律師去和教務主任交涉一下，讓趙明溪轉班？」

雖然趙明溪也是他的朋友，但是柯成文畢竟是因為傅陽曦才認識她。

柯成文還是下意識站在傅陽曦這邊。

「欺騙？趙明溪哪裡欺騙我了？文章裡說的那些，她因為想讓沈厲堯吃醋，而對我好，我是一個字也不信的。」

「她不是那種人。你不准信，也不要胡說八道，下次聽到誰再閒言碎語，直接揍人。」

傅陽曦語氣沒什麼起伏地道。

包廂裡光線昏暗，讓人看不清他的表情。

「我做事本來也就只管自己願不願意，不願意的事情，把刀架在我脖子上也不行。」傅陽曦道。

他不會因為一個人喜歡他，他就去喜歡對方。在很早之前，有可能是摘口罩那一瞬，也有可能是圖書館那一晚，還有可能是更早，手指觸碰的那一瞬，他就意識到自己喜歡趙明溪。

所以，本來也不存在欺騙，也不存在什麼誤會。

他也不在意趙明溪是否喜歡過別人，他在意的就只有趙明溪現在是否喜歡他。

現在弄清楚了。

她不喜歡他。

她只是把他當老大，轉班過來一連串對他好的舉動，說不定只是為了更快地融入這個班級團體。

是他自己因為從沒得到過，在得了一根小火柴之後，就以為對方有一座火源等著他。

是他自己想得太多、太多了。

傅陽曦覺得很難堪。

沉默了不知道多久，他扯著嘴角拽了拽：「今天的事情不准說出去。」

還沒有人知道他鬧出了這麼大的笑話，今天過後，他還可以裝作一切無事發生。

柯成文看著他，只有道：「好。」

可是無論傅陽曦怎麼打起精神，他還是渾身空落落的發著抖。

一道閃電劈過，將傅陽曦慘白的臉色照亮了。

接著，外面瓢潑大雨便落了下來。

明溪掛掉電話，心裡覺得疑惑，柯成文為什麼要奇奇怪怪地打這一通電話？明天直接去學校說不就行了？

但她還是第一時間先在手機備忘錄上把傅陽曦的生日記下來。

上次他們打打鬧鬧說的時候，她在想自己的事情，也沒聽清。

好在柯成文重新提醒了她一遍，她這次就記住了。明溪備忘錄上記了很多，全是重要的人的重要日子，賀漾、董阿姨和董深的。想了想，她又把十一月五號圈起來置頂，免得疏忽了。

「明溪，等下菜涼了。」董深叫她。

明溪匆匆回去。

董慧將明溪喜歡吃的菜轉到她面前，小心翼翼地問：「妳想不想搬來我們家住？不過我們房子還沒交付。兩個月前在國外時剛交定金，大概還有一個月才能搬進去，也是一個很好的社區，中古別墅——」

「沒事，董阿姨，我就住學校，還方便一些。」

董慧趕緊又問：「那寒暑假呢？溪溪妳總要有地方回吧？不然到時候學校空蕩蕩的妳一個人多害怕？妳就來我們家吧！妳只要點頭，房子交付後我們立刻幫妳安排一間房間。」

見明溪猶豫，董慧連忙道：「猶豫什麼啊，我和妳董叔叔也算是看著妳長大的，妳又上進又刻苦，都是把妳當女兒看待，現在也有經濟條件可以幫到妳，妳猶豫什麼？妳奶奶去世前還囑託我們照顧妳，早知道趙家那副德行，我們就不出國了。」

董深也道：「對啊，而且明溪妳不是說還要帶我去買衣服？過幾天轉學手續各種事情也要麻煩妳。」

明溪低著頭，緊緊握著筷子，鼻尖略微發酸，點了點頭，答應了：「好。」

見明溪答應了，董家一家人都很高興。但是這陣子董家剛回國，住在飯店，很多事情還沒布置好，只能讓明溪先住校了，剛好等放寒假的時候，就可以搬去董家新買的房子住。

明溪和董慧一家人熱熱鬧鬧吃了頓飯，吃完之後，四人從餐廳二樓下來。

見外面下起了暴雨，董慧道：「那我們先把妳送回學校，然後再回飯店。」

明溪也不和他們客氣了，直接道：「好，謝謝阿姨。」

明溪和董慧、董深在餐廳簷下等董叔叔把車開過來。

一輛熟悉的車也正徐徐開過來。

司機撐著傘，趙母和趙媛、趙宇寧正從車上下來。

趙母和趙宇寧一直在僵持當中，趙媛心裡也急，擔心僵持時間久了，趙宇寧一直不回家，趙母會怪罪自己。

於是想了個辦法，把兩人都約出來一起吃個飯。

趙母這幾天心裡因為趙明溪的事情難受，食不下嚥，但聽說趙宇寧也會一起吃飯，於是便趕緊出來了，想著已經失去了一個女兒，和趙宇寧的關係不能再僵硬下去。

趙宇寧則根本不想來，他之所以來的原因是，那天和趙墨說了趙媛在文藝部做的事情之後，二哥若有所思，讓他最近多注意著點趙媛。

他想看看趙媛到底想幹什麼才來的。

但三人沒想到，還沒下車，就看到了簷下站立的明溪。

A市說大，但也沒那麼大，何況有名的五星級餐廳只有那幾間，只要在這個城市生活，總有一天會遇到。

趙明溪看起來清瘦了一些，穿得更厚了一些，可能是剛從學校出來，校服外面罩了件長款大衣，但一點也不顯得臃腫，反而因為她高挑的個子，顯得亭亭玉立。她皮膚白皙，脖間仍掛著那條她奶奶以前幫她求來的長命鎖。

一眼看過去，就會驚覺是個美人的少女。

趙母心頭非常堵，家裡的幾個孩子長相都非常萬裡挑一，但明溪無疑是這其中最出眾的。她剛把明溪接回家時，就驚覺明溪的漂亮，當時還忍不住拉著她，多看看她。

但是卻因為在意趙媛的感受，也不敢一直看。

而現在，這麼好看的孩子是別人家的了。

趙母和趙宇寧都注意到了旁邊的董慧和董深。

萬萬沒想到董家人回國第一件事，果然還是找到明溪。

兩人表情如出一轍地宛如被打了一記悶棍一樣，頓時就撐著傘走過去。

本來趙母以為，即便斷絕關係，但是再在人群中遇到，明溪至少會和他們打聲招呼的吧？

但沒想到。

沒有。

明溪也看到了他們，可隨即就收回了視線，上了董家的車。

「……」

趙母呼吸一窒，心裡頓時猶如被針扎一般。

她想也沒想，衝過去攔住車門，司機連忙撐著傘匆匆跟著。

趙媛一個人站到餐廳臺階上，一回頭卻見趙母和趙宇寧都沒跟上來，反而冒著大雨去攔車子了，一時之間臉色變了變。

「趙明溪！」趙母心裡隱隱作痛：「妳現在見面連招呼也不打了？！」

明溪坐進車子裡，趙母扳著車門不讓她關上，明溪皺眉：「鬆手。」

董深坐在明溪的右邊，見了趙母和趙宇寧就來氣，怒道：「什麼毛病啊，鬆開行不行，不要死纏爛打，以前幹什麼去了？有什麼好打招呼的啊，斷絕關係了還和你們打招呼幹嘛？」

趙宇寧撐著傘，哀怨地看著趙明溪，忍不住道：「姐——」

「姐什麼姐？現在是我姐！」董深故意氣趙宇寧，抱住明溪的手臂，腦袋就往她肩膀上靠。

趙宇寧氣急敗壞，恨不能衝進去和董深打一架：「放開趙明溪，你個死胖子。」

兩年前董深長得很胖，被趙宇寧嘲笑了好幾次，但是兩年後董深卻長得足夠帥了。

「就不放手！」董深怒道：「你全家才是死胖子。」

眼見著等下就變成兩個小孩的罵戰，坐在副駕駛座上的董慧回過頭對趙母道：「老實說，趙姐，你們真的虧了，明溪上進又努力，我就想要這個女兒，你們不要，早說，給我多好。我們全家都會買好看的衣服給她，住漂亮的房間，還不用在你們那裡受氣。」

趙母簡直想不顧家教地搧董慧一巴掌，讓她閉嘴，但更多的是心裡刺痛——她好像的確沒盡到一個做母親的責任，連外人對明溪都比她對明溪好。

她忍不住對一言不發的趙明溪道：「明溪，我們好好聊聊好不好？媽媽這兩天反省了很多，我跟妳道歉——」

「說什麼道歉，只會嘴上說說，你們一家有拿出點行動嗎？妳已經有親生女兒趙媛了，還來找明溪幹嘛？！」

董深最看不慣，忿忿不平道：「都是因為你們，明溪連她的生日日期都不能有，到現在她還在用趙媛的生日！我告訴你們，等過幾天明溪一滿十八歲，我媽就帶著她去改身分證生日！不稀罕你們。」

說完董深越過趙明溪，生硬地去扒開趙母的手指。

趙母血液往頭頂上湧。

董深說的話她根本無法反駁。

是的，這件事的確是他們委屈了明溪。

大約三年前，趙媛運動會受傷，送去醫院之後，他們發現趙媛不是他們的親生女兒，DNA不一樣。

事後他們弄清楚了當年在醫院出現了抱錯事件。不知道到底是趙媛的親生母親還是誰，在孩子們還待在保溫箱時，將兩個孩子互換了。之後他們開始尋找親生女兒趙明溪。

當時以為根本找不到了，一家人心裡都心灰意冷，決定就把趙媛當親生女兒養。並把趙媛的生日從十月二十四改成了她自己真正的出生日期，十月十四。

可沒想到，就在改了之後，明溪找到了。

那時候他們就面臨了一個問題，到底是把趙媛的身分證生日再改一次，改成明溪的，還是讓新來的明溪委屈一下，把日期按照趙媛的改。

那時候趙媛才十五歲，第二次改日期，還以為趙家不要她了，哭得天昏地暗。趙母心裡一軟，便央求趙父去改了趙明溪的……

那時候，趙母以為明溪不會介意，反正家裡還會幫她在二十四號過生日。身分證上只是個數字而已。

可是現在，趙母後悔了。

她清晰地看到了自己是怎樣，因為不想推走趙媛，而一點點將明溪推得更遠。

趙母一半身子都在外面淋雨，難過得五臟六腑都疼，下意識地看向一直不說話的明溪，像是哀求般地問：「明溪，我徹底失去妳了嗎？」

她心底仍舊抱著一絲明溪會回來的希冀。

但沒想到明溪抬頭看她，平靜地道：「是的，妳失去我了。」

趙明溪她，好像真的徹底放下了。

不再耿耿於懷，不再央求他們一家的愛。

那一瞬間，趙母眼前一瞬間陣陣發黑，她的手指被董深掰開。

董家的車子揚長而去。

趙母雙腿一軟，差點跪坐在雨中，被司機和趙宇寧一左一右地架起來。

趙母哭得泣不成聲，一聲聲的詰問：「為什麼會這樣？」

可是為什麼會這樣，沒有人比她心裡更清楚了。

她意識到她自己就是那個造成這一切的劊子手。

「如果把明溪的生日還回去，可以嗎？」趙母淚流滿面地問趙宇寧。

在餐廳簷下聽見她這話的趙媛臉色一變。

董家的回國多少給明溪帶來了一點底氣，至少以後家長會也有人能幫她開了。

也不會再有人私底下嘲諷她是不是只是趙家的養女，為什麼趙家那位帥氣的大哥從來都只接趙媛放學，而不接她。

以後董阿姨會來接她。

天知道明溪有多感激這一世回來，董家人還在。

因為放學後吃飯耽誤了點時間，晚上回學校之後，明溪便強令自己多刷了幾份試卷，一直到十二點才睡。

第二天清早，明溪仍是整棟宿舍大樓最早起的人。

一進教室之後她看見姜修秋已經回來上學了，他的位子在另外一邊，身邊正圍繞著幾個女生。見明溪進來，他抬起桃花眼，朝明溪看了眼。

明溪抬手打了個招呼，朝自己座位上走去。

傅陽曦不高興她蹭姜修秋氣運，那她就不蹭了，反正百分之二可有可無。

但隨後明溪就感覺哪裡有點不對勁，傅陽曦沒來。柯成文則懶懶散散地趴在桌子上看漫畫，見她來了表情莫名有點怪，匆匆打了個招呼後就低頭繼續看漫畫了。

但不是怪在這裡，而是傅陽曦的桌子上——怎麼什麼東西都被清空了？

降噪耳機沒了，亂七八糟丟著的外套也沒了。

自己買給他的、他這個月以來最喜歡的皮卡丘抱枕也消失了。

聽說傅陽曦以前倒是經常曠課，三天打魚兩天曬網的，但是這一個月來每天都見他有好好地來上學。以至於乍一見他東西被清空了，明溪有點發愣。

「傅陽曦呢？」明溪忍不住問：「又不是週末，他東西怎麼不見了？」

柯成文道：「他請了兩天假，應該後天回來吧，別擔心。」

「怎麼突然請假？」明溪想起昨晚突如其來的暴雨和寒流，難免有點擔心：「是不是生病了？」

柯成文看向明溪，心情有些複雜，含糊道：「昨天放學回去時淋了點雨。」

「發燒了嗎，嚴重嗎？」明溪問。

「唉，沒事，就是一點小感冒。」柯成文道。

明溪只好先坐下，接下來一整天傅陽曦都沒來。

明溪為了準備百校聯賽，刷題刷得眼冒金星，也沒多想。

但當她刷題間隙抬起頭，看到身邊空蕩蕩的座位，她就莫名有點不適應。

這還是傅陽曦第一次一聲招呼也沒打，就沒來學校。

身邊沒有他的聲音，好像一下子冷清了很多。

好不容易到了快放學的時候，明溪按捺不住，傳訊息給他。

『曦哥，柯成文說你感冒了。』

『你發燒了嗎？家裡應該有私人醫生吧？看過了嗎？』

『體溫幾度？』

『有什麼需要的嗎？我可以送過去給你。』

明溪一直握著手機，心神不寧，見傅陽曦一直沒回，她忍不住又傳過去一則：『是不是太難受了睡著了？看見後回我一下QAQ。』

傳完後，那邊仍沒有回覆。

明溪下意識開始翻著她和傅陽曦之前的聊天紀錄。以前為了蹭氣運，她每天都只傳給傅陽曦三則，幾乎都是三個句號。

這還是她第一次傳五則有營養價值的內容給傅陽曦。

明溪心裡放心不下。

主要是前腳發生了傅陽曦怕狗的事情，又經常在他身上發現玻璃炸開的劃痕，雖然他說是泡麵時玻璃碗炸開劃傷的，但明溪心裡總覺得哪裡不太對勁。

一放學她就開始收拾書包，打算去一趟傅陽曦家裡看看。

她轉過身問柯成文：「你知道傅陽曦家裡的地址吧，能傳給我嗎？」

柯成文愣了：「妳之前不是不要嗎？！」

明溪道：「我怕他人在家燒糊塗了，你不是說他家裡沒大人，大多數時間都一個人住嗎？」

拿到了柯成文給她的地址，明溪背著書包，買了退燒藥和退燒貼，撐著傘匆匆往傅陽曦的地址趕。

這邊，等她走了之後，柯成文趕緊傳訊息給傅陽曦：『曦哥，完了，經不起美女誘惑，我把你地址告訴趙明溪了。是你自己公寓的地址，沒給你媽別墅的地址。』

失戀後，頹廢地蜷縮在被窩裡的傅陽曦視線還停留在趙明溪傳來的訊息上，心情複雜而悲傷，腦海中已然上演了一百集生離死別的電視劇劇情。

見到柯成文傳來的訊息彈出來，他退出去看了眼，頓時彈坐起來。

什麼鬼？小口罩要來？可他還沒洗頭！

傅陽曦心中悲愴，都親口說不喜歡他了還來關心他幹什麼？

讓他死了算了！

明溪拿著地址來到一處江灘邊的高檔社區，外面看起來像是ＣＢＤ辦公大樓，走進大樓才發現是一層一層的樓中樓公寓。

她去找保全說了下情況，保全拿著對講機可能是和傅陽曦那邊通了話之後，才帶她來到了頂樓。

明溪站在門外，拎著退燒藥袋子，按響了門鈴。

過了一下，門從裡面被打開。

傅陽曦紅髮溼答答，炸毛散亂在額前，裹著被子開了門。

玄關處沒開燈，雷暴雨的天氣，光線昏暗，他唇色蒼白起皮，面上泛著不正常的潮紅。

總之一看就是生病了沒人管的樣子。

明溪抬頭看著他，一驚：「曦哥，你頭髮怎麼是溼的？你發燒了還洗頭？！不要命了？」

傅陽曦揉著額頭，不答反而冷淡地問：「妳怎麼來了？」

明溪倒沒注意到他的異樣，直接探頭往裡看：「柯成文說你生病了，你家裡有人嗎——」

探頭往裡面瞧了一眼，明溪就確定了，傅陽曦家裡一個人也沒有。

樓中樓裡面實在太冷清了，窗簾拉著，客廳空蕩蕩的沒什麼傢俱，電視機也沒有，就只有沙發和白牆，六十坪彷彿只買了個地板。

開放式廚房那邊的大理石桌也宛如新的一樣，冰箱上的品質保證標籤都沒撕。

幸好她來了，不然這——傅陽曦他晚上吃什麼？生病了還叫外送嗎？

還沒看清楚，她就被傅陽曦一根手指抵住額頭推了出來。

抵在腦門上的手指發燙。

傅陽曦不讓她進去。

「妳不準備百校聯賽，去見別的想見的人嗎。居然還有空來找我這個區區的隔壁桌。」

傅陽曦啞著嗓，冷冰冰地說。

「啊？」明溪愣了：「我要複習的白天已經複習完了，現在放學後有空的。聽說你生病了，我就——」

傅陽曦神情悲戚地打斷了她：「我病沒病，和妳有什麼關係？妳難道在意嗎？」

明溪：？？？

什麼跟什麼？

燒糊塗了吧？！

一天沒見，說話突然奇奇怪怪的。

明溪怕他腦子真的燒壞了，焦灼地把藥袋子掛到手腕上，把他往裡面推：「趕緊把頭髮吹乾！去床上躺著！」

一不小心推得有點重，傅陽曦一個踉蹌，灼熱的氣息壓了過來。

明溪慌張地把他扶住。

「你到底幾公斤？！」明溪吃力地問，她感覺宛如泰山壓頂，差點被壓趴下，自己一百七十公分的身高宛如風中搖擺的小竹筍，隨時會被折斷：「你平時看起來明明那麼清瘦——」

「我身高一百八十八好不好！妳去問問別的一百八十八的男生有多重！」傅陽曦憤怒道：「再加上被子有十公斤！」

他義憤填膺，心想，就沈厲堯輕唄，就沈厲堯瘦唄。

不喜歡他就算了，還嫌棄他胖。

「不用妳扶。」傅陽曦怒火中燒，甩開明溪的手，轉身往裡走。

明溪：「……」

明溪關上門，將書包摘下來，左右看了看，傅陽曦這偌大的公寓裡竟然連茶几也沒有，她只好先把東西扔在地上。

傅陽曦一屁股在沙發上重重坐下。

明溪走過去，傅陽曦渾身都很燙，被棉被裹著也能感覺到一股熱浪。

她抬手摸了下他的脖頸，被燙得縮回了手，心想，糟糕了，這得去醫院。

明溪趕緊對傅陽曦道：「私人醫生難道沒來過嗎？要不然我陪你去醫院？」

「不去醫院。」傅陽曦看了她一眼，眼睛紅通通，臉上神情不知道為什麼很複雜，帶著惱怒、氣憤，又帶著淒涼和受傷。

他重重撇開頭：「別碰我。」

明溪：「……」

明溪覺得他是燒糊塗了，沒心思跟他鬧。

「不去算了，外面下雨再出去吹風也不太好，先在家裡退個燒。你家裡有開水嗎？」

明溪說著去玄關處開了一盞燈，又到料理臺那邊找水。

發現沒有熱水後，她踮著腳從壁櫥裡找出一個熱水壺，開始燒水。

明溪一邊手腳俐落地燒水，一邊催促道：「你趕緊先把頭髮吹一下，吹完貼個退燒貼，喝熱水吃藥去床上睡一覺。出出汗就好了。」

幾分鐘後，水咕嚕咕嚕地燒開了。

明溪以為傅陽曦也進廁所去吹頭髮了，扭過頭看，誰知他還臉色蒼白地坐在沙發上，生無可戀地盯著自己。

眼眶通紅、氣若遊絲的樣子彷彿經歷了一場世界末日。

明溪：「……」

不就是感冒嗎？為什麼鬧得跟失戀了一樣？！

不過明溪想起來自己上次喝醉，還吐在他身上，頓時就沒底氣去教訓他了。

明溪找出玻璃杯，倒了杯熱水，然後去廁所拿浴巾和吹風機——廁所瓷磚上的水還沒乾，傅陽曦居然還是剛剛洗頭的？

明溪無法理解他的腦迴路，生病了還洗什麼頭。

她走到傅陽曦面前，把熱水遞給他，讓他雙手抱著：「喝點水，你嘴唇很乾。」

傅陽曦接過水，宛如霜打了的茄子，一直垂著腦袋。

明溪則拿起浴巾罩在他腦袋上，胡亂地幫他把水擦乾。

傅陽曦用的洗髮精不知道是什麼味道，原來就是他身上那種淡淡的松香味，還夾雜著一些梔子花的香氣，清爽好聞。

但是幫他擦著頭髮，指腹下感覺到他額頭發燙，明溪也沒心思去管蹭氣運什麼的，一心只想讓他快點擦乾頭髮躺床上去裹著被子出汗。

傅陽曦盯著地面，心裡苦澀地想，小口罩對他很好，但是她把他當老大。

她根本就一點也不喜歡他。

沈厲堯有什麼好的，有他高嗎？有他有錢嗎？

「曦哥，你這浴巾是用來擦頭髮的嗎？我隨便拿的。」快擦乾了明溪才想起這個問題。

傅陽曦有氣無力地支起眼皮看了眼。

「擦腳的。」他苦澀地道。

明溪：「……你怎麼不早說？」

傅陽曦哪裡還有心思去管那些：「別叫我曦哥。」

明溪幫他擦頭髮的手一頓：「怎麼了，叫老大？」

老大，該死的老大！他以為她喜歡他，結果她只是把他當老大！

自作多情實在太讓人尷尬。

傅陽曦忍不住怒道：「別叫我老大！」

「那叫什麼？」明溪見他的紅毛已經擦乾了，把浴巾扔在旁邊，拿起吹風機開始幫他吹頭髮。

只聽傅陽曦悲愴的聲音道：「當時年少，是我魯莽，收妳做小弟是我狂妄，現在妳不是我小弟了。」

明溪：「……」

這才一個月就當時年少了？

傅陽曦沉了沉聲音，道：「妳還是叫我傅少吧。」

「……」

頭髮吹得差不多，已然蓬鬆乾爽，明溪的吹風機停了。

她垂眸對上傅陽曦抬起來的眸子。

傅陽曦眼睛通紅，不知道是因為發燒還是因為什麼，白皙的皮膚很蒼白，眼角的細小淚痣更加明顯。

明溪不是第一次覺得他長相出眾，但是剛吹完頭髮，莫名帶著一種致命的吸引力，凌亂的紅色短髮，挺拔的鼻梁，沾染著些病後脆弱的神情，眼裡還有水光。

明溪看著他這張臉，竟然舉著吹風機發起了呆。

回過神，明溪才聽到他在說什麼，從善如流道：「啊？哦，好的，傅少，你吃藥了嗎？字面意義上的藥。沒吃的話我帶了感冒藥。」

傅陽曦：「……」

她果然不愛他！直接冷淡地叫起了傅少！

明溪把自己帶過來的藥摳出來兩顆，塞在傅陽曦的手裡，然後往他額頭上貼了塊白色的退熱貼，道：「吃完藥去睡覺，我先熬個粥。」

傅陽曦眼神一直追隨著她，死死盯著她去熬粥。

明溪到處找米，卻發現傅陽曦家裡什麼都沒有，只好掏出手機點了外送，讓生鮮店裡送點小米和蔬菜過來。

有錢人住的地方都很方便，不到十分鐘，立刻有外送員送貨上門。

明溪接過東西，走到開放式廚房那邊，開始熬粥。

見傅陽曦一直沒去睡覺，而是腦門頂著塊白色，繼續坐在沙發上一瞬不瞬地看著她。

明溪也沒多想，反正藥喝了就行了，退熱貼等等應該會發揮作用，他裹著被子坐在客廳也一樣。

樓中樓的公寓裡一時之間安靜下來。

傅陽曦忽然啞著嗓子開口：「妳轉班過來這麼久，還沒聽妳說起過誰呢。」

「賀漾你不是認識嗎？」明溪頭也不回地道：「然後還有一些我以前認識的人，你不會想認識的，認識了你也記不住名字，比如六班班長耿敬……」

明溪說了一堆名字，傅陽曦從裡面找了下，發現她唯獨沒提到沈厲堯的名字。

「校競隊呢？妳有認識的嗎？」

明溪聽到傅陽曦沙啞的聲音從沙發那邊傳來。

「校競隊怎麼了？」明溪以為傅陽曦睡不著，隨口和她聊天，道：「我倒是認識幾個，那群人年少氣盛，經常拿金牌，很厲害啊。」

傅陽曦問：「女孩子是不是就喜歡那種類型？」

明溪想了想沈厲堯以前收到過的情書數量，一個週末過去，桌子裡塞的信件可以裝滿一個垃圾桶，應該是他排全校第二，沒人敢排全校第一。

於是道：「大多數女生應該是的。」

背後沒說話了。

粥快煮好了，明溪蹲下去找碗筷，在消毒櫃裡找到了兩套碗。她抬起頭問傅陽曦：「有黑色的和紅色的，你要哪個碗？」

傅陽曦：「隨便。」

明溪下意識選了黑色的碗，開始盛粥。

傅陽曦放在身側被子裡的手頓時悄無聲息地攥緊，憤怒、尷尬、失落、傷心，這些情緒齊齊湧上他的心頭。

他很嫉妒沈厲堯。

他難過得要命。

明溪見他忽然垂著腦袋，無精打采地站起來往房間裡走。

「怎麼了？先喝粥再睡。」明溪端著粥看他。

傅陽曦沒說話，走進房間裹著被子往床上一趴，把自己裹成一隻熊，將腦袋埋了進去。

明溪端著粥進去，琢磨著他可能是不舒服，吃完藥後開始犯睏了，於是把粥往旁邊床頭櫃上放，道：「有力氣了再起來吃點，還有一些在保溫桶裡。」

傅陽曦：「嗯。」

明溪見狀，也不好再繼續待下去。

她輕輕關上門，轉身出去，關了燈。拎起書包打算離開。

離開之前，她見傅陽曦手機丟在地上，便過去幫他撿起來拿去房間裡。

明溪忽然注意到傅陽曦的手機沒了手機殼——

不是門派手機殼嗎？怎麼隨隨便便就摘了？

明溪一邊覺得自己怎麼和傅陽曦一樣變得幼稚起來，還在意起這個了？但一邊又忍不住盯著他不再和自己同款的手機殼。

心中沒來由地感到一陣失落。

可能是她的錯覺，但今天的傅陽曦好像比之前生疏了一些，還讓她叫回傅少。

明溪隨即覺得，大約只是發燒不舒服的原因？

人就是這樣，一旦和某個人親昵慣了，對方身上的細節忽然發生了改變，自己腦袋裡還沒想明白為什麼，可情緒就已經下意識做出了反應。

明溪莫名地也隨著傅陽曦低落的情緒而變得低落起來。

她晃了晃腦袋，讓自己不要胡思亂想，離開了傅陽曦的樓中樓公寓。

等她下了樓，正愁怎麼回去，一輛車緩緩停到了她面前。

上次見過的張律師從駕駛座探出頭來，道：「趙小姐，外面下雨呢，傅少讓我送妳回去。」

趙母和趙宇寧那天從餐廳回來後，因為淋了雨，也分別有點感冒。

趙宇寧到底是個男生，體質還好，當晚喝一碗保姆煮的薑湯就沒事了，而趙母則大病一場。

看起來是因為外在因素生的病，其實是心病。

趙家人都知道是為什麼，然而卻無能為力，趙明溪已經快要滿十八歲，他們總不可能強硬地把人帶回來。

而即便帶回來了，也回不到過去了，趙明溪只會更加地討厭他們。

趙家人終於清晰地意識到了這一點。

可無論怎樣，趙家人並未死心，血緣關係這東西是世界上最牢不可破的東西，趙明溪能生氣怨恨他們一年兩年，總不可能一輩子不要他們吧。

而且他們如今也知道了悔改和補償，時間一久，關係不就慢慢緩和了？

現在的問題就在於，到底怎樣才可以緩和。

正如趙母和趙宇寧在餐廳外見到的那樣，現在的趙明溪見到他們一家，別說打招呼了，甚至連眼神也不多給。

直接硬碰硬地去找她，根本起不到任何作用，她肯定會和以前一樣轉身就走。

可能連半句話都說不上，還惹人厭煩。

必須得想點其他辦法讓她慢慢軟化。

趙家人都在各自想著自己的辦法。

趙父還在狀況外，雖然聽趙湛懷講述了這段時間所發生的事情，但他依然覺得明溪可能就是一時生氣，這件事情是可以被改變的。

明溪就是因為家裡人偏心趙媛的一些小細節而感到失望，這些失望層層累積起來，導致她最終決定離開這個家。

那麼源頭在哪裡呢？

在於偏心。

趙父私底下與家裡每個人都談了一次話，著重強調，以後對待趙媛和趙明溪必須一視同仁，無論明溪在不在，都必須公平公正，再也不可以出現上次生日宴趙母把明溪的裙子給趙媛的情況了。

他尤其教訓了一番趙墨：「管好你的嘴，平時嘴賤也就算了，關鍵時刻特殊行事。」

還對趙母道：「妳是對明溪影響最大的，妳以後一定要一碗水端平，而且明溪是我們親生女兒，現在這個時候多往她那邊端一點，也是可以的。」

趙湛懷也分別與趙墨和趙母談了一次話。

他對待趙墨主要是斥責：「說實話，那天如果你等我一下，別那麼衝動去找明溪，說不定就沒有進警察局那件事，事情也不會發展成這樣。你就是直接導火線。」

趙墨氣笑了：「現在為了一個小丫頭，全家人鬧這麼大陣仗是吧，還教訓起我了？我哪裡知道那天——」

話沒說完，被進來的趙父往後腦勺狠狠搧了一巴掌：「我已經和你說過了！從你的語言措辭改起！『妹妹』這個詞不會說嗎，非得說『小丫頭』？現在這個局面都是因為你！你要是還想待在家裡，現在就給我去書房把『妹妹』這兩個字抄寫一百遍！」

趙父鐵青著臉。

他一向是嚴父的形象，全家人都畏懼他。

趙墨怒火蹭蹭蹭地往心頭爬，但忍了忍，還是轉身去書房抄寫了。

趙湛懷與趙母的談話主要則是分析現在事情變成這樣的原因。

兩人回憶起一些往事，越回憶，便越想起更多的、因為趙媛而忽視趙明溪的細節，趙母臉色又煞白，又哭哭啼啼了。

趙湛懷簡直頭疼，提醒趙母「以後主要是得從這些細節著手，注意明溪的感受」，之後便匆匆離開了。

除此之外，趙父和家裡的司機等員工也開了一次會，著重強調趙明溪是他們的親生女兒，以後萬萬不可怠慢。

再出現張保姆那種事情，就直接解僱。

趙家人私底下的談話，自然是將趙媛隔絕在外的。

倒也不是故意瞞著她，而是這本身就是有血緣關係的一家人的事，她不必摻和，她出現在明溪面前，反而更加刺激明溪。所以她還是不出現比較好。

何況趙家人多少也考慮了她的感受。

但趙媛只覺得最近家裡人都怪怪的，經常兩兩去書房，彷彿故意避開自己在做什麼街頭交易。

除了他們之外，家裡的傭人也是。

園丁開始採購趙明溪喜歡的花的種子，廚師開始研究趙明溪以前喜歡吃的那些菜，司機幫自己帶東西時，也時不時找別的同學打聽一下趙明溪。

她還看見趙宇寧半夜餓得睡不著，起來在廚房研究以前趙明溪是怎麼做飯的，想嘗試著做好帶去學校給趙明溪——

趙媛當然知道這是一種補償心理。

因為當時吃過太多趙明溪做的便當，卻從來不知道感恩，現在失去了，才覺得空蕩蕩的，想要彌補回來。

但落在她眼裡，便只讓她焦慮煩躁無比。

趙明溪雖然離開了這個家，卻仍在這個家裡無處不在。

存在感甚至還超過了兩年前她剛來時。

趙媛既害怕又嫉妒。

人的精力和愛都是有限的，一旦將更多的精力放在趙明溪身上，趙家人就無可避免地會忽視她。

別說趙湛懷這陣子雖然表面上仍對她溫柔，但實則一直避開她了。

也別說趙宇寧和她關係一直都很僵硬。

就連趙父都不再在週末親自教她打高爾夫球，而是只讓教練教。趙墨在家時間不多，也一直帶著一些審視的眼神看著她，對她完全沒有趙明溪來之前的護犢子樣。

趙媛心中焦灼，明白自己不能放任這種情況繼續下去。

她打電話給張保姆，張保姆那邊還在期待著趙媛把她弄回來。

但是現在這種情況，已經被趙母強硬地拒絕了一次，趙媛則完全沒辦法再要求趙家人把張保姆招聘回來了。

張玉芬聽見趙媛委屈地哭，也急了，連忙安慰道：『不急不急，小姐，把我安排回去的事情不急。妳先照顧好自己。妳一定要穩住，課業和考試競賽的事情都不能鬆懈，尤其是馬上要參加的那個——』

趙媛道：「百校聯賽。」

『對，尤其是這個聯賽，不可以比趙明溪差，得讓妳家裡人看到妳比她優秀。』張玉芬出謀劃策道：『其次，妳也得想辦法和趙家人搞好關係，得主動出擊，現在形勢已經發生了變化，妳也不可以坐著等了。』

趙媛心煩意亂，道：「我知道了。」

主動出擊談何容易。

前十五年，作為趙家唯一的女孩子，趙媛一直是被當成小公主一樣寵到大，也就趙明溪剛來的那時候，她有點危機感。

被寵到大，也就導致她只會被寵愛，根本不擅長怎麼去討好別人。

在她的意識範疇內，一直以來自己只要漂漂亮亮、乖乖的就好了，哪裡知道現在會因為趙明溪的離家出走，全家變成這樣？

趙媛想了半晌，倒是想到了一件事。

最近趙湛懷一直在為公司的一件事頭疼，他的公司打算收購一塊地皮，但是對方公司一直將價格開得很高，以至於趙湛懷收購受到阻礙。

趙媛記得那個公司，路氏，是常青班路燁家裡的公司。

路燁追過她，她能幫上大哥的忙，這樣的話大哥一定會對她另眼相看。

這樣想著，趙媛便打開通訊軟體，琢磨怎麼讓路燁心甘情願地辦這件事。

第十五章　生氣了

週四這天傅陽曦又沒來上課。明溪簡直感覺無所適從，一天往身邊的位子看三百遍。

她數了數自己的小嫩芽，不知不覺已經一百八十棵了。

距離五百還遙遙無期，不過現在明溪已經沒那麼迫切了，畢竟臉上的傷已經好了，考試時也沒那麼倒楣了。蹭來的氣運已經讓她變得走運了很多。

至於剩下的，反正只要待在傅陽曦身邊，高三畢業之前總能蹭到五百棵的吧。

這導致傅陽曦不在的時候，她也沒去找姜修秋蹭氣運。

直到週五，傅陽曦才來學校。

他的手機和抱枕都在週三傍晚匆匆忙忙、頭昏腦脹地跳進廁所洗頭時，摔在了地上。

手機殼是裂開了，抱枕也溼透了，只能放在陽臺，最近又連日多雨，曬不乾。

傅陽曦只好都丟在了家裡。

而傅陽曦一來——可能是因為他兩天沒來上課，明溪視線忍不住落在他身上，於是一向不怎麼注重細節的明溪竟然發現他沒有把皮卡丘抱枕帶來。

這東西自從自己送給他之後，他一直不離身的，這兩天到底怎麼了？

因為心裡覺得奇怪，明溪視線忍不住長時間落在了傅陽曦那張帥氣的臉上。一直盯著他面無表情地走進教室，拉開椅子坐下。

明溪感覺到他情緒明顯較為低落，身上全是低氣壓。走進來時就戴著降噪耳機，臉色雖然不至於臭，但是卻淡淡的，一坐下來就將外套脫掉開始補覺，一句話也不說，也沒和柯成文、姜修秋還有自己打招呼。

明溪看著傅陽曦那顆沉默的、生無可戀的紅色腦袋，心裡犯起了嘀咕。

……到底怎麼了？

要不是問過柯成文，自己不記得傅陽曦生日的事情，只有自己和柯成文私底下知道，明溪差點以為傅陽曦是因為這個生氣。

但是想來他也沒那麼小氣。

明溪琢磨他可能就只是生病了心情不好。

生病了是挺難受的，明溪也沒吵他，讓他安安靜靜地睡了一上午。並且在班上小弟打鬧著經過自己身邊時，還將手抵在唇間「噓」了一下，提醒他們小聲點。

第三節課下課時，明溪見傅陽曦還是沉默不語，忍不住跑去便利商店買了一包糖。

「你是不是嘴裡苦？吃顆這個。」明溪輕輕搖醒了他。

「不吃，離我遠點。」傅陽曦抬起頭，看了趙明溪一眼，視線又落到她推他手臂的手上，補了句：「還有，男女授受不親，妳從今往後注意點。」

明溪：「……」

明溪竭力不讓自己露出老爺爺看手機般的困惑表情，兀自拆了顆包裝往傅陽曦嘴邊遞：「不是，你今天到底怎麼了？！就嘗一個試試看，檸檬味草莓味的都有，生病的時候需要補充體力！」

傅陽曦蔫蔫地看了她一眼：「妳難道還在意我補不補充體力嗎？」

他死死抿著唇，整個人身體往冰涼的牆上一貼。

明溪這麼一進，他這麼一退，整個畫面就變成了一副明溪欺壓過去強迫他，手撐在他椅子旁邊，將他圍陷在牆角，而他誓死不從的樣子。

全班八卦的眼神都不由自主地「唰唰」看了過來。

「……」

明溪面頰發燙，匆匆縮回了手，直回了身子。

「你生病還沒好嗎？」明溪只好將糖塞進了自己嘴裡，嘟囔著問：「要是還沒好，不然再請一天假？你體溫計帶了嗎，今早出門前有沒有量過幾度？」

她覺得他燒已經退了啊，上午三節課坐在他身邊就能感覺得到，已經沒有前天在他家時那種渾身冒著滾燙熱氣的感覺了。

這個年紀的男孩子身體強健，恢復得很快。

可是為什麼，燒退了，但看起來還是氣若遊絲？

這樣想著明溪下意識伸手去探傅陽曦額頭上的體溫。

可傅陽曦又是一躲，他甚至反應很大地直接站起來，「刺啦」一聲椅子在地板上發出響聲。

傅陽曦轉身就朝教室外走，神情冷倦：「我病已經好了，不用勞煩關心。」

明溪仰著頭看他，脖子跟向日葵一樣轉動，看向他，莫名其妙地問：「那你為什麼不開心？」

明溪不解地拽住了他衣服。

傅陽曦別開頭：「我沒有不開心。」

難道要他說出「因為我誤會妳喜歡我了，因為我一直都在自作多情，現在夢碎了，自尊心也稀裡嘩啦碎了一地，感覺自己像個自取其辱的小丑」這種喪失尊嚴的話嗎。

太難堪了，他都不知道怎麼面對。

「胡說。」明溪道：「曦哥你情緒怎麼樣我還是看得出來的，你是不是家裡出了什麼事？」

「……什麼事都沒有。」

傅陽曦沉默了下，掰開了趙明溪的手：「記住男女授受不親。」

明溪：「……」

明溪目送傅陽曦離開教室，實在摸不著頭腦。

她一開始還以為傅陽曦只是因為生病而提不起精神，但現在看來，他身上肯定是遇到了什麼不好的事情，說不定還是什麼麻煩事。

說不定是家裡出了事，然而她又對他家裡一無所知……

明溪最開始心裡裝著的都是自己絕症的事情，沒心思去問那麼多。

再後來是剛和傅陽曦、柯成文他們打成一片，不知道以自己卑微的小弟身分去打聽他的隱私，會不會惹來他暴怒。所以也一直按捺著沒問。

而現在——明溪心裡揪得慌，也顧不上那麼多了，扭過頭找柯成文打聽。

「曦哥這幾天奇奇怪怪的，是不是發生了什麼事？」

柯成文一看到趙明溪就心裡發怵，他立刻拿書擋臉，被明溪一把拿開書：「不要迴避問題。」

「是妳的錯覺吧。」柯成文小聲道：「曦哥和平時沒什麼兩樣啊。」

他伸手來拿書。

「這還叫沒什麼兩樣？」明溪拽著他的書不放道：「他之前就差把『臭屁』和『自戀』四個字一左一右寫在臉上了，但是為什麼自從生病以來，就跟霜打了的茄子一樣？」

「他就是被他爺爺罵了一頓，所以臉色有點臭，過兩天就好了。」

柯成文心想跟妳說了豈不是相當於讓曦哥出糗？況且妳在電話裡親口說了不喜歡曦哥，

知道曦哥的心思之後豈不會尷尬僵硬？十動然拒[2]？

柯成文覺得一旦說了，到時候趙明溪和傅陽曦不但做不成情侶，可能連兄弟也當不了了。這種我方喜歡敵方，而敵方不喜歡我方，可我方很長時間以來又誤以為敵方喜歡自己，到頭來才發現敵方已經有了別的喜歡的人的亂糟糟的事，以柯成文的直男腦去思考，簡直頭都大了，腦袋嗡嗡響。

他覺得自己夾在中間到時候成了罪人。

於是柯成文敷衍道：「他那人就那樣，也不是針對妳，沒看見他今天一整天對我們都愛理不理的？妳讓他自己消化消化就好了。」

消化消化兩天，說不定消化掉「被背叛感」，大家還能當作沒事發生，繼續做兄弟。

雖然柯成文這麼說了，說傅陽曦情緒上的低落是因為他爺爺的緣故。

但明溪還是覺得哪裡不對勁。

她不希望傅陽曦不開心。

她見不得傅陽曦情緒低落，但又不知道怎麼樣才可以讓他心情好起來。

中午時明溪特地拉著賀漾去校外轉了轉，買了一盆小小的綠色多肉植物回來，放在傅陽曦桌上，希望他看見綠色植物心情能好點。

---

2 十動然拒，網路用詞，「十分感動，然後拒絕」的縮寫。形容告白被拒絕後的自嘲心情，或嘲諷別人。

傅陽曦也沒扔，但也沒多看幾眼，更沒像以往一樣暴跳如雷地炸了毛責怪她把他桌子弄亂了。

傅陽曦心裡那隻精神抖擻、得意洋洋的紅色小鳥彷彿死了，帶著兩行淚水，軟趴趴地橫屍在地上，再也耀武揚威不起來。

而明溪感到無所適從。

因為一直很在意傅陽曦到底發生了什麼事，明溪一整天的視線都不由自主地落在他身上，上課時也忍不住時不時扭頭看向他。

偶爾看著看著，明溪落在筆記本上的筆尖就頓住，墨水呆呆地成了一個圓點。

……因為她突然發現，身邊這個人真的長得還蠻好看的。

無可挑剔的五官，精緻的俊美感，面無表情時，有種生人勿近的感覺。

尤其是大病初癒，面容泛著病態的白。

更讓人有一種說不清道不明的、彷彿心裡爬了螞蟻、酸酸癢癢而又朦朧不清的感覺。

明溪視線下意識落到了他緊抿著的薄唇上，忽然覺得身上哪裡癢，但是又無法伸手去撓。

因為無論撓哪裡，都宛如隔靴搔癢。

明溪無意識地抓了抓心口，才發現竟然是心裡癢癢的。

而傅陽曦撐著腦袋，眼皮未掀，竭力漫不經心，裝作根本沒感覺到明溪落在他臉上的視線，也裝作耳根完全沒有瘋狂地發燙。

他就說呢，他長得也不算差吧，怎麼以前小口罩從沒盯著他看過？

現在好不容易被趙明溪這樣盯著看一次，傅陽曦恨不得把自己的側面P一下，變得再帥一點。

不過他也知道自己夠好看，於是便大著膽子裝作若無其事閒散地翻著書頁。

過了一下餘光瞥見趙明溪還沒收回視線，傅陽曦烏雲密布了幾天的心情終於好了那麼一點點。

他換了個姿勢，左手撐著腦袋，右手則在下面拿著手機瘋狂搜尋「身高一百八十八的高中男生的側面哪個角度最吸引女生」……

正在趙明溪盯著傅陽曦的喉結，無意識地嚥了下口水時，講臺上的盧老師看不下去了，忍不住怒道：「明溪！看什麼呢，妳隔壁桌臉上開花了？」

明溪嚇了一跳，趕緊坐直了身子，雙手在桌上放好。

傅陽曦扯了扯嘴角，心裡要死不活躺屍的那隻小鳥終於詐屍地蹬了下腿。

就在國際班的氣氛因為趙明溪和傅陽曦兩個人而無形中變得古怪的同時，常青班和金牌班的氣氛也好不到哪裡去。

在上次競賽名額事件中，整個常青班被當眾打臉，至今他們在路上遇到了國際班的人，都抬不起頭。國際班那群傅陽曦的小弟也嘴賤，見到他們就要陰陽怪氣嘻嘻哈哈地奚落兩句。他們想打一架又沒有理由，憋屈得要命。

再加上他們班的班導師葉冰老師因為得罪了高教授、當面挨了批評，最近氣壓也低到了極點，一進教室便拉長了臉，法令紋猶如兩把砍刀，將所有熱鬧的話題都絞殺於無形。這就導致整個常青班都處於水深火熱之中，苦不堪言。

在這樣的情形下，整個班很容易一起同仇敵愾。

剛開始校花成了趙明溪，常青班的人還覺得無所謂，反正趙明溪本來就比趙媛漂亮數倍，這是擺在眼前的事實嘛。再後來校慶主持人也快變成趙明溪了，常青班的大部分人仍無動於衷，誰主持不是都一樣？

但是經歷過上次的名額事件之後，整個常青班的尊嚴都被踩在垃圾桶裡蹂躪，都坐不住了！徹底開始將趙明溪也當成國際班的人，一起同仇敵愾起來！

於是當校慶的節目流程出來，文藝部那邊宣布今年的主持人還是趙媛時。整個常青班都宛如出了一口氣般，一片歡呼。

要知道主持人落入哪個班，哪個班就有壓軸表演的權利。

趙媛心底也鬆了口氣，只覺得近來這一連串的事件當中，自己終於扳回一城。

只是趙媛和常青班都不知道的是，就在她那天找過文藝部老師之後，文藝部老師仍再次聯絡過趙明溪一次。

但是明溪直截了當地拒絕了。

於是這機會兜兜轉轉，最終才落入趙媛手中。

明溪的想法很簡單，她懶得和趙媛爭那些有的沒的。

抓緊念書才是理智的做法。

要是在以前，明溪可能會因為校慶時趙家人都要來看，而想要表演一下節目之類的，出彩露臉讓家裡人看到。

畢竟她當時也是一個懷著滿心期待、想要得到誇獎的小孩。

但現在明溪已經對這些完全不在意了。

即便沒有那些寵愛，她一個人也可以好好活著。

常青班除了參加競賽的人之外，其餘人都鬧翻天了。

熱情洋溢地開始準備今年校慶的壓軸節目。

就只有兩個人不那麼高興。

李海洋還以為今年主持人會是趙明溪，心中悄悄期待了很久，結果現在卻被告知還是趙媛？

這和一個粉絲等待了許久自己偶像的演唱會，卻突然臨時被告知由路人甲上場，有什麼區別？

他又不喜歡趙媛，趙媛對他而言自然就只是一個路人甲。

「膩不膩啊。」李海洋抓著桌子裡還沒送出去的禮物，忍不住犯起了嘀咕：「前兩年都是趙媛，學校領導不覺得厭煩嗎？」

「說什麼呢？！」恰巧走過去的路煒聽見，立刻回來揪住他衣領，差點和他打起來：「是趙媛怎麼了？趙媛就是好看，不服憋著！」

李海洋看著路煒臉上的傷，覺得路煒有點傻：「你為了趙媛去偷你爸的招標文件，還尋死覓活地威脅你爸！趙媛知道你做到這一步嗎？你幫趙媛這件事就算成功了，趙媛最後能記住你的好嗎？」

兩人是朋友，李海洋覺得自己有必要再提醒路煒兩句。

然而話沒說完就被路煒打斷。

「你懂什麼，趙媛都答應下週末和我去看電影了。」路煒朝前排趙媛清秀的背影看了眼，臉上露出幸福的笑容：「至少我有機會了。」

他又嘲諷李海洋：「而你呢，一份禮物而已，嘰嘰歪歪這麼多天，都沒能送出去。」

李海洋鬱卒：「……」

另外一個心情沒那麼舒暢的人則是鄂小夏。

她現在在常青班的人緣很不好，只有從小玩到大的苗然還會和她說話。

但是她想不通，為什麼大家討厭她，卻沒一個人討厭趙媛？

難道沒有一個人看出趙媛根本沒有表面上那麼善良嗎？

鄂小夏看了微笑著和路燁說話的趙媛一眼，又低頭打開文具盒，看了眼兩個巴掌大小的透明密封袋。

第一個裡面裝著前兩天她去高一操場轉悠，在趙宇寧打籃球時從他毛衣上取下來的幾根頭髮。

鄂小夏不確定那是不是趙宇寧的，為了保險起見，又掏出幾千塊錢，讓苗然假裝暗戀趙宇寧學弟的樣子，將錢交給趙宇寧的一個籃球隊友，讓對方打籃球碰撞時從趙宇寧頭上扯了幾根，裝進了第二個密封袋。

接下來需要的就只是趙媛的一根頭髮了。

鄂小夏心思縝密，這幾天一直在想辦法取到趙媛的頭髮。然而趙媛現在對她防備心很重，她再小心翼翼，可只要一靠近趙媛，就會被蒲霜推開。

所以非常困難。

但是鄂小夏沒有放棄，她總覺得自己的直覺沒有出錯。

即便直覺出了錯誤，驗出的ＤＮＡ顯示趙宇寧和趙媛就是親姐弟，那她也不會有什麼損失。

這天中午，她見趙媛沒有和蒲霜她們一起去吃飯，而是單獨離開了學校，她趕緊跟了上去。

趙媛好像約了人，在一家日料店等著。

鄂小夏另外開了一桌，坐在綠植後面，就發現匆匆趕來和趙媛見面的是一個打扮得樸素的保姆。

鄂小夏仔細看了眼，發現自己還認識，是趙媛家裡的張保姆——對趙媛最好的那個。

之前鄂小夏每次去趙媛家，張保姆都很熱情，不過是只對趙媛的朋友熱情，她對趙明溪的態度說是惡劣也不過分。

現在張保姆好像離開了趙家。

鄂小夏見到趙媛給了張保姆一筆生活費。

鄂小夏眼珠子轉了轉，叫來一個服務生，轉了幾萬塊給對方，向對方耳語幾句。

那服務生雖然搞不清楚為什麼這位顧客會讓他取那一桌的頭髮，但是為了幾萬塊錢，這麼簡單的事情他當然願意做。

只是走過去上完火鍋之後，服務生就有點緊張，一時忘了鄂小夏說的「那女的」是年輕的這個還是年長的這個。

沒那麼多時間思考，他將兩個人的都悄悄取了。

鄂小夏在趙媛發現之前，拿到頭髮，飯也沒吃，就匆匆溜了。

而趙媛見過張保姆之後，回到學校，正好遇見在校門口超市買零食的蒲霜。

兩人一起往回走。

「妳給妳家那個保姆錢了？」蒲霜聽趙媛提起這事，無比詫異：「她被辭退不是因為說了趙明溪壞話嗎，一個員工管不好自己的嘴，我覺得被妳家辭退也是罪有應得吧，哪裡還找不到一個做事效率好的新保姆了——」

還沒說完看了眼趙媛的臉色，蒲霜又趕緊道：「當然我的意思是，其實也不至於這麼強硬地辭退掉她吧。不過是奚落了趙明溪兩句，又沒犯下什麼大錯，就這麼被辭退，也太可憐了些。」

趙媛道：「所以我給了她五萬塊，畢竟現在年底不好找工作了。她以前對我很好，我感冒的時候，她還會為我熬雞湯，一直守我到半夜。」

「妳也太善良了。」蒲霜嘆氣道：「五萬塊，夠她半年不工作了。妳給了這次就別給下次了，小心被她訛上。」

趙媛臉色緩了緩，道：「嗯，我知道。」

兩人走過籃球場那邊，蒲霜又問：「那妳大哥的事情呢？」

趙媛微微一笑：「搞定了。」

趙湛懷自然不知道她是怎麼搞定的，只以為她請同學吃了飯，同學求了求他爸，路氏那邊便有了鬆口的跡象。

趙湛懷覺得她幫了大忙，昨晚還主動打電話過來了。

這是這一個月以來趙湛懷第一次主動打電話來。

趙湛懷的公司現在為了新布局，必須要盤下那塊地，否則這一整年的經營效益都會潰散。即便路氏不肯降低價格，到了最後趙湛懷也只能花大價錢買下那塊地皮。

而現在趙媛幫他撬開了路總的口，收購價格有了降低的可能，就能為趙湛懷的公司節約一大筆流動資金。

趙湛懷那邊當然是重重地鬆了口氣。

趙媛連番告捷，今天心情也不錯，只覺得一切都可以被自己恢復到從前沒有趙明溪時候的樣子。

接下來，就是好好準備校慶和聯賽了。

「路燁今天來時臉上好像掛了彩，不知道是不是被他爸揍的。」蒲霜看著趙媛，卻猶豫了下：「妳真的答應要和他交往嗎？」

「看電影。」趙媛看了蒲霜一眼，道：「我沒有答應任何人要交往。」

蒲霜：「……」

蒲霜頓住腳步，心裡忽然對趙媛生出一種怪異的感覺。她忽然不知道該說什麼。

而趙媛已經越走越遠。

蒲霜盯著趙媛的背影看了一下，還是跟了上去。

路燁幫趙媛這事，很快就傳到了柯成文耳朵裡。倒不是柯成文要故意打聽，而是打籃球的操場就那麼大一塊。

路燁能和女神一起看電影，興奮得不得了，自己就大嘴巴到處宣揚了。

下午體育課時，柯成文抱著籃球過去，扭頭就把這事跟傅陽曦和姜修秋說了。

姜修秋穿著羽絨外套蜷縮在角落抄著手，脖子縮進衣領裡，沒搞清楚狀況：「所以——這事關我們什麼事？」

說完他笑咪咪地隨手收下兩個女生紅著臉遞過來的情書。

「你不懂。」柯成文急道：「趙明溪家裡那破事你不清楚！趙媛現在是在幹嘛？是在奪寵！她之所以找路燁幫這個忙，是因為她想讓趙家人偏向她那邊！」

姜修秋將情書塞進衣服口袋，又恢復了沒什麼表情的模樣：「但是趙明溪不是已經和家裡斷絕關係了？趙家人以後再偏向誰，她又不在乎。皇帝不急你這個太監急什麼。」

「曦哥，你說呢。」柯成文無法和姜修秋溝通，徑直看向傅陽曦。

傅陽曦囂張的紅髮在寒風中凍僵，俊俏的眉眼因為失戀而透著一股頹喪之氣。

他死死地、陰鬱地盯著那邊打籃球的沈厲堯，捏著可樂罐子的手指無意識用力，直到可樂「噗」地一下飆出來，罐子被捏成扭曲一團。

他看似沒在聽柯成文說什麼。

但是等柯成文說完後，他呵出一口寒氣。

「手機給我。」

柯成文連忙從口袋裡找了找，找出他的手機給他。

傅陽曦拿起手機，起身走開幾步，撥了一通電話。

姜修秋冷得轉不動脖子，整個身子往那邊轉動，看向傅陽曦那邊，納悶：「他這是——」

柯成文了然道：「搞砸趙媛的事。」

姜修秋：「……」

等傅陽曦回來，姜修秋嘆氣道：「趙明溪一點都不喜歡你，你都失戀了，你還管她的事情幹什麼。」

傅陽曦怒道：「我沒有在管她的事情，我單純看不慣趙家那群人，不想他們好過，這是我的私人事情，懂？」

姜修秋道：「我早說過什麼，從小到大，我就沒見過因為我們本人追我們的，你還不信那個邪。看吧，果然如此——」

傅陽曦心態瞬間崩了，理智頃刻間炸成了燃燒的煙火。

他血液往上湧，「唰」地一下站起來，摔了可樂罐子，揪起姜修秋的衣領：「你他媽是不是想打架？」

姜修秋衣領被揪得變形，但卻宛如老僧入定，也不生氣，只是又喪喪地嘆了口氣。

傅陽曦：「⋯⋯」

傅陽曦鬆開姜修秋的衣領，沮喪地一屁股坐在旁邊。

趙明溪身上的溫暖是真實存在的，也曾支起過一個美妙的夢給他，讓他每晚入睡時四肢百骸都是暖的。

趙明溪曾讓他多了一個入夢的理由，讓他少了幾分對過往惡夢的懼意。

但現在，夢碎了，光也沒了。

趙明溪身上依然很暖和，她遞的糖看起來依然很甜。

可傅陽曦手指尖仍是涼的。

柯成文見他們沮喪的模樣，也情不自禁被帶沮喪了，在旁邊靠著坐下來。苦惱地思考了下，柯成文道：「要不然——」

旁邊兩顆腦袋扭頭看向他。

柯成文壓力好大，但只能硬著頭皮說出自己的想法：「世上無難事，只怕有錢人。要不然想個辦法砸錢給沈家，把沈厲堯趕走，讓他轉學？！趙明溪見不到沈厲堯，以後不就會忘掉嘛！」

姜修秋搖頭：「未必，你沒聽說過異地戀會激發人的荷爾蒙？這樣做，到時候都不知道是在促成他們兩個還是在拆散他們兩個。」

姜修秋繼續分析：「而且沈厲堯好端端的突然轉學，趙明溪肯定會覺得不對勁，傅陽曦在電視劇裡就變成惡婆婆的戲份了。你見過惡婆婆和兒媳婦最後能成一對？」

「……」

三個人沒想出什麼好的辦法。

傅陽曦繼續惡狠狠地盯著不遠處的沈厲堯。

沈厲堯最近也同樣心煩意亂。

做實驗出現錯誤的次數變多，打籃球時也心不在焉。

趙明溪那天在走廊上當著他隊友的面，說不再喜歡他之後，果然再也沒來找過他。

何止是沒來找過他，簡直是刻意躲避他。

曾經每天見的人，就這樣消失在他的世界當中。

一開始沈厲堯還冷著臉抱著某種隱祕的期望，想著她這又是一次欲擒故縱，或許不是真心。

然而時間一天天的過去，沈厲堯在一天天的無所適從和煩躁焦灼中終於漸漸意識到，趙明溪她就真的走到那裡，然後停下了。

她不會再朝他的世界靠近了。

沈厲堯很不習慣。

怎麼可能習慣。

打籃球時場邊再也沒了她的身影，推開廣播室的門下意識以為她會在裡面，準備好了打招呼，然而與自己打招呼的卻是其他女生。

在圖書館也不再遇到了。他以前經常待在的電腦科學區，他以為趙明溪仍會出現在那裡，故作不經意地去尋過——然而，沒有。

她再也沒有出現過。

雖然所有事情都脫離了自己的掌控，但沈厲堯依然在拚命忍耐著這種不習慣所帶來的焦躁。

實驗做錯，那就懲罰自己再做一遍；看文獻時分神，那就逼迫自己靜下心。

他覺得他並不喜歡趙明溪，現在所出現的一切反常心理都只是「不習慣」三個字所帶來的一些後果而已。

等到他再度習慣了身邊沒有趙明溪時，一切就會回到正軌了。

——沈厲堯是這麼以為的。

但是很奇怪的是，趙母的生日宴上，他還是忍不住挑了以前趙明溪說的最適合他的款式，然後在人群中裝作漫不經心地掃視趙明溪來了沒有。

那天趙明溪當然沒來，後來聽說趙明溪與家裡決裂了。

當趙明溪不再出現在他的世界當中後，他的消息嚴重滯後，只能從別人口中聽到一些她與傅陽曦的閒言碎語。

沈厲堯開始發現自己的心裡滋生出了別的情緒，不只是不習慣，彷彿還有——小時候見到金牌落入別人手中的那種煩躁。

畢竟兩個班的教室在同一層樓，在走廊上偶爾也會有擦肩而過的時候。

沈厲堯每次都目不斜視，他餘光瞥見趙明溪同樣目不斜視、沒有多看他一眼。

沈厲堯不悅，他以為趙明溪其實是強忍著，在兩人擦肩而過之後，趙明溪應該會回頭。可當他實在忍不住，回頭看過去時，他發現，如今回頭的只有他一個人。

如果僅僅只是不習慣，那麼一個多月以來，也早就該習慣沒有趙明溪了。

可為什麼他心裡還是這麼不痛快？

難道還有別的嗎？

為了佐證這一點，沈厲堯前幾日接受過一次孔佳澤的邀請，陪她去了動物園。孔佳澤滿臉興奮，在十幾度的寒風中還穿上了裙子光著腿。然而完成所有的約會項目之後，沈厲堯只覺得意興闌珊，當晚就提前回了學校實驗室。

孔佳澤不行，別人好像也不行。

沈厲堯心裡漸漸滋生出一個很可怕的揣測。

難道他對趙明溪，其實是在意的嗎？

沈厲堯在消沉了幾日之後，在實驗室神情冷峻地問了葉柏一個問題：「假如我現在去追趙明溪，你覺得怎麼樣？」

葉柏差點被嚇傻，雖然他近來也逐漸發現沈厲堯的異常，心裡也猜測沈厲堯會不會其實是喜歡趙明溪的，但他萬萬沒想到沈厲堯竟然動了把人追回來的念頭！這下了多大的決心？！至少已經將趙明溪和金牌看得同樣重要了。

「你認真的嗎？」葉柏瞳孔都在地震，回過神後想了想，道：「我覺得堯神你如果真的不適應，那你就去追回來吧。如果是你的話，只要一追趙明溪肯定就會回來的，她以前那麼喜歡你。」

沈厲堯得到了肯定的回答，竟然如釋重負，只覺得放鬆不少。

這晚他難得睡了個好覺。

沈厲堯行動一向快，第二日他就開始制定一系列日程計畫。

沈厲堯這種人，是不可能貿然表白的，他打算一步步來。

先恢復到朋友關係再說。

於是這天週五，打完籃球之後，他回教室拿學校發給集訓的助學金和時間安排表，就朝著國際班走去。

而明溪這邊，她下午第一節課盯著傅陽曦看了一節課，被盧老師批評以後，就不敢繼續盯著他看了。

第二節課是體育課，她和國際班的女生們打了一下排球，又去校門口取了份賀漾家店裡的員工送過來的甜品，在上課之前回到了教室。

明溪擦了下額頭上的汗，見傅陽曦還沒回來，便把要給他的甜品先放在了自己桌子抽屜裡面。

這雖然不是自己做的，但是自己花錢買的，多少能長點嫩苗。

但還沒坐下，外面就有人叫她，說金牌班有人找她安排集訓的事情。

下週末就要開始為期十天的集訓了。

明溪怕自己漏了什麼事，趕緊出去。

卻沒想到過來和她溝通的是沈厲堯。

沈厲堯站在走廊上，把表格遞給她，指著下面的簽名道：「集訓地址在上面，下週五放學後二十個人統一從學校門口出發，巴士方面學校會負責，來回路程以及去了之後住的飯店都不用管，一切經費也不用擔心，妳只需要帶一些題冊，以及如果住不慣飯店的話，可以帶上一些日用品。看清楚之後妳在這裡簽個名。」

頓了頓，沈厲堯又道：「還有，下週會變冷，多帶點保暖的衣服。」

明溪飛快地在表格上簽了名，有些奇怪地看了他一眼：「怎麼是你？負責這個的不是一直是你們隊的越騰嗎？」

沈厲堯無法解釋，只冷著臉不說話。

而那邊傅陽曦一行人上來便見到趙明溪和沈厲堯站在走廊上說話。

剛才還在說怎麼拆散他們兩個，結果下一秒就見到兩人在一起腦袋碰腦袋。

傅陽曦頓時臉都綠了！

是可忍，孰不可忍！

他腦子裡弦一斷，太陽穴突突直跳，立刻就要衝過去，被柯成文和姜修秋一把攔著。兩人一左一右拉著他回了教室。

「你們活得不耐煩了？！」

「曦哥你沒情商啊！你見到人家說個話就過去打斷，那行為也太幼稚了！只會在趙明溪那邊負分！」

傅陽曦氣急敗壞：「那到底要怎麼樣？眼睜睜看著他們復合啊？」

「就只是說個話而已——」

傅陽曦惱怒道：「不行，她不准和那個死瘦子說話！」

片刻後，走廊外面的明溪和沈厲堯只覺得國際班的小弟們傾巢出動。兩人說一句話，就有一個人擠開兩人從中間走過去裝水「借過一下」，說一句話，就有人上完廁所擠開兩人從中間走回來。

沈厲堯：「這是集訓——」

「借過。」

「二十個人的——」

「不好意思再借過一下。」

「群——」

「還是我，憋著尿呢，再借過一下啊。」

沈厲堯臉色越來越難看，簡直冰冷，猶如脫口秀一般飛快地說完了剩下的話：「趙明溪妳加一下群組有什麼活動群組裡會通知記得看群組公告——」

「借過。」

沈厲堯忍無可忍：「你們國際班都憋著尿這時候上廁所？路這麼寬非得從中間擠？」

趙明溪白從餘光看著傅陽曦那邊一行人回來了就開始心猿意馬，也沒心思和沈厲堯說廢話，匆匆掃 QR code 加了群組，道：「謝謝啊，有事再說。」

說完她便迅速溜回了教室。

沈厲堯：「……」

傅陽曦用餘光看得快氣死了，剛才掃那一下 QR code 是幹什麼？他們還互加了好友？？？當他是死的嗎？？？

明溪拿著表回到座位上，就發現傅陽曦渾身的氣壓比上午更加陰沉了。他眼神盯著外面，一言不發地磨著一把削筆的刀，臉色很黑，旁邊扔著幾支捏斷的鉛筆。

明溪：「……」

「他又怎麼了？」明溪扭頭看向柯成文。沒得到回答，明溪從桌子裡掏出甜品，遞給傅陽曦：「給你。」

傅陽曦繼續磨刀：「不吃。」

明溪：「？」

「這個雖然不是我做的，但是賀漾家是開甜品店的，她家裡的甜品都很好吃。為什麼不喜歡？」

傅陽曦冷冷道：「減肥。」

明溪：「……」

班上小弟們：「……」

最後一節課是自習課，傅陽曦磨了一節課的刀，側臉看著就心情低落，心不在焉。

明溪看了他一下，忍不住掏出手機傳訊息給賀漾。

『我怎麼覺得傅陽曦在生我的氣，是我的錯覺嗎？柯成文有沒有和妳說什麼？』

那邊很快就回了過來：『我在普通班，你們發生了什麼柯成文怎麼會和我說？不過一般情況下，妳相信自己的直覺吧，妳覺得有，那他生氣的原因肯定就和妳有關。』

明溪又看了傅陽曦一眼，傅陽曦在她看過去時，臉色慍怒。

「……」

明溪基本上確定了，他連日以來低氣壓的原因還真的和自己有關。

『我莫名其妙啊。』明溪劈裡啪啦地打字：『他感冒後我還去他家裡送藥給他了呢。他有什麼好生我氣的。難道是生氣我沒問就去了他家，侵犯了他的隱私？』

賀漾：『應該不至於，傅陽曦我雖然了解不多，但他好像不是那種人，他還挺在意妳的。妳問問他呢？』

明溪：『如果我問了他就說的話，那我現在就不會冒著被班導師抓的風險，傳訊息給妳了。』

賀漾莫名覺得自己現在彷彿在幫一個女朋友生氣了卻一頭霧水的狗男人出謀劃策。

她晃了晃腦袋，趕緊把這個詭異的想法甩開。

賀漾支招道：『那應該是發生了什麼傷害他自尊心、沒辦法告訴妳的事情。妳如果在意這段友情的話，就再堅持下，認真去找出到底什麼原因。』

明溪當然在意，這世界上也沒第二個人能因為她想念奶奶，就幫她弄來私人飛機了吧。

明溪關了手機，放學鈴就響了。

傅陽曦悶不做聲，一臉「我死了別管我」站起來開始收拾書包，事實上他書包裡也沒有書，他就只是隨隨便便把他的耳機和那些瓶瓶罐罐丟進去。

明溪瞥了眼有點在意他到底吃什麼維生素，但一串法文自己也看不懂，她打算找個機會拍下來，在網路上查一下。

這一放學，就是週末，又有兩天和傅陽曦見不到面了。

然而心結還沒解開。

放在以前明溪自然是沒那麼在意，但現在她不僅在意，心裡還滋生出一些其他的讓她無法分辨的情緒。

「你這就要走？」明溪問。

傅陽曦抬起眼皮：「不然留下來看別人長得那麼瘦嗎？」

「……」

說的都什麼東西，明溪完全繞不過彎來。

「誰說你胖了？」明溪攔住他，絞盡腦汁地找形容詞，她理科好，但是文科卻一般，想了半天才安慰道：「你一百八十八，穿衣顯瘦，脫衣有肉，不胖啊。」

這個安慰完全沒說服力。

傅陽曦拿開她的手，「哦」了一聲繼續抬步要走。

明溪一下子就脫口而出：「你不能走！」

可能是她說話的語氣太急切，柯成文和教室裡的一群人都看了過來，傅陽曦喉結動了動，也垂眸看過來。

傅陽曦視線落在她白皙的臉上，在她臉上的神情中切實找到了在意的情緒。傅陽曦心裡的小鳥又蹬了下腿，出現了那麼一點死灰復燃的火星苗子。他神色稍緩，向下扯了下嘴角：「為什麼，妳還有什麼事嗎？」

明溪噎住，腦子一抽，想也沒想嘩嘩地從競賽題冊上翻了道題，指著這道題：「我這道題不會做。」

「……」

傅陽曦快氣死了！小口罩叫他留下來居然是讓他幫忙解題！他是什麼「哪裡不會點哪裡」[3]的工具人嗎？！

一瞬間所有的火星苗子化作無情痛楚的冷風。

傅陽曦氣急敗壞地把書包往柯成文桌子上一扔，讓柯成文幾個人先走，用腳把椅子一勾，大刀闊斧坐下來，拿過明溪的紙和筆，就筆走龍蛇地寫起來。

他解題的過程中明溪才驚訝地發現他的思緒很快、非常快，完全不像是一個平時天天睡覺的人會有的速度。

明溪忍不住問：「你有這本事怎麼不參加競賽？」

傅陽曦眼皮抬都不抬：「一百塊金牌賣了有我一百萬分之一的有錢嗎？」

明溪：「……」

3 哪裡不會點哪裡，出自中國大陸某款學習機的廣告詞，原廣告詞是「步步高點讀機，哪裡不會點哪裡」。

對不起，打擾了。

幾分鐘後，教室人走光了，只剩下兩個人。傅陽曦把解開的題往明溪面前一遞，又一臉「我死了別管我」的神情拎起書包往外走。

明溪顧不上去看那道題，連忙抱著自己的書包小碎步跟上：「還有件事，李嬸寄來了特產，一份是給你的，你跟我去拿。」

「沒有別人的嗎？」傅陽曦瞥了她一眼，涼涼地問：「比如說妳集訓的那些朋友。」

他的重音放在了「那些朋友」四個字上，咬牙切齒。

明溪：「沒有啊，就只有給你和姜修秋的——柯成文，呃，她說柯成文長得不好看，就算了。」

「……」

傅陽曦又跟著明溪來到宿舍樓下。由於有明溪本人在，宿管阿姨網開一面，讓傅陽曦跟著明溪上去了。

上去拿了特產，明溪又突然說燈泡壞了。

傅陽曦雖然氣小口罩不喜歡自己，但是不可能丟下她不管。於是拎了張椅子往地板上一放，踩上去幫她換燈泡。

結果仰起頭就發現，這哪裡是燈泡壞了，這是整個燈泡都不見了啊！

傅陽曦：「……」

傅陽曦道：「還得去買個燈泡，妳在這裡等一下，我下去一趟——」

話還沒說完，他見明溪拿著杯子喝水，杯子不偏不倚地一下子砸在下鋪的床上。一下子將被套全部濡溼。明溪驚慌地跳起來：「完了，怎麼辦，被子溼了，沒辦法睡覺了。」

傅陽曦心裡忽然有一個猜測，他喉結動了動，竭力裝作不以為意，道：「那能怎麼辦，不然週末去我家？反正——」

傅陽曦舔了舔嘴唇，努力按捺住完全不受控制發燙的耳根，若無其事道：「反正我家房間多。」

話音剛落，就見小口罩垂著腦袋長吁短嘆，嘆了口氣：「那只能這樣了。」

傅陽曦：「……」

？？？

怎麼回事？

他怎麼覺得小口罩千方百計地想和他賴在一起，是他的錯覺嗎？還是他又太自戀了？？？

第十六章 撬牆角

趙媛幫了趙湛懷的忙，心裡有幾分得意，也想藉此契機，與趙湛懷恢復到以往的關係。於是她放學回到家吃完飯後也沒上樓，就坐在沙發上心不在焉地看電視，翻著雜誌，等趙湛懷回來。

趙湛懷最近公司的事情很忙，通常晚上十點多才結束。因為家裡這段時間氣氛低沉，他情緒上不堪重負，甚至還會故意在公司待到晚上十一點多才回。

今天的他更不想回。

路氏那塊地皮的事情，趙媛真的幫到他了沒錯，但趙湛懷好歹是二十五歲的成年男人，怎麼會看不出來趙媛是想藉此機會拉近與他的距離？打給自己的電話聲音都那麼雀躍了，等自己回去之後應該還會在自己面前邀功。

小女孩的心態而已，趙湛懷倒不覺得這有什麼，只是他壓力很大。

趙媛想要的誇獎、呵護、溫情，現在他非常明確自己給不了。

無論是因為同情親妹妹趙明溪、還是因為先前察覺到趙媛的那些小心思，都讓他已經無法和從前一樣去直視趙媛了。

他一方面的確需要路氏那邊鬆口讓出利潤，但另一方面又沒辦法違心地與趙媛拉近距離。於是開車回來的路上，趙湛懷心思重重，他恨不得路上再多幾個紅燈，可以晚點回到家。最好回到家時，趙媛已經睡了，如此一來便不用面對。

但沒想到，他回到家時已經差不多半夜十二點，車子剛在趙家別墅外停下來，就能從玻璃落地窗那裡看見趙媛在客廳拿著書在等，並時不時朝外看。

趙湛懷頓時頭皮發麻。

他在車子裡猶豫了好半晌，有種立刻將車子開回公司的衝動。

但是在他重新啟動車子之前，趙媛便發現了他的車子，臉上露出驚喜，匆匆踩著拖鞋出來迎接：「哥。」

趙湛懷：「……」

這晚。

路燁的父親則大半夜的被助理叫起來，助理慌慌張張：『路總，不好了，蔣總突然回國，指名道姓要見您，他的航班現在快落地了，您看是我去接一下還是——』

路徐睡眼惺忪的握著電話，聽到「蔣總」這兩個字，瞬間宛如被抽了一鞭子一樣立刻清醒了。

他跳起來急急忙忙地穿衣服：「蔣總怎麼會突然回國？！是公司出了問題嗎還是怎麼回事？！趕緊把航班告訴我，我親自去接！」

蔣總是路徐公司的CEO兼最大股東，可以說公司能撐起來全靠蔣總的資金！那群有錢人從手指縫中漏一點就夠路徐的公司賺得滿盆金缽了！

以往蔣總一直待在國外，偶爾遠端會議，現在居然一聲招呼都沒打就親自回國？難道是公司出了什麼大問題嗎？

路徐穿衣服穿得滿頭大汗，急匆匆地開車趕去機場。

接到蔣總以後，蔣總臉色非常難看，他什麼行李也沒帶，風塵僕僕，顯然是專程回來解決問題的。

路徐心裡咯噔一下，雖然不知道發生了什麼事，但他已經覺得大事不妙，不由得磕絆地問：「蔣總，到、到底怎麼了？」

「我怎麼會知道發生了什麼？！」蔣總氣急敗壞，破口大罵：「我在國外隔了十五個小時的時差，就在一個小時之前忽然接到傅氏旗下的投資方突然對我的主營公司撤股的消息，我都不知道發生了什麼！焦頭爛額打電話過去問，對方才給了我一個提示！所以我倒是要問你都幹了什麼！」

路徐被罵得渾身緊繃，但仍一頭霧水：「可我最近什麼也沒幹啊，所有的專案都按照您的要求進展，一切都非常順利啊。」

「你是不是準備售出一塊高爾夫球場的地皮？」蔣總怒道：「還沒簽合約的話，便不要簽了，這個專案直接中止。」

路徐驚愕萬分：「怎麼要突然中止，這個專案雖然賺不了什麼大錢，但是合作方是趙湛懷，也就是趙氏企業的子公司，他是後起之秀，能力很強，目前就差臨門一腳了。現在中止，豈不是要賠錢？」

蔣總態度非常強硬：「賠就賠！你以為你那點小錢，夠我這邊賠的嗎？」

路徐雖然莫名其妙，但是見蔣總這氣急敗壞的態度，也知道絕非小事，應該是這件事得罪了什麼更上層的大佬，對方直接施壓給蔣總，然後層層施壓到自己身上來了！

路徐完全不敢怠慢，當即就嚇得回了公司，調整招標人選，直接將快要簽合約的趙湛懷的公司從合作對象當中劃掉了。

趙湛懷這邊則是次日抵達公司才收到消息。

他的項目四組這邊早就擬好了合約，等待今天簽訂。

但是不知道為什麼一大早上傳真過去的合約都毫無回音，打電話給路氏，路氏那邊的人也相當敷衍，沒說到重點便掛了。

項目四組的負責人直覺有變數發生，拿起合約直接親自去了一趟路氏，但是卻被前臺拒之門外。

專案四組的經理這下慌了，趕緊回公司找趙湛懷。

趙湛懷這邊一定得拿下路氏那塊地，整個項目才能繼續後期的開採，並且為了這個項目，前期已經投入進去太多成本，現在不能簽訂成功，等於前期的資金全部打水漂。

趙湛懷以為路氏那邊是臨時變卦，想坐地起價，抬高價格。他強忍著怒氣，帶著助理親自去了一趟路氏。

然而萬萬沒想到，路氏還真不是要抬高價格，而是直接不賣。

「路總，你什麼意思？」趙湛懷再溫和的人也氣得額頭青筋暴起：「你這不是成心搞砸我公司的項目嗎？您明知道我前期投入了多少，不算金錢成本，光是人力物力就無法估算！」

路徐也一肚子火，為了趙湛懷的這個項目，他昨晚被蔣總罵得狗血淋頭，他怒道：「那是你自己的事情！生意總是伴隨著風險，這事你不懂嗎？」

「臨時變卦，以後誰還敢和路氏合作？」

「這您就不用管了。」路徐心說，總比得罪最上面的人好。

趙湛懷深吸一口氣：「這樣，我這邊比第一次談的價格再抬高百分之十，不能再多了，否則就——」

「小趙，你還沒聽懂我的意思嗎？我這邊，中止專案。」路徐道：「意思就是這塊地爛在我手裡也不賣給你。不是你提不提價的問題。」

趙湛懷完全無法理解事情怎麼會變成這樣：「到底為什麼？」

提起來路徐就憋著一股火。

蔣總不讓路徐告訴趙湛懷為什麼，路徐便將火氣撒到了他被自己白眼狼兒子咬一口的事情上：「那你還不如回去問問你妹妹給我兒子下了什麼迷魂湯，他還敢來偷我的招標資料，我家的是敗家子，你家的看來也不是什麼好貨！」

路徐這麼一說，趙湛懷便完全認為是私人仇恨了。

路徐是憤怒趙媛利用路燁，所以特意玩了自己一把？

趙湛懷回到公司時臉色鐵青，大步流星地走回辦公室，門「砰」地一聲被拍上，整個公司的員工還從未見過年輕的CEO如此生氣！

專案四組的人得知了消息之後，更是義憤填膺，十幾號人馬不停蹄地準備了三個月的專案就這樣打水漂了？！

這塊地對這個項目的進展必不可少。

本來趙湛懷就是打算，如果不可以壓價買下，那麼便原價買，就是多花點錢罷了，後期的利潤應該可以收回全部成本。

趙媛說她能夠幫到忙，趙湛懷以為她頂多就是讓班上的同學路燁去給其老爸吹吹耳邊風罷了，但萬萬沒想到她是讓路燁偷招標資料威脅路徐！以至於現在路徐發怒，乾脆完全中止合作！

現在路氏直接不配合了，不賣了！給趙湛懷的公司帶來的是更大的反噬和損失！

現在換址，前期賠進去的幾千萬至少得斷送掉一半！

整個項目全都被一個小丫頭毀了。

「簡直胡鬧！」趙湛懷當晚就將攪碎的合約摔在了趙媛的面前：「以後我的事情妳別瞎摻和！」

趙媛臉色蒼白：「我也沒想到事情會變成這樣，路燁明明一口承諾沒問題，而且先前路燁他爸不是也快要和大哥你簽合約了嗎？說明我和路燁沒有好心辦壞事！現在事情變成這樣，肯定有別的原因！」

「妳還想推卸責任？」趙湛懷看趙媛的眼神有一股說不出來的失望。

這是趙湛懷公司的事情，公司損失幾千萬，趙父和趙母臉色也不大好看。

但趙母也不忍心趙媛就這樣被全家人責怪，於是忍不住對趙湛懷道：「算了，事情已經到了這個地步，還能說什麼呢？」

「現在的確做什麼都無濟於事。」趙湛懷臉色難看地搖著頭：「但是趙媛，妳以後不要再在未經我允許之前，唆使你們班上的同學幹什麼事了。我知道你們那些同學都是富二代，有的家裡可能會幫到我公司——但是以你們的能力，只會像今天這樣給我幫倒忙！」

「還有，趙明溪已經離開家了，妳沒必要千方百計地去和她爭奪。」

這話一說出口，彷彿被戳中了最隱祕的心思，趙媛頓時渾身緊繃，眼眶通紅，指甲掐進了手掌心。

她坐在沙發上，感覺到趙墨和趙宇寧審視的視線，如坐針氈，心中亂成了一鍋粥。

到底為什麼會這樣？

「我沒有。」趙媛哭著道：「我就只是想幫大哥你。」

然而，家裡人或許只有不經常待在家的趙父和憐憫趙媛的趙母看不出，其他三人都早就看出來了。

如果不是為了吸引到家裡人的注意力，趙媛不會特意想方設法幫趙湛懷這個項目。

對此，趙宇寧、趙墨和趙湛懷心裡竟然沒有什麼意外的感覺。

他們只覺得眼前的趙媛，隱隱約約讓他們不認識了。

以前的趙媛好像不會特意去和趙明溪爭寵什麼——又或者以前也爭過，只是他們沒發現？

再或者，以前她本來就不必爭奪些什麼，因為所有人的心都是偏的，都偏在了她身上。

這個認知讓趙墨皺了皺眉。

而趙湛懷與趙宇寧則更加忍不住去反思。

趙家近來的氣氛本就降至零度以下，廚房的保姆都不大敢在廚房之外的範圍活動，生怕撞上趙家哪個低氣壓的人，觸了霉頭。

現在就更肉眼可見地死氣沉沉。

因為這件事，趙湛懷的公司損失嚴重，他必須連軸轉去挽救，於是也顧不上別的，當晚就搬去了公司附近的公寓住。

趙宇寧現在還住在飯店，趙墨這種浪蕩性子也不回家，趙父也忙。再加上趙湛懷又搬離趙家。趙家別墅頓時就從昔日的熱鬧變得冷冷清清，猶如孤墳。

兩個月前的趙母哪怕想破頭，也不會想到如今的趙家支離破碎。

與其說現如今的狀況是趙明溪離家出走所帶來的，倒不如說是趙媛這個本不應該姓趙的人所帶來的。

趙母想到自己為了一個與自己並無血緣關係的女孩子，而將自己親生的一個個逼走，心頭便焦灼不安。

人就是這樣，「並非親生」這件事，即便趙母竭力想讓自己忘掉它，把趙媛當成自己的親生女兒對待，甚至對她比對自己親生女兒還好，可是一旦發生衝突和分歧，它還是會令趙母如鯁在喉。

趙湛懷當天離家之後，趙媛在房間裡蒙著被子哭了兩個小時。

可這一次，再也沒有趙家人輪番來安慰她了。

趙家發生的這件事，根本沒傳到明溪的耳朵裡。

她收拾了衣物，跟著傅陽曦回了他家。

明溪本來是抱著想盡早解決矛盾、隔閡不能過夜的心思，但萬萬沒想到此時此刻的氣氛會如此的尷尬……

她抱著書包坐在沙發上，和傅陽曦隔得很遠，紅著臉面面相覷。

怎麼會這樣？

明溪當時潑的那杯水根本沒想那麼多，就只是希望不要馬上和傅陽曦分開而已。

早知道這樣，打死她也不會再來他家裡。

公寓裡雖然有兩個浴室，但因為傅陽曦讓人把一樓改造成了桌球室和放映室，再加上二樓的浴室常年沒用過，一晚上也清理不出來，所以相當於只有一個浴室。

這就意味著，兩人得共用一個浴室。

還意味著，一個人洗澡時外面那個人必然會聽到嘩啦啦的水聲、聞到香噴噴的沐浴露的味道、以及察覺到水流淌過身體的聲音。

除此之外，兩人剛進來時，傅陽曦面紅耳赤，火急火燎衝到陽臺上去收下來一大堆衣服。

散落下來的衣服尺寸也非常的大……

一件休閒衣換成明溪穿的話，能垂到大腿根。

上次來，明溪的注意力都在傅陽曦發燒上。

而且恐怕傅陽曦也收拾過。

這次來則完全出乎兩人的意料，也就導致許多東西都沒收起來。

茶几上隨意散亂著刮鬍刀，全是男孩子會用的東西。

這猛然讓明溪意識到，眼前這個人哪怕脾氣再囂張，說話再臭屁，也真的是一個又高又帥、朝氣蓬勃的少年，有著少年氣十足的雄性荷爾蒙，而非長期以來自己習慣性當成的Wi-Fi……

明溪的視線又順著落到了傅陽曦比她大了幾號的拖鞋上，心口再次出現了那種隔靴無法搔癢的感覺。

「不然我還是回學校——」明溪站起來。

話沒說完，傅陽曦便也趕緊站了起來，竭力讓自己顯得鎮定一點。他比明溪高了一個頭，凶巴巴地盯著趙明溪：「回什麼回？！」

「被子也就那一小塊。」

「什麼一小塊，妳被子都溼透了，掛起來也得兩天才能乾，回去怎麼辦，睡哪？！」

明溪：「要不然我住飯店。」

傅陽曦道：「妳就住這裡好了，我今晚出去住飯店！」

說完傅陽曦又找補了句：「別多想，小爺我一向仗義，換柯成文發生這種事情我也會留他住兩宿。」

「……」

明溪分辨不清在聽到他這個類比之後心頭那種驀然的失落是什麼……她也不可能讓屋主出去，自己住下，於是猶豫了下，道：「那還是，都住這裡好了。」

傅陽曦吞嚥一下，冷酷地「嗯」了一聲，十分不情願：「嘖，看來只能這樣。」

這話一說完，空氣又陷入了寂靜。

明溪為了打破這詭異的氣氛，道：「你二樓有電影放映室，不然看個電影？」

不知道是不是她的錯覺，她感覺連日以來低氣壓的傅陽曦頭頂籠罩的烏雲好像散開了那麼一點點。

傅陽曦面無表情地站了起來，領著她往樓上走：「看什麼電影，妳挑。」

明溪：「好。」

頓了頓，傅陽曦雙手插口袋，頭也沒回，又冷冷道：「這樣看來明天得一起吃飯了。」

「中午不行。」明溪道：「明天中午董深約了我陪他買轉學過來的一些衣物用品。」

「董參？」

「三點水，深淺的深。」明溪就知道他記不住，明溪在他背後悄悄翻了個白眼：「上次提過的。」

停頓了下，明溪又趕緊道：「明天晚上一起吃吧。」

她也描述不出來自己此時的心理，總之傅陽曦這幾天怪怪的，難得提出吃飯的邀請，她不想拒絕。

況且兩人雖然在一起的時間很多，但是卻沒有單獨一起吃過飯。

不知道是不是明溪的錯覺，她說完這話，前面的人背影看起來又愉悅很多。

？

明溪實在捉摸不透傅陽曦的心思，突然快走兩步，一下子蹦到他前面的臺階去，回頭看他的表情。

結果就看到了傅陽曦一張「雖然可以一起吃頓飯，但我仍是死得透透的，雖然累覺不愛[4]，但男子漢有淚不輕彈，別管我」的臉。

傅陽曦掀起眼皮：「幹什麼？」

好像並沒有變愉快。

明溪覺得男生的心思真的好難猜，傅陽曦的心思則難上加難。

以前他就奇奇怪怪的，明溪不知道他滿腦子都在想什麼，現在明溪開始想搞清楚他到底在想什麼，卻發現難度不亞於做幾套奧數題。

明溪腦殼疼了起來：「沒什麼。」

她琢磨著等下看電影時一定要好好問問傅陽曦這陣子到底怎麼了，自己是哪裡讓他不爽

4 累覺不愛，網路用詞，意指覺得自己已經累了，沒有力氣再愛下去了。

了。

傅陽曦推開門，兩人進了電影放映室。

明溪呆了一下。

這就是有錢人的生活嗎？一個人住的公寓比起趙家的別墅也不遑多讓了。偌大的房間空蕩蕩的，只放著一張沙發，沙發後是一排架子，亂七八糟堆著書和影碟，對面的白牆上則是一整面的投影幕。

投影機正開著，顯示出幽幽的藍光。

傅陽曦走過去，他的側臉輪廓分明，眼睫微垂，藍光在他臉上落下陰影。

明溪看著他，又看向他調試機器的那隻手。

那隻手白皙修長，因為養尊處優，毫無任何薄繭，初冬的季節握住一定會乾燥溫暖。

明溪驀地開始走神，無意識地回想上次月考之前握住傅陽曦的手的感覺。

但事實上，那時候注意力全在自己的盆栽嫩芽上了，和許多學生考前會去握住學校裡愛因斯坦雕像的手的行為沒什麼不同。

完全不記得那是什麼感覺。

明溪又想起被他那隻手揉亂髮頂的感覺，那力道絲毫不輕，甚至有些不客氣的重，宛如揉搓抹布一般。

當時也沒怎麼在意，但卻在此刻被她莫名其妙地想起。

為什麼？

明溪下意識舔了下乾燥的嘴唇。

「這個看過嗎？」

等回過神，明溪見到傅陽曦揚起一張科幻片。

「看過了。」

傅陽曦：「和誰？」

明溪視線還落在傅陽曦輪廓分明的臉上，下意識地答道：「以前我剛來A市這邊時，和沈厲堯、董深他們一起看的，很感人，我都哭了。」

「……」

完全沒想到會得到這樣的回答。

傅陽曦攥住影碟的手指頓時攥緊。

傅陽曦忽然意識到，沈厲堯早就認識趙明溪身邊的人，比自己更早知道趙明溪家裡的事。

「哦，是嗎？挺好。」傅陽曦沒什麼表情，只是將碟片又塞了回去，眉眼在藍光的陰翳當中晦暗不清。

「換電影看嗎？」明溪非常隨遇而安：「你想看，我再看一遍也沒事。」

頓了下，傅陽曦淡淡道：「電影好看嗎？」

明溪回憶了下情節，道：「就是講述一個人工智慧的小男孩為了成為真的小孩，經歷冒險的事情，還挺感人。」

傅陽曦：「妳記得還挺清楚。」

明溪以為他想聽，介紹起來：「當時是在電影院，四周很黑，效果很好，我還記得有個情節……」

然而話沒說完就被傅陽曦打斷：「突然睏了。」

明溪：？

再聽下去傅陽曦沒辦法確保自己半夜不會去把沈厲堯揪起來揍一頓。他明知道自己不該因為這一件事生出負面情緒，然而他還是不可避免地嫉妒。

他嫉妒沈厲堯和小口罩有娃娃親，參與過小口罩過去的人和事，更嫉妒沈厲堯曾經被小口罩喜歡——是真的喜歡，而非他自作多情的那種。

明溪見他額前碎髮亂糟糟，垂著眼，忽然意興闌珊地轉身下樓。

「不看了？」明溪連忙跟上去。

她覺得最近傅陽曦的情緒波動宛如不規律的「生理期」……

「改天吧。」

「妳去洗澡，然後早點睡。」傅陽曦把明溪送到房間前。

明溪進房間的一瞬間，傅陽曦幾乎差點脫口而出，那麼，妳是不是還喜歡沈厲堯？

但他自覺像個小丑。

沒有問出來的勇氣。

更害怕聽到不想聽見的答案。

明溪洗完澡後蜷縮在被子裡，思來想去還是想不通，也沒心思複習了，忍不住傳訊息給賀漾：『難不成男生也有每個月心情煩躁的那幾天嗎？』

賀漾：『發生了什麼？』

『我和傅陽曦本來打算看電影，但是他突然說睏了，改天再看。』

明溪劈裡啪啦地打字，恨不得把下午發生的事情一五一十地講給賀漾聽。

『什麼情況啊，他是不是討厭我？還是聽到我說沈厲堯和董深的那些事情，覺得很無趣，不想再聽下去了？但我這不是了解了他的朋友之後，也想分享我過去的朋友嗎？！』

『他該不會是最近後悔收我做小弟吧？他最近還一直強調讓我不要叫他老大……』

明溪越打字越憤慨：『收了小弟還能反悔，怎麼能這樣？！講不講誠信，是不是男人？！』

賀漾延遲了下才回語音訊息過來：『男生三分鐘就睏了，這不行啊。』

明溪：『……』

賀漾：『話說，我發現一件事。』

明溪：『怎麼了？』

賀漾「正在輸入」了好半晌，突然道：『趙明溪，妳有沒有發現，妳這幾天和我說的話題都是傅陽曦。按理說，妳轉班之後和柯成文、姜修秋接觸也挺多的吧，但是妳對我提過最多的好像就只有傅陽曦。』

『妳自己搜索一下聊天紀錄。』

這行文字猝不及防地在對話方塊跳出來，明溪一瞬間被驚得心驚肉跳。

「啊？」

她呆呆地盯著這一行字，心臟驀然怦怦怦直跳，血液一下子電光火石地竄到了頭頂。

那種感覺很難形容，就像是一瞬間天靈蓋被打開了一樣，雷劈了下來，意識和思緒有那麼一剎那是完全空白的。

被賀漾這麼一提醒，她才意識到，她最近的注意力是不是太過於落在傅陽曦身上了？！

上課時盯著他看，被盧老師批評也就算了……今天聽到他說即便是柯成文的被子溼透了，他也會提供一個住處，她心裡竟然還有一閃而逝的失落——她失落個鬼啊，人家和柯成文認識多少年了，和她才認識多久，這不是很正常嗎？！

還有那天早晨見到傅陽曦拎著早餐在宿舍樓下，聽到他只是來取他那件幾萬塊的外套，她也頓時猶如被潑了一盆冷水般——她幹什麼要有那種情緒變化啊？！

明溪裹著被子坐起來，目瞪口呆地盯著手機，一下子竟然不知道該怎麼反應。

只是覺得口乾舌燥。

接下來賀漾那邊還傳了什麼，明溪完全沒有心思去聽了，她抱著手機，心神一陣恍惚。

與此同時，傅陽曦生無可戀地躺在床上盯著天花板，再一次失眠。

他睡不著，也不大敢睡。

以前是抱著「小口罩喜歡他」的心情努力入睡，熬過了很多個有惡夢的晚上。

而現在，趙明溪又不喜歡他，惡夢又回來了。

柯成文建了個群組，把姜修秋也拉進來了，兩人分別傳來慰問。

柯成文：『曦哥，你在幹嘛？我們教給你的燭光晚餐你用上了嗎？』

姜修秋：『……把『們』字去掉，燭光晚餐？什麼土裡土氣的東西？用了這一招只會讓趙明溪對傅陽曦的審美產生質疑吧。』

柯成文：『曦哥，其實趙明溪現在不喜歡你，未必代表以後不會喜歡上你嘛！人生那麼長，誰說得準呢？！姜修秋你與其吹冷風，還不如想辦法讓趙明溪喜歡上曦哥！』

姜修秋則道：『要聽我的意見嗎？我的意見是，趙明溪喜歡沈厲堯，而傅陽曦和沈厲堯完全是兩個極端的類型。撬牆角的失敗率很高很高。』

『你染黑頭髮也沒什麼用，性格差距太大了。』

傅陽曦躺在床上心裡流下兩行冷清的淚，也不大相信趙明溪會有喜歡上他的可能，但是看見姜修秋這話，心中一刺，還是瞬間炸毛。

他翻身爬起來就罵過去一段字。

『姓姜的你這個悲觀主義者，狗嘴裡吐不出象牙，非逼我和你絕交！今天趙明溪還主動拉我看電影了：D。』

姜修秋：『忠言逆耳你不聽，但凡之前聽我一句勸，穩住心態，別那麼快自作多情，現在就不會落得這般田地。她拉你看電影只是因為去你家感到尷尬，緩解一下氣氛吧。你怎麼就學不會吃一塹長一智？』

傅陽曦：『……』

姜修秋說的竟他媽該死的精準。

小口罩好像的確是為了緩解尷尬，才邀請他看電影的。

而且隨便拿出一部電影就是她和沈厲堯看過的。

傅陽曦心碎成渣渣，又冬風蕭瑟地躺回床上。

後面柯成文和姜修秋又支了什麼招，傅陽曦也沒有再看，他側著臉，無眠地看著窗外。

漸漸地，朦朦朧朧的光線從窗簾外透進來半分。

天也亮了。

傅陽曦一雙眼睛成了熊貓眼。

時針指向凌晨五點，一刻都不得入睡的後果便是頭疼欲裂。

傅陽曦爬起來，用冷水洗了臉，出去買了早餐。

等明溪七點多起床時，發現微波爐上擺著幾份不同的早餐。

傅陽曦好像起來過，然後又回房間了。

傅陽曦每天早晨一向低氣壓，即便是以往心情好、臭屁又得意洋洋時，去學校的前兩節課也是臉色難看地繼續睡覺，讓人懷疑他是在夢裡被狗追著跑了一萬公尺。

明溪琢磨著他這時應該還在睡，於是輕手輕腳沒有打擾。

她收拾好東西，先穿了一件黑色的羽絨外套，打算出門，但走到玄關那裡，看了眼自己身上的灰黑兩色，又覺得今天見董阿姨，換一身顏色鮮亮一點的比較好——上次董阿姨就說她小小年紀一個小女孩總是穿得灰撲撲的。

明溪不想讓董家人覺得自己過得不好。

猶豫了下，她又返回房間，將昨天帶來的另外一件粉色外套換上。

傅陽曦在房間裡的沙發上心不在焉地拼鋼彈模型，聽見外面的動靜，他趕緊抬眸看了眼。因為房門間隙沒關上，他能看見外面走過趙明溪的身影。只見小口罩出去了又回來，換了身更好看的衣服後又關上房門出去。

傅陽曦猶豫著該怎麼出去打招呼，然後用什麼理由讓她晚上早點回家，一起吃晚飯。

傅陽曦苦澀地想，燭光晚餐這招雖然土，但是萬一有用呢？

結果正思考著，就聽見趙明溪輕輕的腳步聲朝著他房門口走來了。

傅陽曦腦子裡雜七雜八纏繞的一些問題頓時被清空、斷了線，他緊張地掀開被子跳到床上，想也沒想就閉上眼睛開始裝睡。

明溪是看到傅陽曦的房門沒徹底關上，便小心翼翼地走過來。

「傅少？」她小聲道，輕輕敲了下門。

沒有人應。

明溪從門縫一角注意到傅陽曦床上深綠白條紋的被子一大半都落在了地上，她忍不住輕手輕腳走進去。

傅陽曦背對著她睡著了，身上只蓋了一小截被子，看起來很匆忙，上身穿著白色短袖，男生精悍的胳膊露出來。

不蓋被子睡覺，等下感冒就復發。

明溪拎起地上的被子，費力地往他身上扯。因為怕吵醒他，明溪動作格外慢。往上扯了一半，又繞到窗戶那邊繼續扯。

於是視線就忍不住落在了他臉上。

傅陽曦眼睛緊緊閉著，嘴唇緊緊抿著，不知道是在做惡夢還是怎麼樣，睫毛劇烈抖動。紅色短髮額前翹起不羈的一撮。

明溪拉上了被子，還站在原地愣愣地盯著他看了一下。

不知道是不是因為感冒未全好，水喝少了，他緊緊抿著的嘴唇有一些蒼白發裂的痕跡。

睡著的時候，他眼神不凶，右眼眼尾那顆小小的淚痣沖淡了些許他的暴躁感，多了幾分少年氣的精緻。

……不得不承認，傲慢的太子爺還挺帥的。

等回過神時，明溪的視線竟然已經在傅陽曦的眉宇和嘴唇間流連了幾十遍！

她渾身一綳，腦子裡立刻竄出昨晚賀漾的話。

搜索聊天紀錄——

「傅陽曦」三個字有一千零九十六則。

居然有一千多則！明溪昨晚搜索一番之後目瞪口呆，她以前根本沒發現！

明溪嚥了下口水，臉無意識開始燙起來。

她宛如作賊心虛般，不敢再看，退後一步，輕手輕腳地離開了傅陽曦的房間。

明溪背上書包，在客廳燒了水，留下便利貼「記得喝熱水」，然後匆匆離去。

屋子裡很快就靜了下來。

傅陽曦憋著呼吸，差點喘不過氣，他深深吸了口氣，才慢慢睜開眼睛。

她不喜歡他還幫他蓋被子！

他不讓她叫「曦哥」，不讓她叫「老大」，但是她真的從善如流地叫「傅少」，他心裡又堵得慌。

明溪和董慧、董深約好在商場見。

出國兩年，董深的品味提升許多，已經不再是以前那個小胖子了。他現在身高一百七十八，穿得很酷，稱得上美少年一名。走在明溪身邊，兩人吸引了不少目光。

上次主要是董慧詢問明溪這兩年的情況，而這次，明溪才有機會與年幼時期的玩伴董深好好說說話。

「明溪姐，妳真的變了很多，當然骨子裡沒變，就是外在變了。」董深看到明溪都有些臉紅，他不善表達，他想說的是，以前的明溪從桐城出來，面對這裡陌生的一切時，多少會有點膽怯，而現在的明溪不會了，她性格果敢，想到什麼就去做。

明溪笑道：「你也是，更帥了。」

事實上，他們都變了很多，闊別兩年，真讓人感慨。

董深又問：「妳臉上的傷徹底好了嗎？」

董家出國是在明溪入趙家、明溪奶奶去世之後。

明溪當時臉上出事，本來想瞞著他們，但是拗不過董慧和她打視訊電話的要求，於是董家人都知道。

董慧還轉了一筆錢給明溪，不過明溪並沒收下。

「已經完全好了。」明溪下意識觸碰了一下臉頰。

如果董深沒問，她都快忘了臉受過傷了。

這一切都還得感謝天天被她蹭氣運的傅陽曦。

明溪又看了眼自己的盆栽小嫩芽，已經生長出四棵小樹了，也就是兩百棵小嫩苗。

明溪想著傅陽曦生日快到了，決定準備一份禮物給他。

她和董深逛商場時，看到一些生產日期剛好是十一月五號的小東西，會全買下來，包括棒球帽等物。但是具體送什麼，明溪還沒有想法。她只是悄悄攢著，希望傅陽曦能覺得她的禮物與眾不同。也希望傅陽曦在那天能快樂一些。

「哦，對了。」明溪突然掏出手機，給董深看了眼昨天自己拍到的照片。昨晚她去陽臺晾衣服時，見到傅陽曦書包裡掉出來一個白色瓶子，她撿起來就順便把上面的法文拍了下來，然後塞進了傅陽曦的書包。

「你不是剛從法國回來嗎？應該看得懂這是什麼意思吧？」

董深拿過照片看了一下，道：「不懂耶，只能分辨出幾個詞，治療、使用方式、慢性失眠障礙什麼的。畢竟我平時只用口語，專業詞彙也不懂，妳還是拿去找醫生問問。」

「不是維生素？」明溪驚呆了。

董深道：「當然不是啊，維生素是別的詞。」

明溪這才發現因為傅陽曦說過一次「維生素」，她就先入為主的以為傅陽曦吃的藥都是維生素。

失眠？

可是為什麼會失眠？

明溪見他天天上課懶洋洋地趴在桌子上睡覺，一直以為他睡眠比常人都要好。

明溪腦子裡又猛然想起那幾次傅陽曦身上莫名其妙出現的瘀青和玻璃劃傷，眼皮忽然一跳一跳。

「怎麼了？」董深問。

「沒什麼。」明溪回過神，將照片收起來，打算有機會拍到傅陽曦另外的藥，再去找醫院裡的醫生問一下。

因為被這件事打了岔，明溪已然沒了逛街的心思。

她一心只想趕緊回傅陽曦家。

明溪和董深這邊陪董慧逛著街，那邊趙母也正由太太圈的朋友陪著出來買包散心。

趙母萬萬沒想到會在這裡碰到董慧和明溪從電扶梯上下來。

「……」

她整個人都愣了一下，下意識就往那邊走了一步，然而她所在的電扶梯正在上行，她只能扭頭，眼睜睜地看著趙明溪和董慧、董深離開。

朋友見她神情有異，順著她的視線看過去，便看到了趙明溪和趙明溪身邊的人，忍不住對趙母道：「那不是妳家小孩嗎，她旁邊的是誰，妳家親戚？她怎麼陪別的母子逛街？」

趙母心裡又痛又急，一時之間不知道該說什麼。

她視線落在趙明溪挽著董慧的那隻手上——以前趙明溪陪她出來逛街時，也會挽著她的手。

現在明溪離開了，都沒人陪她逛街了。

此時此刻趙母心頭已經不只是簡單的痛悔了，她還生出了一種對董慧的嫉恨感。為什麼她將親生女兒弄丟了，董慧卻能和明溪相處得那麼好？

「是我家親戚。」趙母心頭不舒適，但只能這麼說。要不然趙明溪和他們決裂的消息，明天就會傳出去。

「我看妳家明溪對妳家那個親戚還挺好的。」身邊的朋友撇了撇嘴，道：「幫她挑選衣服好有耐心，我女兒對我都沒這麼耐心。」

兩人扭著頭，能看到明溪正陪著董慧走進一家品牌店，在店門口拿起一件衣服對董慧比劃。

趙母只覺得心裡堵得不行，想讓她別說了，但是她還在碎碎念：「我還挺喜歡妳家明溪的，長得漂亮，下次讓她出來和我們一起逛街啊。」

「……」

趙母唇色蒼白，露出一個笑容，但是這笑十分勉強：「好，下次帶她出來。」

趙明溪的身影快要消失在她們的視野範圍時，趙母只覺得心頭一陣焦慮，有種失去什麼的刺痛感。

不能這樣了，她想。

必須找個辦法把明溪慢慢拉回來。

本指望著明溪會漸漸想開，然後最終會回家。但是看她現在在外面生活得這麼開心，儼然已經把董慧當成了親人的樣子。反而他們這一家人，她要不要都無所謂。

再不想辦法，趙母害怕這一輩子都會失去趙明溪。

她咬了咬牙，傳了則訊息給趙湛懷：『你有沒有辦法去和明溪的學校知會一聲，讓他們收回明溪住校的權利？』

明溪從家裡離開之後，傅陽曦去沖了個澡，然後拿上鑰匙出門。

十分鐘後，他走進一家熟悉的私人理髮店。他一走進去，設計師連忙把其他人清空，將他迎上了三樓。

「傅少，剪短？剪短會精神很多。」

鏡子裡的傅陽曦一頭紅色的囂張短髮，但今天他的情緒顯然有些低落，並不像以往來時那般慵懶散漫，而是冷淡疲倦，勉強支著眼皮。

設計師只見傅陽曦垂著眼，讓人猜不透他在想什麼。

過了一下，他才抬起眼，道：「染黑。」

「染黑？」設計師驚呆了：「你以前從沒想過要染黑。」

漆黑髮，漆黑深邃的眉眼，冷白的皮膚，就很像傅之鴻。

于迦蓉不會接受的，爺爺也不會接受。

但趙明溪喜歡的顯然會是這種類型。

傅陽曦很希望回到之前那個自欺欺人的夢裡去。

他不耐煩道：「少廢話，染黑就行。」

在理髮店坐了兩小時，坐得人渾身都疲倦。

「四千五。」

傅陽曦站起來，從褲子口袋裡掏出手機掃 QR code 付錢。

下樓時幾個店裡的員工都忍不住盯著傅少看。

頭髮顏色對一個人的氣質影響太大了。

之前傅少一頭炸毛紅色刺蝟短髮，簡直就是把囂張惡劣和殺馬特寫在臉上，讓人見到就想跑，都快讓人忽視他俊美逼人的長相了。

但此時他漆黑的短髮，乾乾淨淨，高挑疏朗，驚鴻一瞥之間，少了幾分先前的暴躁不羈氣息，多了幾分清冷淡漠的孤傲少年氣。

他側過身去掃 QR code 時，大衣領處的脖頸微微用力，露出年輕有力的線條。

店裡幾個人看他都看傻了。

「看什麼看？」傅陽曦回過神，見這些人都盯著他，他臭著臉煩躁地回瞪一眼：「再看小心眼珠子掉下來。」

店裡的人都趕緊慌忙收回視線，傅少還是傅少，換了個髮型可不代表換了個脾氣。

傅陽曦不甚習慣地摸了摸自己的新髮型，走出理髮店。

他臭著臉自拍一張傳到三人群裡。

果不其然柯成文和姜修秋又開始唱雙簧。

三人視訊中。

姜修秋：『？？？我昨晚就是隨便說說而已，你還真去染了？傅少您為了撬牆角可真是無所不用其極啊。』

傅陽曦頓時暴跳如雷：「你他媽是不是找死？什麼叫隨便說說，不是你說趙明溪喜歡這種類型的嗎？！」

柯成文連忙打圓場：『好了，曦哥你抓緊時間去買蠟燭和牛排——』

想了想，柯成文又道：『我覺得趙明溪的喜好取向還是學霸類型，這個曦哥你裝起學霸來實在有點難度啊。』

傅陽曦氣急敗壞，怒道：「你給我解釋下什麼叫做『裝起學霸來實在有難度』？不解釋清楚你今晚狗命沒了。小爺我就是學霸，懂？」

柯成文：『……』

姜修秋回：『這個我可以幫傅陽曦證明。』

傅陽曦臭著臉催促道：「還有呢？辦法別私藏，一次性傳過來。」

柯成文瑟縮了下脖子，又道：『還有，你要不要買幾本奧數題，買幾塊金牌回去裝裝樣子？然後今晚燭光晚餐聊天時，趙明溪問起你的偶像是誰，你一定要說愛因斯坦，記住了，愛因斯坦！最能給你靈感的時刻是蘋果掉下來——』

傅陽曦：「那是牛頓！」

柯成文撓了撓頭，又道：『總而言之，除了往她的喜好取向發展，還得浪漫。你就可以勝過沈厲堯了。』

傅陽曦聽到沈厲堯這個名字，頭頂就一團烏雲密布，眼見著下一秒他就要大發雷霆，柯成文趕緊道：『趙明溪喜歡沉默寡言高冷類型的，曦哥你別說話了！』

傅陽曦：「……」

傅陽曦憋屈地把要罵的髒話憋了回去。

「下輩子見。」他直接掛斷了視訊，找地方去買晚上吃飯的材料。

之前一頭刺蝟紅髮時，看著就囂張跋扈，街上人來人往沒什麼人敢直視他。現在染成了黑髮，走在大街上竟然有許多不要命的女生盯著他看。

傅陽曦拳頭癢了，用「想打一架？」的眼神瞪回去，終於把盯著他看的大部分人瞪跑了。

傅陽曦黑著臉，竭力強忍黑髮帶來的不適應感。

他看了眼時間，小口罩應該正在和董慧一家吃飯。

或許他可以先買部分東西，然後去吃飯的地方接她。

傅陽曦心裡懷揣著一種隱祕的期待，或許是期待小口罩看到他黑髮的樣子之後，眼睛裡能出現一些類似於「喜歡」的東西。

因此他迫不及待地想見到她。

明明晚上也能見，但他現在就想見到。

就像是急於獻寶的小孩。

傅陽曦拎著用白色環保袋裝著的蠟燭和牛排從商場地下一樓出來，開車前往明溪昨晚和他說過的吃飯地點。

很快他就抵達了。

這附近吃飯的地方也就一樓，全是玻璃櫥窗。

傅陽曦很快就從街對面看到了正在西餐廳吃飯的趙明溪，和她對面的人。

傅陽曦欲要邁出去的步伐就那麼暫停了。

趙明溪對面坐著的是沈厲堯。

西餐廳很精緻。街道並不寬，隔著四個車道，能清楚看見桌子上的杯盞。

靠近玻璃的桌側點著香薰。

另一邊還有穿燕尾服的年輕侍酒師在拉小提琴，即便聽不到拉的是什麼曲子，但見那侍酒師沉迷其中的表情，就知道應該是一支浪漫的曲子。

傅陽曦盯著那邊，足足有五分鐘沒有反應過來。

他臉上忘了該是什麼表情，腦子像生鏽了一樣。

……是約會嗎？

傅陽曦眼珠轉動，視線又落在了趙明溪今早特意換上的粉色衣服上。

第十七章　喜歡他

趙明溪此刻心情有點不快，用叉子戳著剛上的牛排，對坐在對面的沈厲堯道：「沒想到你這種大忙人也會出來逛商場，剛才董阿姨拉著你一起過來吃飯，你怎麼不拒絕？」

沈厲堯慢條斯理地冷淡地切著牛排。

他當然不會說，是自己特意打電話讓董慧把趙明溪約出來吃飯的。

董慧雖然排斥趙家，因為覺得趙家虧待了趙明溪，但是對待沈厲堯卻是用看女婿的眼神。

兩年前她聽說趙家和沈家有娃娃親，還替趙明溪感到開心，臨走前叮囑過沈厲堯多多照顧趙明溪。

沈厲堯並沒有辜負董慧的囑託。

雖然後來他嫌趙明溪煩，但他確實幫過趙明溪許多次。

事實上，趙明溪喜歡上他，恐怕也是因為那次暴雨，她被趙媛和趙宇寧忘記，在商場迷了路，沒有傘，手機沒電，身上又沒錢搭計程車，他送她回家。

而趙明溪現在見到沈厲堯就像一隻尷尬的兔子，轉身就跑。

沈厲堯只有想些別的辦法，才能和她增加相處的時間。

沈厲堯道：「董阿姨是長輩，我沒辦法拒絕。倒是妳，直接就要轉身走掉。」

說著這話，沈厲堯切割牛排的動作用力了起來，冷冷道：「趙明溪，好歹認識了兩年，妳現在是連作為朋友和我在同一張桌子上吃飯都不願意嗎？」

「沈厲堯，你不會覺得尷尬嗎？！」明溪忍不住道：「你不喜歡我，我現在也不喜歡你，我們最好就是不要見面，即便路上碰到了最好也裝作不認識。一起吃飯什麼的，我尷尬得腳趾頭都要摳出三房兩廳了！」

明溪說著就有點心煩意亂，把牛排快要切得稀巴爛。

而且她還想盡早回去搞清楚傅陽曦吃的藥到底是什麼。

現在被沈厲堯橫插一腳，沈厲堯提出來這家排隊等很久的西餐廳，董阿姨立刻就答應了，以至於拖長了時間。

她根本不想坐在這裡面對著沈厲堯吃飯。

沈厲堯聽著她這話，心中冒出一股無名的焦灼。

他剛要說些什麼，那邊董慧和董深就從洗手間回來了，一左一右在桌子旁邊坐下。

沈厲堯看了趙明溪一眼，閉上了嘴巴。

董慧也察覺到兩個小輩的氣氛不太對勁，趕緊打破僵局，幫兩人各舀了一碗玉米湯。

「鬧什麼彆扭呢。」董慧笑道：「小沈，這我就要說說你了，不要傲嬌，明明喜歡我們明溪對不對？我們明溪這麼聰明漂亮，等她跑了，你就沒地哭去了。」

明溪簡直無力反駁。

她現在像是被長輩強行拉來相親湊數的人。

她心裡無奈地說，沈厲堯喜歡她個屁，前兩年是因為董阿姨的囑託，才冷著一張臉幫她的忙。

再說了，就算沈厲堯現在喜歡她，她的那陣熱情也早就過去了。

卻沒想到沈厲堯沉默兩秒，說：「嗯。」

明溪一口湯差點沒噴出來。

她猛然抬起頭，什麼鬼？？？

他「嗯」個什麼鬼？

沈厲堯卻抬起頭來，定定看著她，眸光含義複雜。

明溪一臉見鬼了的神情，看向董慧，簡直如坐針氈，立刻拎起書包就想跑。

董慧一把將她按著坐下，覺得她是不好意思。

在董慧看來，沈厲堯是個品學兼優的孩子，性格雖然清冷了點，讓人覺得不好相處，但是天才的性子大抵都有點古怪。他絕對前途無量。

先不管明溪和他適不適合，他絕對是這個圈子裡能找到的最優秀的晚輩。

趙家什麼都不好，唯一好的就是和沈家有這門娃娃親。

董慧欣賞他，也想幫趙明溪找到更好的依靠，於是回來之後就想著撮合兩人。

但沒想到她還沒開始撮合，沈厲堯就先找到她，這說明沈厲堯是在意明溪的。

現在不就差明溪了嗎？

董慧又記得明溪是喜歡沈厲堯的，那現在還有什麼好鬧彆扭的？

「現在是高三，當然不支持你們談戀愛，但是等上了大學就能談了。你們等到我和董叔叔這個年紀，就知道年少時光有多重要，一寸光陰一寸金，不要浪費在無謂的鬧彆扭上，有什麼事兩人說開不好嗎？」

明溪簡直頭疼：「董阿姨，不是妳想的那樣──」

沈厲堯打斷了趙明溪的話：「我知道了，董阿姨。」

明溪：「……」

董慧：「這就對了，你們多般配。」

「明溪以前和我們講視訊電話時經常聊起你，你現在也喜歡她，還能有什麼阻礙？」

小提琴原來拉的是《小夜曲》，和街道上車水馬龍的嘈雜混雜在一起，刺進耳朵裡。

空氣中帶著一股塵土揚起的燥意和暴雨過後的潮意。

一道高挑的黑色身影站在西餐廳的門口，清清楚楚地聽到了董慧的話。

原來某種程度上，小口罩和沈厲堯是見過家長的。

傅陽曦拎著重重牛排袋的指骨用力發白。

他腦子嗡嗡響，只覺得自己十分諷刺，像是突然插進這個世界。

手裡的牛排比不上桌上的牛排，蠟燭和香薰比起來，也不夠高雅。

他漆黑的短髮從櫥窗玻璃映照出來，也顯得像個偽劣的小丑一般。

傅陽曦一直沒有動彈。

直到不遠處的董慧有些奇怪地抬起頭，見到那個俊俏高挑的男孩子臉色慘白，眼珠黑漆漆的，一直盯著這邊。

董慧納悶地多看一眼，下一秒，就見那男生消失在了門口。

明溪應付完董慧和沈厲堯，心裡發誓，以後這種飯局絕對要確認好誰會去之後再答應。

她雖然能理解董阿姨這種做長輩的心情，但這一頓飯仍吃得她心情全無。

她吃完就匆匆找要念書的藉口溜了。

回家的路上她傳了則訊息給沈厲堯，告訴他，她之後會去和董阿姨那邊說清楚他們早就沒有關係了。沈厲堯那邊怎麼回的明溪沒有看，又把他拉回了拒收訊息的清單。

董阿姨興沖沖地撮合她和沈厲堯，她要跟董阿姨說明白，還得仔細想想怎麼措辭。

明溪只覺頭疼。

她背著書包回到傅陽曦那邊，按了下門鈴，卻足足五分鐘沒有人回應。

——是不在家嗎？

明溪打開手機，才發現半小時前傅陽曦傳了一則訊息給她。

『開門密碼是102488，妳直接進去就行，隨便住多久。』

明溪問：『你呢？』

那邊過了很久。

『我有點事，回老宅一趟。』

明溪心裡驀然想起上次傅陽曦回老宅之後，手腕上的瘀青。

她眼皮又倉促地跳了起來，連忙問：『什麼事？』

傅陽曦沒有回覆。

傅陽曦沒有回來，明溪一個人度過這個晚上。

關上燈之後，整個屋子一下子空蕩蕩起來。只有玄關處留了一盞淡藍色的燈，發出幽幽瑩瑩的光，其他大部分地方都置於黑暗不清當中。

六十坪的公寓本就大，沒什麼傢俱，顯得空曠。

而現在又沒了聲音，便十足的冷清沉寂，有種無邊徹骨寒冷的感覺。

這和明溪所想的不同。

她以為傅陽曦這種張揚肆意的性格，所居住的地方一定很熱鬧，風風火火，父母恩愛，呼朋結友。

但事實卻不是這樣。

明溪這才發現她對傅陽曦知之甚少。

她自己一個人待在公寓裡，心裡裝著事，晚上並沒能睡著。

明溪忍不住起來去吧檯那邊倒水喝。

雖然主人不在，自己一個人探索這幢公寓有些不大好，但明溪還是忍不住四處瞧了瞧。

她心裡撓癢癢一般，非常好奇傅陽曦平時都會看什麼電影，於是上了二樓，瀏覽了一遍放映室裡的黑膠和影碟。電影裡面小眾的科幻片居多，還有一些純外文的封面，讓人辨別不出是什麼類型的故事。

令人詫異的是這位傅氏太子爺鋒利如烈陽，卻並不是一個雜亂無章的人，電影都有編號。明溪把這些電影目錄拍了張照片，打算以後兩人看電影時，盡量挑選他沒看過的。

接著，明溪穿著睡衣，又去二樓另一間屋子瞧了瞧。

桌子上放著被拆開的掃地機器人，修了一半，灰黑色的零件很隨性地丟在那裡。明溪下意識想走過去看看，但家教讓她覺得隨意動別人東西不太好。於是她只是遠遠看了一下。

在公寓裡轉了一圈，所有的地方給明溪的感覺就只有兩個字：空曠。

這麼一轉，就到了晚上十二點多。

深夜了。

明溪趕緊下樓回到自己的房間。

她看著天花板，翻來覆去睡不著，忍不住翻開和賀漾的對話方塊，盯著那一千零九十六則帶有「傅陽曦」的聊天紀錄發呆。

她心裡又出現了那種無意識發癢的感覺。

鬼使神差的，等明溪回過神時，她已經開始在網路上搜索——如何判斷自己是否喜歡一個人。

明溪嚇了一跳，下意識要退出去，但舔了舔乾燥的嘴唇，還是忍不住渾身繃緊地瀏覽了一下。

第一則赫然就是：『會情不自禁地去了解對方的喜好。』

明溪看了眼自己拍的電影目錄照片，頓時心驚肉跳。

她捂著臉，將腦袋埋在枕頭裡，深吸了幾口氣。

過了一下，做好心理準備後，明溪繼續往下看。

第二則就是：『會情不自禁地盯著對方，覺得對方好看。』

明溪血液已經飛竄到頭皮了，她臉無意識發燙起來。

第三則是：『會因為對方睡不著，而且還會擔心對方。』

明溪簡直抓狂。

她將手機扔在一邊，面朝著天花板，抬腿做了幾個蹬腿踩自行車的動作，想把剛才看見的忘掉。

但潘朵拉之盒已經打開了，有些事情已然收不住。

過了一下明溪心裡還是抓耳撓腮，她忍不住爬起來，把手機撈過來，嚥了下口水，繼續往下看。

她一則一則往下看，然後，發覺自己幾乎中了大半。

明溪下拉到最後一則，最後一則是：『當你開始懷疑自己是否喜歡對方，並因此打開這個測試，逐一去證明的時候，那麼不用懷疑了，答案就是『是』。』

明溪：「……」

？？？

這下明溪徹底睡不著了。

失眠。

一隻羊……

兩隻羊……

三隻傅陽曦。

明溪心臟怦怦直跳，躺在床上，一整宿都沒睡著。

明溪睡眠一向很好，這還是她這麼久以來第一次失眠。

天際泛起魚肚白，而今天的趙明溪宛如一條鹹魚般繼續躺在床上，睜著雙眼，十分無神。

翌日。

明溪以為第二天傅陽曦就會回來，她因為睡不著，早早起來，開始打掃衛生，順便把沙發拉到落地窗邊，將窗簾拆下來扔洗衣機裡洗了，洗了之後烘乾，又重新艱難地掛了上去。

她忙得滿頭大汗，一上午就這樣過去了。

打掃的過程中明溪發現了傅陽曦壞掉的手機殼。

她忍不住打開購物軟體幫他下單了一個和原先一模一樣的。

中午傅陽曦沒回來。

下午明溪在網路上搜了一堆「如何婉拒長輩讓我和不喜歡的人在一起」的措辭回答，然後絞盡腦汁的想了下語句，刪除又編輯，傳給了董阿姨，將西餐廳那件事解釋清楚。

接下來，她照例去高教授那邊陪他孫子玩兼念書。

大約晚上八點她回來，按密碼時，心中莫名懷揣了看到傅陽曦坐在沙發上打遊戲的畫面的期待。

然而推門進去，吧檯上的東西都原封不動，還是和她走的時候一樣。

傅陽曦還是沒回來。

週一明溪冒著冷風去了學校，直到第二節課身邊座位也還是空蕩蕩的，還保持著上週末她和傅陽曦一起離開時的樣子。

下課時她忍不住扭頭去找柯成文打聽。

然而柯成文也是一頭霧水，抱著籃球道：「不知道啊，曦哥以前三天兩頭不來學校，教務主任和盧老師都習慣了，上個月他每天都出勤，才讓人奇怪呢。」

「而且妳都不知道他為什麼沒來，我們怎麼會知道？妳週末不是去他家了嗎？」

話說到這裡，柯成文忍不住羨慕道：「我雖然知道曦哥的地址，但我還沒進過他公寓的門呢。怎麼樣，大不大？有錢人的獨居生活是怎麼樣的？」

明溪沒好意思告訴柯成文，自己不僅進了門，還知道了開門密碼。

因為傅陽曦沒有回訊息，明溪心裡實在有點心神不寧，於是下午又沒忍住去問了下姜修秋：「他家裡發生什麼事了嗎？週六就匆匆趕回去了。」

姜修秋收著情書，抽空抬起桃花眼看了明溪一眼，道：「小口罩別擔心，應該不是什麼大事。他有個堂弟前不久回國，要轉到我們這邊來，他回去可能和這事有關。」

柯成文忍不住維護傅陽曦，道：「曦哥不讓叫——」

姜修秋笑咪咪道：「他不是不在嗎，管不著。」

兩人插科打諢去了，明溪回到自己座位上，繼續心思沉沉地寫著作業。

姜修秋和傅陽曦認識最久，他說沒事，那應該沒什麼大事。

可能是自己多心了。

明溪多少放下了心。

接下來的週一、週二、週三，明溪搬出他家，回到學校宿舍。

傅陽曦都沒來。

班上除了她之外的小弟們顯然都習慣了。

明溪這才見識到了柯成文所說的傅陽曦以前三天打魚兩天曬網。

也怪不得他不記得班導師和班上同學的名字了。

就這個來學校的頻率，他能記住誰的名字都很稀奇！

整整三天，明溪盆栽裡的小嫩苗一棵也沒長，她竭力想讓自己沒那麼失落，但還是有些控制不住的情緒在心間破土而出，無法扼制地生長。

比如說，「如何判斷自己是否喜歡一個人」的第五則——思念。

明溪咬著唇，將這幾天放在傅陽曦桌子上的卷子整理好，幫他塞進桌子抽屜裡面。

集訓馬上要開始了，集訓的最後一天就是初賽，明溪也沒時間去想別的了，她開始投入到昏天黑地的刷題當中。

週四下午第二節課，明溪整理好小組的作業，送到辦公室去。她朝辦公室那邊走去，正好見到走廊盡頭教務主任辦公室出來一個高挑疏朗的身影，一閃而逝就下樓了。身影極像傅陽曦，但是又不那麼像——短髮是漆黑的。

明溪下意識就越過走廊上洶湧的人群，腳步匆匆地跟了過去，但是對方已經飛快下樓了，一片衣角都沒看清。

教學人樓上課鈴聲響了，明溪被盧老師叫住，只好扭頭進了辦公室。

寒流越發猛烈地來襲，學校裡最後一片樹葉在一眨眼變黃枯萎。

翌日下了場暴雨，學校裡到處都是積水。

明溪穿上厚厚的大衣，戴上圍巾，將頭髮紮成丸子頭，收拾好行李，書包裡裝上競賽題冊和一大疊計算紙，和另外二十個人前去集訓。一行人在寒風中來到校門口，等待學校租來的大巴士，呵出的寒氣凝結成了白色。

沈厲堯見到她，腳步頓了頓，就主動朝她走過來。

明溪正緊緊握著背後畫著小口罩的白色手機殼，扭頭朝學校裡面看，想看傅陽曦今天有沒有來，回過神發現沈厲堯拉著黑色行李箱站在自己旁邊，她眉頭蹙起，忍不住往右挪了幾個人的位置。

沈厲堯的臉色在寒風中變了變。

其餘十九個參加集訓的人見到這一幕都有點驚訝。

首先驚訝的是堯神居然會主動站在趙明溪旁邊，其次驚訝的是趙明溪拒人於千里之外，彷彿並不想和他待在一起。

——這可是沈厲堯欸！

常青班來了六個人，包括趙媛和蒲霜。國際班來了三個，除了趙明溪之外還有兩個英語專長生。剩下的十二個名額則全被金牌班包攬。除了五個校競隊的，還有七個也都是金牌班的人。

明溪數了下，總共七個女生，到時候住飯店不知道該怎麼分配。

她這邊想著這個，蒲霜也忍不住小聲對趙媛道：「住飯店不會把我們和趙明溪分在一起吧。」

趙媛沒說話。

自從趙湛懷公司那件事之後，她最近清瘦很多，臉色也不大好。

她悄悄扭頭看向趙明溪，見趙明溪一個人頂著寒風站在最後，白皙的耳垂被凍得越發瑩白，隨便一紮的丸子頭露出修長的天鵝頸，好幾個男生都忍不住看著她。

趙媛不由自主地攥緊了手指，死死捏著行李箱。

多做反而多錯，家裡人反而覺得她是在和趙明溪爭搶。

——趙明溪也就那一次考好了，說不定是靠運氣，否則為什麼以前成績都那麼差？

趙媛決定先什麼也不做，等待在十天之後的競賽中考出成績，將趙明溪完全甩開。

這一行人裡，除了趙明溪之外，其餘人都是老牌競賽選手。

連年集訓都是一起參與的。

就只有趙明溪一個人，今年因為高教授爭取的名額，突然擠進來。

因此二十個人變成了二十一個人。

可想而知，一個小圈子裡突然多出了一張陌生的面孔，難免會遭到排擠和質疑。

趙明溪也只有一次月考成績還不錯，卻幸運地直接得到了一群人搶破頭的機會，是不是有點不公平？

人群中很快涇渭分明，趙明溪一個人被孤零零地丟在一邊。

連帶著國際班的兩個人都被排擠了，也站在角落。

沈厲堯和校競隊的人倒是想和她在一起，幫她融入，但是她又自己走開了。

明溪根本不在意這些，大巴士開來，她沉默地拎著行李最後一個上車。

集訓的地方是在一所大學附近的飯店，第一天姜老師火急火燎地安排好房間後，就開始清點人數和發試卷。

節奏一下子緊鑼密鼓起來。

明溪也來不及思考其他的，一直到晚上十一點都在低頭刷題，抬頭看講解當中度過。

一群智商最高的人聚集在一起，氣氛很明顯發生了變化，探討理論時空氣中說有無形的硝煙也不為過。

吃飯也是匆匆的，十幾分鐘解決。

明溪非常喜歡這種純粹的氣氛，如果不是第二天下午休息時出去買了點吃的補充體力，回來就發現自己的筆袋和試卷，以及書包全被扔進了垃圾桶的話。

「……」

明溪忍了兩秒，強忍著太陽穴突突直跳，冷靜地走過去把自己的書包——傅陽曦送給她的那一個，從紅色垃圾桶裡撿了起來。

垃圾桶裡難免有一些沒喝完的牛奶、扔掉的香蕉皮和辣條袋子之類的。

試卷和筆袋是被人特意從書包裡翻出來扔進去的，都已經沾上油了，不能看了，書包則只有底部沾了汙水，但是也正一滴滴地往下淌著髒水。

明溪心情一瞬間爆炸了。

她兩根指頭拎著書包，冷冷掃視了一眼集訓教室裡面：「誰幹的？」

教室裡面只有三三兩兩幾個人，沈厲堯那一行人去隔壁大學打籃球了。此刻教室裡就只有五個女生和三個男生。

明溪視線一下子就看向了趙媛。趙媛下意識站起來，匆匆走過來遞紙巾：「明溪，趕緊擦擦，說不定還能用。」

不是趙媛。明溪猜測趙媛不會幹出這麼低劣的事情。

而且剛剛她出去的時候趙媛還不在。

她拎著那個淌著髒水的書包，大步流星地走過去，站在教室裡另外幾個人的臉前，一個一個地問：「你？還是你？」

「不是不是。」三個男生都嚇到了。

萬萬沒想到她態度居然如此強硬，有兩個女生瞬間就慌了。

明溪忍無可忍地走到蒲霜和常青班另一個女生面前：「是妳們？」

從書包上淌下來的油一下子滴到了蒲霜的膝蓋上，蒲霜生氣地站起來，拍打了一下褲子：「趙明溪，妳小心點，妳知道我這褲子多少錢嗎？」

「那就是妳了。」

明溪一把推開蒲霜，拎起她桌子抽屜裡的書包，把拉鍊一拉，大步走到垃圾桶旁邊，直接往下倒。

筆袋和筆記本、筆記型電腦等物嘩啦啦地砸進垃圾桶，發出咚咚咚的十幾聲響。

整個教室一片死寂。

所有人呼吸都不敢喘。

蒲霜整個人呆若木雞，等反應過來之後，尖叫一聲撲過來搶：「趙明溪！」

明溪當著她的面，把她書包也砸了進去。

「妳也參與了嗎？」明溪又看向常青班另一個女生。

見那女生嚇呆了，眼神躲閃，她直接走過去把她的書包拎過來扔進了垃圾桶。

第二個書包扔進垃圾桶沾不到油，明溪還踩了一腳。

整個教室都驚呆了。

「趙明溪，妳也太惡劣了吧？扔一個不就夠了嗎？再說了，是妳自己的書包掉在地上，我們以為是垃圾，所以扔進垃圾桶有什麼不對？」

明溪冷冷道：「所以妳站在地上，我以為妳是垃圾，把妳扔進垃圾桶，是不是也可以？」

「來。」明溪說著就捲袖子去揪那個出頭的女生。

那女生完全沒想到趙明溪看起來怪甜的，發起火來這麼可怕，頓時往牆壁上瑟縮。

明溪臉色冷靜，心裡強壓著怒火，攥住她手腕把她往垃圾桶那邊拽。

這是女生之間的事，三個男生也不好插手，目瞪口呆地看著。

那女生驚慌到眼淚都冒出來了，拚死拉住桌子，但沒想到趙明溪用了發狠的勁，桌子都被她掀倒了一排。

那女生才徹底怕了：「趙明溪，妳鬆手，我錯了。」

趙明溪冷冰冰地甩開她的手，她趕緊握住自己疼得火辣辣的手腕。

蒲霜震驚地看著趙明溪——在她的印象裡趙明溪不是這樣的，以前她和鄂小夏一起去趙家玩，要是弄壞了趙明溪的東西，趙明溪大多時候都會忍氣吞聲。

她萬萬沒想到現在的趙明溪因為離開了趙家，再也不在意趙家的眼神，所以該報的仇一定會報回來。

以前是以為趙家人會因此而教訓趙媛身邊的人，但是這個希望落了空，現在的明溪必須學會自己保護自己。

她朝蒲霜走過去。

蒲霜嚥了口口水，退後一步，一屁股坐在椅子上。

「這是第一次，也是最後一次。」明溪警告道：「再在背後搞這些小動作，就等著被百倍報復回去。」

另一個被明溪扔掉書包的常青班女生大著膽子道：「妳靠運氣進來，也不會有下一次了，妳以為妳進得了決賽嗎，下一次決賽集訓肯定沒有妳。」

明溪盯向她：「沒有我，妳以為會有妳嗎？這次初賽誰成績差，誰退學怎麼樣？」

一群人都倒吸一口氣。

玩這麼大？？？

蒲霜覺得趙明溪簡直是太過狂妄，她也就一次考試考得還行，居然還想著進決賽？？？

蒲霜忍不住怒道：「我和妳打賭，誰成績差誰退學！大家都做個見證！趙明溪，妳別到時候輸了卻死皮賴臉不肯退學！」

趙媛在旁邊一副想要阻攔但攔不住的樣子。

「好，我和妳賭。」明溪看向蒲霜，拿起一個人桌上的紙和筆，唰唰唰寫了一行字，摔在蒲霜面前：「簽名！」

蒲霜咬牙切齒地簽了名。

那邊沈厲堯一行人也回來了，見到教室裡這一幕，臉色一變。

這件插曲很快就傳到了帶隊老師姜老師那裡。

姜老師自然是各打五十大板，雖然是蒲霜她們先動的手，但是趙明溪也扔了兩個書包，雙倍還回去了。於是他兩邊都教訓了一頓，罵她們幾個將集訓搞得烏煙瘴氣，能不能把心思放在競賽上。

沈厲堯在外面聽著，忍不住推門進來向姜老師解釋。

而趙明溪眼睛還盯著那個被弄髒的書包，今天還是她的生日，真是糟心。

國際班的兩個專長生見了，趕緊打電話給傅陽曦。

他們本來沒有傅陽曦的聯絡方式，但是來集訓之前，傅陽曦在週四來學校找他們，給了他們手機號碼，讓他們幫忙看著點趙明溪，有事就趕緊打電話過去。

芝麻大的事也要打。

兩個人受寵若驚。

班上還沒多少小弟知道傅少的手機號碼，他們現在直接進了一階，是不是能擠入太子爺身邊的核心圈了？

傅陽曦接到電話時正沉著一張臉和傅老爺子吃飯。

老爺子看著他那一頭黑色短髮，只覺十分礙眼，實在忍不住，把筷子往碗上一摔，皺眉道：「你待在這裡纏了我幾天了，到底什麼時候滾？怎麼突然想起來去染頭髮？」

傅陽曦不答反道：「您到底什麼時候恢復我的許可權？」

他動用私人飛機從桐城回來之後，老爺子就把他帳戶凍結了，一些以前可以差使的人也沒辦法差使了，現在只有張律師敢不聽老爺子的話，私底下悄悄幫他做事。

「想讓我恢復你的許可權？你也不看看你整天幹的都是什麼找雞逗貓的事！一天到晚惹是生非，在學校成績倒數，幫你安排的管理課程你也不去上！」

說著老爺子的怒火就蹭蹭蹭往上冒。

他環顧了周圍一眼，要不是沒有趁手的傢伙，他真要邁著不靈活的四肢揍這小子一頓。

「我去上。」傅陽曦忽然道。

老爺子痛罵的聲音一下子戛然而止。

他不可思議地看向傅陽曦，旁邊的幾個傭人也不可思議地看向傅陽曦。

被留下來在同一張桌子上吃飯的張律師也睜大了眼睛。

空氣安靜下來。

傍晚天色昏暗，露重。

傅陽曦扒了口飯，頭也不抬：「我打算正經做人了，所以您恢復我的許可權。」

了。

「為什麼？」老爺子忍不住脫口而出。

這五年來，這小子三天打魚兩天曬網地去學校，去了學校也都是睡覺，以一己之力拖著國際班的後腿，要不是傅氏一直在捐樓，教務主任和校長看到他就頭疼，早就把他請出A中了。

除此之外，傅氏需要他去的各種場合，慈善宴會、招標會，他也全部不去。

去年還放了老爺子為他召開的股東大會的鴿子。

一群人等著他，最後都黑了臉，因為此事直接談崩了幾個國外的合作夥伴。

就他這玩世不恭的懶散樣子，就算老爺子打定了主意想讓他繼承，董事會那群人也未必全都同意。因為怕傅氏的未來會斷送在他手裡。

「還能因為什麼？」傅陽曦扯起嘴角，混不在意嗤笑：「您都要把傅至意送進我們學校了，我不恢復許可權，難道眼睜睜看著他風頭壓過我？」

「你他媽就這點出息？！」老爺子差點被他這話氣得氣血上湧，高血壓當場發作，捲起袖子就拿起鐵湯匙，隔著桌子去揍他。

傅陽曦趕緊扔下碗筷靈活地跳開。

就在這時，他接了通電話。接電話後，他臉色一變，飯也不吃了，拔腿就跑了。

老爺子氣喘吁吁地扔下湯匙，問旁邊的張律師：「他去哪？」

張律師道：「八成又是去找那個小女孩。」

「……」

老爺子一屁股坐下來，臉色反而沒那麼難看了，還招呼張律師和祕書：「吃啊，家宴，大家多吃點。」

祕書聽著院子外面傳來車子嗡鳴被開走的聲音。忍不住問老爺子：「傅少是認真的嗎？他以前不是不在意傅至意嗎？這次怎麼動了和傅至意搶的心思？」

以前老爺子是逼著傅陽曦簽名，轉移股份給他，他眼皮都不抬一下，也不太在意傅至意這個大伯的私生子從傅氏得到了多少好處。

現在怎麼突然？

老爺子哼了一聲：「這小子，怕被我們看出心思。他哪裡是為了傅至意才來找我恢復許可權的？他是為了那個小——」

老爺子忽然對張律師道：「那個小女孩叫什麼？」

「趙明溪。」張律師連忙道：「您該不會要給她一筆錢讓她離開傅少——」

「什麼鬼？你和傅陽曦都是肥皂電視劇看多了吧？」老爺子怒不可遏：「我就是問問而已。」

老爺子兀自嘀咕：「現在看來，她的存在好像也是一件好事？」

當年那綁匪是傅氏生意上的仇人，被傅氏逼得破產，算是報復性撕票。

然而獨自一人活下來的傅陽曦仍會無可避免地遭到傅家所有人的埋怨。

當年他給了十三歲的傅陽曦兩個選擇。

逃避，或者直面。

要麼拿上幾輩子都揮霍不完的錢去國外，遠離傅氏，這樣的話，以後永遠不會被人在背後嚼舌根，也不必遭受這些剩下來的人的傷人的話，更不必被人從他身上看他哥哥和他父親的影子。

要麼留下來，承擔屬於他自己的那部分責任。可能需要花很久的時間，所有人才能平復傷口。而在這個過程中，他可能會因為他母親、他其他親人的療傷過程，而受到來自他們的創傷。

當時老爺子就想，如果小傅陽曦選擇第一個，那麼最終他可能只能將財產轉交給其他人。然而沒想到，當時還只有十三歲的小傅陽曦選擇留下來。

他並非不可以逃，但是他選擇了承擔和忍耐，用他自己的方式，成為一個情緒輸出口，為所有人撫平當年的傷痕。

很少人會有勇氣做出這樣的決定，何況他當時才十三，於是老爺子當時便打定主意，就是他了。

但是留下來的傅陽曦也面臨著一個問題。他不可以太優秀，不可以過得太好。

活得太好，笑得太開心，對不起因他死去的人。

他即便能跨過其他人埋怨的那一關，也過不去他自己內心的那一關。

於是五年來，他自我放逐，髮色一改，性格全改，宛如在報復自己般，像廢物一樣的活著。不上進，也不接觸家族企業，更不會像別的富二代一樣，動不動出手一艘遊輪。

他花銷最大的甚至就是上次那架飛機。

他就只是過著簡簡單單的高中生活。

但是現在，老爺子親耳聽到他說「打算正經做人。」

老爺子心情一時之間五味雜陳。

當一個人有了足夠在乎的東西，才會想要好好活下去。

當他有了想要爭取的人，他才會從過去的黑暗中走出來。

他身邊的那個女孩子，或許就是能拽他出去的人。

拽他出去的並非她的那隻手，而是他內心洶湧著喜歡她的欲念。

因為喜歡她，想要被她喜歡，所以想要變得更好。

所以才會生出掙扎著想要離開那片困住自己的泥沼的念頭。

老爺子忽然自顧自地笑了一下，滿臉的皺紋舒展開來：「這小兔崽子……愣著幹什麼，大家都吃飯。」

老爺子心情大悅地夾了幾筷子菜，胃口極好地將兩盤子都夾空了。

而桌上的人面面相覷，都不明所以。

明溪挨完批評之後，回到飯店房間。

因為一共是七個女生，最終是她一個人住一間。

她沒在飯店房間找到洗衣機，只好自己擰開水龍頭，將書包放進浴缸，蹲下來清洗。

房間裡很冷清，灰色的大理石地磚冰冰涼涼的，燈光沒那麼亮，只有床邊的閱讀燈泛著黃色的光。茶几上擺著沒翻過的雜誌，窗簾緊緊拉著。一切都很冷清。

明溪的袖子捲到手肘處，因為沒有洗衣粉，於是擠了一點沐浴露，用力搓洗著書包上的油漬。

看著浴缸裡的水逐漸飄出一點橙黃色的油漬。

水裡倒映出她一個人的臉，臉頰邊還散亂著幾縷髮絲。

在這一瞬間，明溪腦子裡冒出一個很強烈的念頭。

要是傅陽曦在就好了。

高高大大的傅陽曦，紅色短髮，看著就熱鬧如朝陽。

她突然很想傅陽曦。

她想傳訊息給傅陽曦，問他現在在哪。

她想問，為什麼他七天沒出現了。

週日、週一、週二、週三、週四、週五、週六。

再加上週六的晚上，七天多一點了。

今天是明溪的生日，但是知道的人並不多，就連董阿姨她們也不知道。

以前明溪是被奶奶領養的，因為是領養，所以也並不知道具體的生日。當時奶奶隨便幫她填寫了一個日子。兩年前回到趙家之後，她才知道自己的出生日期是十月二十四。可即便知道了，她的身分證上也不是這個日期。趙家把她身分證上的日期改成了和趙媛一樣的十月十四。

明溪也並不在乎是否要過生日，她對這個沒有準確的概念，也不是一個很有儀式感的人。

她只是——

想傅陽曦了。

明溪突然擰開水龍頭沖掉手上的泡沫，拿起手機。

她點開和傅陽曦的對話方塊，強烈地想要傳點什麼過去。她現在的心情宛如又回到了第一次傳訊息給傅陽曦、盯著盆栽嫩苗不知道該傳什麼的那一刻。只是區別在於，現在的她一眼都沒看過自己的盆栽。

她靠近他的目的，已經不知從何時起，從單純地想要蹭氣運，變成了想要取暖。

又或者是，她喜歡他。

「喜歡」這個詞從腦子裡冒出來，明溪的心臟開始怦怦直跳起來，血液飛速竄向四肢百骸，讓她上一秒腦子一熱，衝動得奮不顧身想傳訊息，下一秒又偃旗息鼓，所有負面膽怯情緒紛紛湧來。

這種感受明溪從未體驗過。

她以前覺得她喜歡沈厲堯，也是拚命去了解沈厲堯的喜好。

但是明溪發現，她在沈厲堯那邊，沒有思念，沒有被保護時想要流淚的感覺，更沒有後背被托起無比安心的感覺。她沒有失眠過，也沒有因為沈厲堯不理她，就緊張兮兮過。

明溪在想，如果對沈厲堯的是喜歡，那麼現在更加渴望的情緒又是什麼？

又或者，當時對沈厲堯的只是崇拜和討好。

明溪在螢幕上輸入：『我很想你』，刪除。

『你還好嗎』，刪除。

『你現在在哪』，刪除。

所有的訊息還沒敲完，又被她逐字刪除。

她不知道該傳什麼了。

明溪思考了半天，最終揉了揉腦袋，心煩意亂地將手機丟在一邊，繼續蹲下去洗書包。

就在這時她聽到了隔壁房間的幾聲尖叫。

好像是蒲霜的聲音：「誰把我行李扔了？！」

飯店房間隔音沒那麼好。

幾個女生的怒罵聲紛紛傳來：「我鞋子也被扔了，剛才上來時見到水溝裡的鞋子很像我的，我還以為不是，結果都不見了！」

「是不是趙明溪？」

「趙明溪比我們晚回來。」

「氣死我了，趕緊去查監視器！大冬天的一件衣服也沒有了。」

接著幾個女生怒氣沖沖去找飯店前臺了。

明溪傻眼了，頓時站起來，她莫名懷疑是傅陽曦讓人幹的。

這麼囂張的報復行為，除了傅陽曦還能有誰。

她呆站了一下，忽然聽到門外面有動靜。

明溪立即就朝門邊走——是不是他來了？

明溪連貓眼也來不及看，歡天喜地的衝過去打開門。

門外站著的卻是沈厲堯。

明溪的表情愣了一下，有些錯愕，沈厲堯拎著一個小小的奶油蛋糕，另一隻手還拎著袋子，像是什麼禮物。

好歹認識了兩年，也算青梅竹馬，沈厲堯知道她真正的生日。

明溪見到是他，心中隱祕的希冀卻一下了暗淡下來。

沈厲堯也察覺到了她的表情變化，微微蹙了蹙眉，道：「今天的事妳別放在心上，那些女生已經被姜老師罵過了。妳的心思還是專注於念書上，下次這種事情直接告訴老師或者我——走吧，我帶妳出去過生日。」

就這麼一句話，明溪知道了自己和沈厲堯不是同路人。

別放在心上。

但是有的事對她而言，不可能不放在心上。

沈厲堯是真正家世好、什麼都不缺的人，也不會去想像她以前有多想得到趙家人的愛、和沈厲堯的欣賞。

明溪臉色淡淡，張了張嘴，剛要拒絕，忽然瞥見樓梯轉角一道熟悉的身影。

雖然只是一閃而逝，但明溪心臟一跳，下意識就追了過去。

出了飯店是一條寬敞的林蔭道。

月光灑在地上，清冷冰涼。

明溪眼睜睜看著前面那個熟悉的身影，月光下高挑清瘦，樹葉的影子縫隙落在他身上，他步伐飛快。

明溪心跳飛快，沒錯，週四她沒感覺錯，從教務主任辦公室出來的那個正是傅陽曦。

只是不知道他什麼時候染了黑色的頭髮。

他來了，但是為什麼扭頭就走。

傅陽曦覺得自己不應該出現，他一來，便見到飯店房間門口的那兩人。

他站在牆角，指骨蒼白，血液從四肢百骸竄到頭頂，以至於渾身冰涼。

雖然來之前就已經做好了心理準備，可能會見到與沈厲堯在一起的趙明溪，但是他發現真的要讓他接受這個事實，他卻仍狼狽至極。

天色很暗。

明溪追不上他，明溪忍不住停住了腳步。

「傅陽曦。」明溪喊了一聲。

委屈忽然就從鼻尖酸湧出來。

——是不會對別人有的情緒。

「我——」

明溪不知道該說什麼，幾天沒見，陡然變得陌生。而且，她能看出來傅陽曦一直躲著她，雖然不知道為什麼，但明溪還是忍不住叫住了他。

很多情緒酸酸麻麻。

最後匯聚到大腦，脫口而出的一句話是：「我鞋帶鬆了。」

空氣彷彿靜止下來，月色晃動，地上的樹影也被風吹得晃動。

傅陽曦腳步驀然停下來。

他高大的身影動了動，肩膀有了轉動的趨勢。

這一刻，所有一切彷彿都慢了下來。

傅陽曦回過頭，看了明溪一眼。

他悶不作聲，突然開始往回走。走了兩步，他悶著腦袋朝這邊跑了過來。

周圍很安靜，明溪看著他，鞋子踩在地上的聲音，彷彿一步一步踩在了明溪的心上。

傅陽曦跑回來，漆黑的髮上垂落著沉默與被拋棄的受傷。

她不要他了，但是她喊一聲，他還是會回來。

他蹲下來，幫趙明溪把鬆開的鞋帶繫上。

他繫得很慢。

明溪垂下眼，打破了寂靜：「你是不是來幫我過生日的？」

「嗯。」傅陽曦悶悶地應了一聲。

他幫明溪繫上鞋帶，站起來。

明溪抬眼看他。今天的傅陽曦和平時有些不同，不知道是不是因為換了黑頭髮的原因，他眉眼沉沉，眉眼間的囂張氣焰也沒了，只剩下退讓和義無反顧的少年氣。

他看向明溪後面。

明溪下意識順著他的視線扭頭。

他看著明溪扭頭的動作，渾身一僵，啞聲道：「等別人幫妳過完生日，剩下的時間我再幫妳過好了，無論多晚，等等打電話給我好嗎？」

「我等妳。」傅陽曦退至最卑微的地步。

「趙明溪！妳不能走。」沈厲堯從明溪後面的飯店那邊大步流星地追過來。

明溪這才意識到他另一隻手拎著的是什麼，是一個透明的水晶盒子，裡面裝著金牌。

他想送這個給自己。

「我是認真的。」沈厲堯定定地道：「那天對董阿姨說的話。」

傅陽曦同時也看清了。他下意識看了眼明溪，喉嚨滾動一下，竭力按捺住自己眸子裡翻湧的戾氣與嫉妒，轉身打算走。

他不能繼續看下去，否則不能保證自己幹出什麼事。

「等一下。」然而明溪一把攥住他的手腕。

明溪生怕他跑了。

明溪不確定傅陽曦是否喜歡自己，或者只是把自己當小弟，但是她本能的，想要在他面前，與沈厲堯撇清關係。

即便他還沒開竅，還只是把她當小弟，她也不想讓他誤會。

傅陽曦渾身僵硬，並未回頭，心說，她難道還要他留下來看沈厲堯對她表白嗎？

還是想讓他們一起慶祝生日？

傅陽曦心都涼了，生無可戀地想，小口罩果然沒有心。

然而下一秒，他聽見的是——

「對不起，我不想和你一起過生日。」

傅陽曦暈頭轉向，對他說的？

他宛如一塊僵硬的石板一般，整個人直直下墜，彷彿要墜入惡夢當中，他深吸一口氣，緩緩側過頭，看向趙明溪。

可趙明溪看向的卻是沈厲堯。

等等？

趙明溪對沈厲堯說的下一句話是：「沈厲堯，抱歉，我已經和你說過好幾次了，在轉班之前我就不喜歡你了。」

「前幾天被董阿姨強迫拉在一起吃飯，因為顧忌長輩的面子，我沒當場說出來。」

「但事後我去跟董阿姨說清楚了。她以後應該也會尊重我的意見，不會再強行撮合我們。」

明溪每說一句，沈厲堯臉色就發青一點。

然而傅陽曦整個人卻先是呆若木雞，然後血液一點點回湧，蒼白的臉色一點點恢復血色。

他腦子嗡嗡響，心臟怦怦直跳——小口罩是在拒絕沈厲堯？

她不是在拒絕他？

她是在拒絕沈厲堯？

她說她轉班前就不喜歡沈厲堯了？

傅陽曦的理智一點點回籠，冷得徹骨的四肢也一點點有了知覺。

她說她不喜歡沈厲堯。

早在轉班前就不喜歡了。

那麼早？

——傅陽曦意識到自己差點笑出聲，趕緊死死抿住唇。

「所以你的生日禮物和蛋糕，都請你拿回去，我不喜歡你。」

明溪態度堅定，甚至冷淡。

「如果以後你還這樣，我們連朋友都不必做了。」

沈厲堯臉色極為難看。

即便想過現在的趙明溪對他退避三舍，但萬萬沒想到只是作為朋友幫她過生日而已，她也不願意。

事情到底為什麼會變成這樣？

他還想說點什麼，趙明溪卻拽著傅陽曦就走。

傅陽曦被趙明溪拽著，此時此刻他整個人都像一臺年久失修的老舊電視機一樣，一遍一遍地在耳邊重複著趙明溪對沈厲堯說的話。

每重複一遍，他的嘴角就完全無法自控地上揚一點。

他心臟跳動的頻率已經達到了最高峰，血液一陣陣往腦門上湧。

他整個人都輕飄飄的，如果不是被拽著，他可能會飄上天。

「小口罩妳——」

明溪握著他的手，眼睛亮晶晶：「曦哥，我們去過生日吧。」

溫暖一下子從手掌處傳來，暖熱了傅陽曦被凍僵的血液，連日以來所有的傷心難過，彷彿都被這一句驅散開了。

她說的是「曦哥，我們去過生日吧」。

而不是「沈厲堯，我們去過生日吧」。

是不是意味著，沈厲堯現在對她而言，就是個路人甲！路人乙！路人丙！路人丁！

傅陽曦再次確認這一點。

傅陽曦突然道：「這附近有操場嗎？」

明溪：？

傅陽曦想去繞著操場跑三百圈，他死死繃住表情，竭力不讓自己表現得宛如國家足球隊勝利般那麼欣喜若狂。

「所以你這幾天消失是去哪裡了？」

「被我爺爺困住了。」傅陽曦沒好意思說自己是在西餐廳見到她和沈厲堯還有董家人吃飯，找個地方心灰意冷地躲起來了。

第十八章 過生日

半小時後，明溪身上披著傅陽曦的外套，被他帶著來到一家豪華飯店的包廂。

包廂裡到處都是粉紅色、雞蛋黃、湛藍色的氣球，窗戶上黏貼著「十八歲生日快樂」。

最大的蛋糕被董深和賀漾推出來。

柯成文和姜修秋都在，姜修秋是睡著了被人抓出來的。

明溪鼻尖一酸，情不自禁抱怨：「我還以為你們忘了我生日呢。」

「怎麼可能？」柯成文誇張道：「曦哥——」曦哥每天要念叨八百遍。

只是還沒說出口就被傅陽曦踩住了腳。

他臉上表情扭曲。

一行人圍著蛋糕坐下來。

因為還沒到十二點，不能吹蠟燭切蛋糕。

姜修秋懶洋洋地坐在角落，看了趙明溪一眼，順著趙明溪的視線，落到了傅陽曦身上，他忽然玩味地笑了起來，提議道：「我們來玩個真心話。」

氣氛突然熱絡起來。

明溪視線忍不住落在傅陽曦身上，她發現他染了黑色的頭髮，心裡其實有些遺憾。紅色也很好看，不過怎麼說呢，氣質不同，人還是那個人，都是很帥的。看著看著明溪心裡就怦怦直跳起來。

一旦意識到她喜歡傅陽曦，現在她覺得傅陽曦哪裡都好。

傅陽曦坐在趙明溪旁邊，這段時間的委屈與怨悶都變成了耳根蔓延上來的紅色。

怎麼回事，他怎麼感覺小口罩看他的眼神好像有點變了？

又是他的錯覺嗎？還是又是他自戀？

第一個酒瓶轉向了明溪。

姜修秋看了眼傅陽曦，又看了眼趙明溪，出其不意地問：「趙明溪，我的問題是，傅陽曦和沈厲堯同時掉進河裡妳救誰？」

傅陽曦渾身緊繃，忍不住狠狠瞪了他一眼，用眼神示意「你他媽活得不耐煩了問這種問題，趙明溪剛結束上一段暗戀，肯定會選沈厲堯，你這不是故意刺激人」——

卻沒想到明溪想也不想地回答：「我救傅陽曦。」

「……」

？？？

傅陽曦不可思議地看向趙明溪，腦子一片空白。

姜修秋似笑非笑，第二個酒瓶子在他手中靈活一轉，又轉向了趙明溪：「第二個問題看來又是趙明溪妳了，傅陽曦是紅頭髮好看還是黑頭髮好看。」

傅陽曦又渾身緊張起來。

小口罩肯定會選擇黑色吧……

結果他聽見了趙明溪的回答：「只要是傅陽曦，怎麼樣都好看。」

「……」

包廂裡其他幾個人：「……」

趙明溪心裡是這麼想的，嘴上便這麼說了。

她視線一直落在傅陽曦臉上，一週未見，忍不住多看幾眼。

柯成文道：「小口罩，妳還蠻會拍馬屁的嘛。」

而在這一陣歡樂的氣氛當中，傅陽曦被趙明溪看得臉頰越來越燙，心臟跳得快要爆炸了。

怦、怦、怦。

他攥緊了放在口袋裡的手，臉色一片通紅，怎麼回事，小口罩是突然打通了任督六脈嗎？

姜修秋緊接著又問了第三個問題：「我和柯成文同時掉進水裡，妳救誰？」

明溪心思一直都在傅陽曦身上，下意識就道：「我救傅陽曦。」

「……………」

整個包廂忽然安靜下來。

一片尷尬的氣氛蔓延。

柯成文忍不住吼：「現在這個問題沒有傅陽曦！」

「……」明溪慢半拍地「啊」了一聲：「哦，那我、我就救柯成文吧。」

柯成文：「……」

等等妳這不太情願的表情是怎麼回事？？？

「這個，人格魅力沒辦法。」冷酷又臭屁的傅陽曦回來了。

他努力想要忍住自己瘋狂上揚的嘴角。

然而心裡的小鳥原地復活，瘋狂撲騰著翅膀，恨不得單翅倒立做三百個伏地挺身，暴露他的欣喜若狂。

沈厲堯回來時臉色是前所未有的冷硬和沉默。

和他同間房間的越騰正拉著葉柏和另外兩個人在房間裡吃燒烤，聽見開門聲，幾個人抬起頭，就見沈厲堯一言不發地關上門，脫掉外套，換鞋，陰影垂落在他身上，令他顯得一片死寂。

他一句話也沒說，進了洗手間。

房間裡另外幾個人愣住了，聊天的話題也不由自主戛然而止。

水龍頭被擰開，洗手間傳來嘩嘩水聲。

越騰第一個注意到沈厲堯腳邊的生日蛋糕盒——昨天沈厲堯挑選蛋糕時還問過他們，詢問了一圈人的意見之後，沈厲堯做了資料分析，最後挑中了這個外觀的。

然而現在卻原封不動、僵硬地躺在那裡，都沒有被打開過。

除此之外，旁邊的透明水晶盒子裡，裝著沈厲堯從小到大宛如集郵一般的紅藍色緞帶的金牌，同樣也沒送出去。

空氣沉默了五分鐘，逐漸反應過來發生什麼事之後，房間裡幾個人震驚無比，下巴都快掉了下來。

越騰捂著嘴小聲道：「堯神被拒絕了？這怎麼可能？還是他中途有事，根本沒去找趙明溪？」

葉柏匆匆用手肘推了他一把：「小聲點！」

沈厲堯顯然心情很低沉，臉上甚至稱得上陰鬱兩個字。

看這個反應，竟然還真的像被趙明溪拒絕了。

幾個人面面相覷，完全不敢相信，只覺得這可以納入今年最匪夷所思的事情。

葉柏完全沒想到自己的預測居然會失誤，這換了誰都會想不到！沈厲堯被趙明溪突然放棄也就罷了，竟然在他決心主動靠近她時，還被她連番拒絕？！

葉柏緊張地嚥了下口水，匆匆擦了下手站起來走到洗手間那邊去。

「是不是出什麼事了，沒見到趙明溪還是……」

「見到了。」沈厲堯的聲音沉而啞，他雙手撐著洗手臺，抬起頭看著鏡子裡的自己，下巴上還掛著水珠。

沒什麼好否認的。

自尊心早就在趙明溪拉著傅陽曦離開時被擊碎了。

沈厲堯的眼神甚至有些茫然。

葉柏一愣，他從未見過沈厲堯這種對什麼徹底失去掌控而有些迷惘的眼神。

葉柏一下子急了：「那為什麼會這樣？是不是有什麼誤會？你都這麼主動了，趙明溪還是在生氣嗎？這不科學啊！」

葉柏看了眼地面上原封不動被拿回來的東西，分析道：「孔佳澤她們學校就在隔壁飯店集訓，是不是昨天孔佳澤來找過我們，你雖然沒出去見孔佳澤，但還是被趙明溪誤會了——她吃醋了？！」

越騰和另外兩個校競隊的人也走過來，忍不住道：「對啊，肯定有原因的吧？」

幾個人七嘴八舌地幫沈厲堯出主意。

「堯神，趙明溪拒絕你的時候怎麼說的，就直接說不要你的禮物嗎？」

「女孩子的心思好難猜！怎麼上上個月還天天圍著我們轉，現在說跑就跑了。」

「要不然我打電話給我姐姐，幫忙問問這事到底怎麼回事，趙明溪到底在想什麼？」

沈厲堯腦子本來就嗡嗡響，現在更是被吵得氣血上湧，他幾乎快繃不住自己冷靜的表情。

「都閉嘴！」

他完全沒辦法說出口，趙明溪拒絕他時，姓傅的也在。

與其說是拒絕他，倒不如說是再重複一遍，刻意強調給傅陽曦聽的。

所以——

她是移情別戀喜歡上姓傅的了嗎？

沈厲堯無法接受這個事實。

可他腦子裡不斷地閃過今晚趙明溪抬眸看向傅陽曦時的眼神，瀲灩中帶著一點水光，和以前看他時是一模一樣的。不，也不完全一樣，她看傅陽曦時，眼神裡的東西還更多一些。

這樣一比較，反而以前看自己的眼神就只像是粉絲看偶像一樣平淡。

為什麼會這樣？

校競隊的幾個大男生見到沈厲堯轉過身，一屁股坐在床上，緊緊繃著下頜。雖然沈厲堯什麼都沒說，但是認識這麼久，一起集訓一起競賽，他們能夠很明顯感覺到沈厲堯陷入了前所未有的茫然煩躁當中。

他眼瞼下方一片陰影，絲毫不鎮定。

這很不像他。

見他這樣，幾個人也不好七嘴八舌。葉柏率先安慰道：「有時候女孩子說不喜歡，未必是不喜歡。堯神，我敢打賭趙明溪絕對還喜歡你！可能現在這份喜歡沒那麼強烈，但是人的感情就像是抽絲，不可能在一瞬間就全部收回去！你知道現在的情況在小說和影視作品裡的環節叫什麼？」

沈厲堯從來不看這些無聊的東西。

若是放在以前，他會冷冰冰地回葉柏一句無聊。然而此刻他卻不由自主地抬起頭：「叫什麼？」

「叫追妻火葬場！」葉柏幫一群男生科普知識：「意思就是說，之前都是她追你，現在換你追她了，這是對堯神你的一種考驗。而且這種影視作品，百分之百都是追得回來的，就是要費點精力和時間，你放心好了！」

越騰和另外兩個男生：「……真的假的？葉柏你又沒談過戀愛。」

葉柏：「我打包票！」

「……」

沈厲堯的心神就這麼定了定。他也不相信趙明溪就真的一點都不喜歡他了。

以前趙明溪追著他跑了兩年，兩年的時間沒那麼容易被一朝一夕抹去。

所以，這樣推演一番，現在得出的結論很簡單。

他不應該退讓。

他如果退讓，趙明溪可能就真的喜歡上傅陽曦了。

沈厲堯沉沉地思考著對策的同時，越騰同時也打電話給了他姐姐，這邊幾個人七嘴八舌地把沈厲堯目前面臨的困境講述了一遍。

沈厲堯是個驕傲的人，這樣的事很難啟齒。但校競隊的幾個人既然知道了趙明溪說「不再喜歡他」的事，那麼總不可能裝作不知道，還不如大大方方地幫他討論一番。

校競隊幾個人心理還有一層——媽啊，這是堯神欸，居然也會栽跟頭！

越騰讀大學的姐姐很快回覆他們：『現在你朋友難在於，那個女孩子身邊已經有了同樣優秀的男生，比你朋友有錢多了，身高比你朋友高，長得還比你朋友帥是不是？』

「不不不！」越騰趕緊道：「但是收情書的程度還是我朋友多，那位太子爺脾氣很差，而且來學校三天打魚兩天曬網，幾乎沒人遞情書給他。」

『那也不代表你朋友更帥啊。他情書少只是因為性格問題啊。』姐姐道：『我看你傳過來的照片，他比你朋友帥啊，女孩子如果是外貌協會的話，移情別戀也很正常啊。』

「……」

飯店房間裡突然一片死寂。

沈厲堯臉都青了。

越騰尷尬得要命，連忙捂著手機小聲道：「姐，妳能不能趕緊給個辦法？我朋友都在旁邊聽著呢。」

『Fine，這只是我自己的審美。』電話那邊傳來越騰姐姐的聲音：『現在的方法就是，揚長避短，不要去和對方比有錢以及長相，就和對方比課業、脾氣、細心程度。讓你朋友比一切他比較擅長的東西。』

等掛了電話之後。

葉柏大悟：「和姓傅的太子爺比改造機器人？」

不管如何，得到了一點方法和頭緒的沈厲堯臉色不再那麼冷硬。

他沉了口氣，告訴自己要忍耐，然後還是去將生日蛋糕放在了趙明溪的房間門口，並留下了紙條。她回來的時候應該可以看到。

而這邊，趙明溪過生日的氣氛一片喜樂融融。

飯店房間開著暖黃色的燈，米白色沙發柔軟，長桌上擺滿各類零食和吃的，最中間是一個三層大蛋糕，上面用櫻桃醬塗著「趙明溪十八歲生日快樂」。

所有人聚在一起，奢華又透著溫暖。

大家都送了禮物，其中傅陽曦的盒子最大，能把整個桌子裝進去。

明溪看著好奇，想立刻拆開，然而傅陽曦抬起手按在盒子上：「回去再拆。」

明溪忍不住問：「這裡面裝什麼，為什麼這麼大？」

「就一些雜七雜八的小東西唄，放心好了，不值錢。我難不成還會跑遍各種街道精心準備些什麼嗎？」傅陽曦站在旁邊，雙手插口袋，竭力保持臉上的冷酷狂霸跩，只是耳根略紅。

明溪心裡撲通撲通直跳，按捺不住開心，低頭舔了舔唇喝飲料：「那我帶回去再看好了。」

董深看了眼趙明溪，又看了眼傅陽曦心頭十分不爽。

他強行插進來，在兩人中間一屁股坐下，興奮地挽住趙明溪的手臂：「明溪姐，看我的看我的！我的沒那麼多少爺的規矩，可以現在拆！」

中間擠進來一個大活人，明溪只好往左邊挪了一個位置。

傅陽曦臉頓時都臭了，瞪了董深一眼。

然而董深毫無察覺，屁股左右挪，努力想把傅陽曦擠出沙發。

傅陽曦想找麻煩但又強忍著，鑑於這是明溪的朋友，他非常給臉地忍了三秒，可死死盯著董深抱住明溪的手臂，他還是瞬間炸毛：「小朋友，你屁股是不是有點大了。」

董深被傅陽曦和柯成文接過來時，傅陽曦就一副臭臉的樣子，給他立下三條法則。

一不准和趙明溪有肢體接觸。

二還是不准和趙明溪有肢體接觸。

三是膽敢和趙明溪有過多肢體接觸就揍他。

喲，還威脅他，誰怕誰。

董深初生之犢不畏虎。

董深回頭看了眼傅陽曦：「大哥，你嫌沙發小，你可以坐去那邊。對面沙發那麼多位子，幾步的距離，您是老了邁不動腿了嗎。」

？？？

傅陽曦眉梢不可思議地挑起，從來只有他敢挑釁別人，還沒有人敢這麼堂而皇之地挑釁他！這小子是不是活膩了？絕對是找死吧？！傅陽曦瞬間暴走，站起來單手拎起董深的後衣領就要把他掀開。

柯成文攔住他，勸道：「算了算了曦哥，看在他算小口罩半個親戚的分上，說不定以後還是你小舅子……」

傅陽曦狠狠瞪他一眼。

柯成文趕緊從善如流地改口：「趙明溪。」

儘管如此，房間裡還是一片歡聲笑語。

姜修秋挑著桃花眼，拿著麥克風在唱歌，順便對著送晚餐和瓜果進來的服務生拋了個笑眼。服務生大姐臉一紅，忍不住多看他幾眼。遠遠啃著西瓜的賀漾看見這一幕，心情有點低落。

送進來的水果很多都是趙明溪愛吃的，鳳梨、芒果，她吃得很飽。

歌曲到了高潮，明溪過去把賀漾拉起來，一起參與到唱歌當中。

傅陽曦悄悄深吸一口氣，假裝只是欣賞她們唱歌，努力坦然地裝作若無其事走到她身後。

距離就這麼近了。

光影流動，傅陽曦微微垂眸，盯著趙明溪的耳垂和側臉，五彩的燈光落在上面，滑動，流竄，一如傅陽曦的心情。他心裡像是炸開了一朵又一朵細小的煙火，見到她時，從未停止過。

傅陽曦又忍不住想到她對沈厲堯擲地有聲說的那些不喜歡的話，幸好她不喜歡別人。他揉了揉臉，竭力讓自己嘴角不要上揚得那麼放肆。

可能是明溪和賀漾、姜修秋合在一起，聲音過於有穿透力，天花板上的氣球竟然紛紛落下。

伴隨著歌聲，紅的、黃的、綠的、藍的，五彩繽紛的氣球這麼齊刷刷輕飄飄飛起來，所有人都忍不住抬頭去看，同時露出愉快的笑容。

抬起頭時，明溪情不自禁地朝身側的傅陽曦看了眼。

他嘴角也含笑，漆黑的短髮襯得皮膚更加白皙，俊美的眉眼少了幾分暴躁，竟透著幾分孩子的稚氣。

這段時間他一直低氣壓，明溪還沒見過他這麼開心過。難不成是家裡的事情解決了？

因為他開心，明溪心情也更加飛揚了。

明溪回過頭繼續去看那些飄落的氣球，興趣盎然地伸手抓向其中一個。

傅陽曦在此時也側頭看向她。

只見她眼眸彎彎，耳畔散落兩縷髮絲。

傅陽曦喉結滾動，眼神晦暗，下意識就想抬手幫她撥到耳朵後方，可隨即意識到自己手指無意識抬起，他又立刻「嗖」地一下縮回手。

他耳朵紅紅，心虛無比，趕緊左手握住不聽話的右手，左右看了下，見沒人注意自己，才稍稍鬆了口氣。

「氣球都掉下來了怎麼辦？」柯成文問：「等下踩到爆炸，樓下要說我們擾民了。」

「那就擾唄。」傅陽曦一臉「爺有錢」的囂張和冷酷：「難得小口罩過生日，惡劣一次也無妨，實在不行再賠一大筆錢。」

柯成文：你是惡劣一次嗎，你是「不惡劣」在「惡劣」中夾縫求生。

「我有辦法。」明溪道：「把氣球在頭髮上摩擦一下，它就能飄上去了。」

說著她撿起一個氣球。

柯成文恍然地看著她：「還能這樣？」下意識和傅陽曦同時彎下腰，把腦袋湊了過去。

董深見狀，也連忙湊過來。

明溪想都沒想就選擇了傅陽曦的那顆腦袋。

柯成文：「……」

董深：「……」

怎麼回事？什麼情況？

為什麼他們突然感覺自己渾身散發著單身狗的清香？？？是自己的錯覺嗎？這兩人明明前兩天還在冷戰啊！

明溪將氣球在傅陽曦頭頂上胡亂摩擦了下，然後將氣球拋向天花板。氣球很快就悠悠地重新飛向了天花板。

傅陽曦頂著一頭亂糟糟的炸毛黑髮，雙手插口袋，得意洋洋地瞧了柯成文一眼，又特意扭過頭去睨了董深一眼。

柯成文：「……」

並不羡慕，謝謝。

董深：「……」

媽的，好氣。

其他人也紛紛撿起氣球效仿，越弄越好玩，氣氛更加熱絡起來。很快一地的氣球就被六個人拋上了天花板。直到接近十二點，開始點蠟燭，燈被關掉，只剩下浪漫的音樂緩緩流淌。

十二點整，明溪被圍在中間。

傅陽曦他們開始唱生日歌，中文版、英文版各來一遍。

明溪雙手抵在下巴下，垂著頭，閉上眼，笑著許願。

——今年是她有生以來最幸福的一個生日。

她許的願望是，女配和絕症的命運盡快消失，董家人身體健康，以後每年都有叫做「傅陽曦」的人陪自己過生日。

明溪忽然想到，自己一次許三個，是不是太貪婪了？

若只能留下一個。

那麼——

神啊，請幫她實現最後一個願望。

其他的明年再許。

傅陽曦不知道，就在這一年這一天，明溪就許下了和他有關的願望。

十二點已過，外面月色如許，在歡快的氣氛中，明溪呼呼呼吹滅了蠟燭。

玩到這個時間，男生都不睏，但女生和姜修秋都睏了。

「吃點宵夜再送妳回去。」傅陽曦對明溪道。

他去門口把服務生送進來的宵夜接過來，用腳把門帶上，將宵夜攤開在桌上。

趁著大家都在吃宵夜，傅陽曦去結帳時，明溪見姜修秋待在角落裡打瞌睡，忍不住走過去，推了推他：「姜修秋，能問你幾個問題嗎？」

姜修秋抬眼看她：「什麼問題？」

姜修秋不知怎麼地，立刻了然：「關於傅陽曦？」

明溪對傅陽曦了解得沒有傅陽曦對她了解得那麼多。

最開始是只把他當 Wi-Fi，也沒太在意他的事情，而後把他當老大，也沒生出任何非分之想，也沒想過要去打聽。

然而現在，當明溪確定了他是自己喜歡的人之後，就忍不住想要去多了解一點。尤其是他平時吃的藥是什麼藥，他除了怕狗，還有沒有什麼不能吃的和禁忌。

明溪感覺自己的少女心思快彆扭到爆炸，她面紅耳赤，有點不好意思，回頭朝門口看了眼，見傅陽曦還沒回來，她趕緊抓緊時間：「對。」

姜修秋不知怎麼的，忍不住笑：「有些事情妳還是透過他本人知道比較好，不過我倒是可以告訴妳這個。」

「什麼？」明溪坐在一旁，好奇地問。

傅陽曦長這麼大，別說喜歡過什麼女生，就連說話超出十句的都沒有，他這種別人一過來搭訕，就一臉「想打架」的惡霸性格，女生緣可以說非常的差。

但是姜修秋彎起桃花眼，一肚子壞水。

他瞥見桌上的飛行棋，開始信口胡謅：「傅陽曦呢，以前有過一個青梅竹馬，長得很漂亮，和妳呢，不相上下吧。」

明溪心裡咯噔一聲。

姜修秋也不敢編得太過：「他倒也不喜歡她，但是我們一群人都很熟，小時候一起在國外讀過書，傅陽曦經常帶她回家玩，還親切地叫她小飛行棋，因為她經常和傅陽曦一起下飛行棋——小口罩，妳還沒和傅陽曦下過飛行棋吧。」

明溪一瞬間心裡蹭蹭蹭冒著怒火。

什麼鬼？

原來幫她取的昵稱是效仿幫別人取的。

明溪快氣死了：「知道了。」

傅陽曦結帳回來，心情愉悅地扯著嘴角揚著眉梢，打算送趙明溪回去。結果一推門進來，就見趙明溪瞪了他一眼。

他走過去，趙明溪一言不發地去吃宵夜了。

什麼情況？

傅陽曦笑容僵在臉上。姜修秋拿著酒杯走過來，拍了拍他的肩膀：「你還記得小時候我們一起爬樹，結果你沒拉住我，害我摔下去摔斷腿，躺了三個月醫院的事情吧？」

「幹嘛，突然提起這件事，想打架？」傅陽曦冷颼颼挑眉。

姜修秋笑著聳聳肩：「不打，打不過你。」

傅陽曦的注意力還是在趙明溪身上。幾個人伸了下懶腰，收拾東西打算走，傅陽曦拎起外套，扛起禮物箱，送趙明溪回去。

深夜，月色很好，其他人過去搭計程車，兩人一路走回集訓的飯店。

不知道為什麼，傅陽曦覺得小口罩的心情好像一下子低落了下來。

他皺了皺眉，正想著怎麼開口問，兩人就不知不覺已經回到了集訓飯店。

剛到房間門口，就看到了沈厲堯放在門口的蛋糕。

「……」

傅陽曦低頭看了眼，臉色立刻黑了，這小子怎麼還死纏爛打？小口罩都說不喜歡他了。不喜歡懂不懂？不喜歡就是討厭！有沒有一點自知之明！

小口罩雖然也不喜歡自己，但是對自己的不喜歡就意味著有無限空間。

傅陽曦立刻裝作若無其事地用腳把蛋糕盒踹到一邊，還不解氣，他又拎起來，對明溪道：「我拿去扔了。」

明溪倒是無所謂，點了下頭：「麻煩了。」

傅陽曦看她視線還在蛋糕上停留了一眼，心裡又開始酸溜溜：「那天西餐廳的小牛排好吃嗎？」

結果趙明溪抬頭也像是吃醋了一樣，渾身散發著醋味，「呵呵」一聲，盯了他一眼：「飛行棋好玩嗎？」

傅陽曦：？？？

什麼飛行棋？

明溪意識到自己竟然像啃了口青蘋果一樣，說話不知不覺地就酸溜溜，頓時有點害臊，也不大自然起來，趕緊轉移了話題：「等等，我找下房卡。」

她開了門，抬手將房卡插在牆壁上。

燈光打開，空調也嗡嗡嗡地響起來。

傅陽曦跟著進去，彎腰把一大箱子禮物放在了牆邊的地上。

意識到自己竟然進了趙明溪的房間，女孩子的床上肯定堆了很多衣物之類的東西，傅陽曦耳根微紅，完全不敢抬頭往裡面看。

他僵硬地回到門邊，大高個，腦袋快要頂到門的上框，完全把走廊外的光線擋住。

「裡面到底是什麼呀？」明溪一回來脫掉大衣外套，就忍不住蹲過去拆禮物。

傅陽曦心頭一跳，趕緊衝過去把禮物盒子按住：「小口罩，妳也太心急了，就不能等人走了再拆？我人還在這——」

話沒說完，兩人都意識到兩人的距離有點過於親密了。

都感覺到對方肌膚的溫度，隔著衣服和薄薄一層空氣傳來。

「……」

趙明溪蹲在那裡，小小一團，傅陽曦從她頭頂彎下腰將盒子按住，姿勢如果再低一點，下巴就能觸碰到她的髮頂了。

下巴觸碰到女孩子的髮頂會是什麼感覺，應該很輕柔，像是磕到絲綢上一樣吧。

傅陽曦垂眸看了她一眼，從他的視角，能看到她挺翹白皙的鼻尖，薄薄的毛衣落在背上，勾勒出女孩子纖細的脊背骨，她的黑髮垂了下去，帶著些許洗髮精的香味。

可、可愛。

傅陽曦喉結動了動，心尖像是正在被她的長髮輕掃，酥麻發著癢。

而明溪掀開盒子的手指也不易察覺地蜷縮成摳蓋子的形狀，她盯著面前傅陽曦的影子輪廓，感受到身後男孩子的荷爾蒙氣息和滾燙的身體。

他的黑色羽絨外套拉鍊是拉開的，乾燥的松香味彷彿鑽入她鼻尖，溫暖將她從頭到腳包裹。

明溪整個人有點發暈，同樣僵硬得不行。

要是放在以前，沒察覺到自己喜歡他，她還能坦坦蕩蕩，做什麼靠近他的事情都光明磊落。

然而一旦察覺到了，現在每一分每一秒的接觸，都像是小老鼠偷油吃一般作賊心虛。

——她渾身這麼僵硬古怪，他會不會發現她喜歡上他了？

明溪心臟跳到了喉嚨。

她趕緊往旁邊一偏，從他俯身的動作之下鑽了出來。

明溪的動作有些滑稽，踉蹌一下差點摔了一跤，被傅陽曦一把扶住。

不過在這種空氣裡充斥著又僵硬又灼熱的氣氛下，兩人也顧不上那麼多了。

傅陽曦趕緊鬆開扶住她腕骨的手，耳根漲紅，扭頭看向別處，視線不知道該往哪裡放，最後落到天花板上：「天花板，顏色不錯。」

明溪：「……」

傅陽曦磕磕絆絆道：「那、那我先走了。」

——就這麼走了嗎？

明溪垂著眸：「……嗯。」

傅陽曦說著要走，但是看著趙明溪，腳卻絲毫沒有動作。

明溪舔了舔乾燥的嘴唇，抬頭看著他，視線落在他俊美的眉骨那一片陰影上，也沒催。

空氣一下子又尷尬地安靜下來。

兩人忽然同時開口。

明溪：「明天你有空嗎？」

傅陽曦：「明天一起吃飯嗎？」

明溪：「你先說。」

傅陽曦：「妳先說。」

明溪：「……」

傅陽曦：「……」

說的話猝不及防地撞在一起，空氣一下子更加尷尬。

兩人趕緊一左一右地撇開頭，臉色紛紛漲成了兩顆紅番茄。

傅陽曦盯著身邊的門框，一副努力研究門框到底是複合材料還是鋼板材料的樣子，雙手插口袋，竭力支棱起來，裝作冷酷又若無其事：「明天不是週日嗎，我剛好在這附近有點事情，如果妳沒事的話，可以一起吃午飯。」

說著傅陽曦找了個藉口：「唉，小口罩妳別多想，小爺我就是剛好有事在這附近，而且想起來還沒請過隔壁桌吃飯而已。我對以往的隔壁桌都很大方的，都會請吃飯。」

明溪感覺自己已經失智了。明明覺得傅陽曦這話裡有漏洞——他以前哪裡有過隔壁桌了，他就請以前的隔壁桌吃過飯？但硬是臉紅心跳地顧不上那麼多。

她頭腦發熱飛快地答應了：「嗯。」

傅陽曦見明溪久久沒吭聲，還以為她要拒絕，還正盤算著搬出柯成文或者誰：「或者叫上賀什麼的和柯成文——」

結果話沒說完就聽見趙明溪答應了。

她答應了？！

單獨吃飯！她答應了。

認識這麼久以來其實兩人還沒單獨吃過飯或者一起去幹過什麼，一直都有柯成文等人當電燈泡。這還是第一次。

傅陽曦嘴角快要上揚到天上去，飛快地看了趙明溪一眼。

明溪綳住開心的笑容，也朝他看過去。

傅陽曦觸電一樣又飛快地扭開頭，恢復高冷的樣子：「唔，那就這樣吧，明天再聯絡。」

明溪心想單獨吃飯四捨五入也算是約會，嘴上便毫不猶豫迅速答應：「好！」

傅陽曦驚詫地看向她。

小口罩答應得那麼歡欣雀躍幹什麼？！

傅陽曦腦袋一陣發熱，差點又要以為趙明溪喜歡他了。

但是吸取上次自作多情的教訓以後，他再也不敢那麼輕易地去思考這一點。

反正，只要她不喜歡沈厲堯，就是進步——傅陽曦心裡已經夠滿足了。

傅陽曦：「那我走了。」

這話說出來傅陽曦也覺得自己有點蠢，短短十分鐘內說了兩遍自己要走，結果還賴在這裡不動，這不司馬昭之心路人皆知嘛。

他面上一陣害羞，退後兩步，走出門外，然後對趙明溪揮手：「別送了。」

明溪的一句「我送你下去」頓時噎回了喉嚨裡，好像也是，傅陽曦一個一百八十八公分高的大男生，難不成下個樓還會遇到危險？自己送他下去，好像心思太明顯了點。

於是明溪忍住心裡的羞怯，扒拉著門框，點點頭，輕輕道：「明天見。」

「明天見。」傅陽曦心裡像沾了糖一樣，朝趙明溪揮了揮手，他沒忘要扔掉地上的蛋糕，將蛋糕粗暴又嫌棄地拎起來，盯著她朝後退了兩步。

結果一下子退到了斜對面的樓梯口，他腳下踏空，高挑的身體一閃，差點摔下去。

「傅——」

明溪驚了一下，傅陽曦又平衡力驚人地站直回來。

「……」

傅陽曦只覺丟人，面紅耳赤地看了趙明溪一眼，轉身一溜小跑下樓了。

明溪在門邊站了一下，平復下跳得飛快的心臟，搓了搓凍得有些僵但同時又咧開嘴笑得有些瘦的臉，才關上門回到房間裡。

她第一件事就是趕緊去拆禮物。

別人的禮物她都沒有管，蹲在牆角，徑直先把傅陽曦的大盒子拆開。大盒子打開，裡面卻又是一件件的小盒子，倒也不小——大小參差不齊，大的有一顆籃球那麼大，小的則精緻到只有巴掌大小。

盒子也不盡然相同，全都繫上了蝴蝶結，手法和傅陽曦幫她繫鞋帶時的差不多。

是他親手繫上的？

明溪猜到這一點，忍不住又舔了舔唇。

她數了數，大盒子裡總共十八個小盒子。

盯著看了好幾秒，明溪選擇其中一個絲綢藍的盒子拿出來。光是拿在手裡，明溪已然感覺像是燙手山芋般心臟怦怦直跳了。她正要拆開，卻又感覺蹲在這裡拆十分沒有儀式感，於是她抱著禮物歡欣雀躍地撲在床上。

她解開盒子上面的藍絨絲綢帶，聞到裡面沁著淡淡的香味。

難道是香水？明溪好奇地想。

接著打開，卻發現是一隻逗小孩子用的十分精緻的撥浪鼓。

散發的香味是撥浪鼓的木質檀香味。

「……」

明溪：？？？

這是什麼直男禮物，送她撥浪鼓幹什麼？她十八歲了不是三歲！

明溪臉上的表情瞬間有點木然。

但是隨即，她發現撥浪鼓的木質底部，好像刻著字。

是幾個英文單字。

——stream two years old.

明溪一時之間沒理解是什麼含義，下意識以為是商標。

她轉身去拆開大盒子裡的其他小盒子，發現裡面還有很多別的東西，有金色的刻著羽毛的腕錶，有鋼筆，有小孩子用的髮夾，也有一瓶祖母綠透明瓶子的香水。

香水傳陽曦可能不大會挑，不是那種少女香水，而是散發著淡淡清冷幽香的香味，宛如雨後從空中傳來的大提琴。香水名字也正是一款名為「大提琴少女」的香水。

而香水的底部刻著另外的幾個英文單字。

——stream eighteen years old.

電光火石之間，明溪宛如天靈蓋被掀開，瞬間被擊中，她一下子理解了傅陽曦送的是什麼了。

從一歲到十八歲，他補上了每一年的生日禮物。

明溪抱著盒子，心尖暈染上一些難以形容地細微情緒，又酸又癢，安靜的房間內，她能清晰地聽見自己的心跳聲。

一下又一下，重重地，猶如雨點劈裡啪啦砸下來。

——他為什麼會送這麼用心的禮物？

他總不會也喜歡……

明溪現在的心情就像是一隻螞蟻爬到了心尖上，撓著她的心尖發著癢，然而那隻螞蟻只撓著那裡，卻不肯落下來。

她不太敢這麼武斷地判定。

但即便如此，明溪也知道，這是自己長這麼大以來，最受到呵護、最快樂的一個生日。

她舔了舔唇，抱著香水盒子在床上打了個滾，可臉頰仍發燙，她害臊地把臉埋進柔軟的枕頭裡，使勁滾了一下。接著她又深吸一口氣，然而心裡的躁動仍未平靜下來。

想傳訊息。

想聊天。

明溪心裡這麼想著。

反正已經十二點出頭了，也沒辦法念書，不如問問他到家了沒，然後隨便說兩句就不說了。

明溪看了眼旁邊桌子上攤開的習題集，一邊罪惡深重地這麼想，一邊把手機撈了過來。

她腦袋裡糾結地打著字。

而就在她不知道該傳什麼，一直「正在輸入」的同時。

那邊傳了訊息過來。

——『快點睡覺。』

明溪嚇了一跳，只覺羞赧無比，難不成是自己一直正在輸入被抓住了？關鍵是傅陽曦怎麼會知道自己正在輸入？除非他一直盯著手機！

啊啊啊，明溪捂了下臉，根本不敢再去看手機，匆匆關了機，將頭一下子埋進枕頭裡。

太燙了。

心跳也跳得太快了。

這邊。

一直舉著手機的傅陽曦從沙發上摔下來，他趕緊爬起來。

旁邊無人，他嘴角肆無忌憚地上揚到了天上去。

他坐在地上，盯著手機，等趙明溪再傳過來——她剛才一直正在輸入到底想說什麼？

結果這一晚，小口罩都沒傳訊息過來。

傅陽曦：「……」

翌日，熬成了熊貓眼的傅陽曦腳步虛浮地去吧檯邊倒水，並頭重腳輕地打開手機開始搜索——「快點睡覺」這四個字難道過於直男會惹女生不快嗎？？

第十九章　是我的

明溪並不知道，就在她去和傅陽曦還有賀漾董深他們一起過生日時，趙家人其實來過了。

對於明溪的生日，趙家人心裡都很複雜，不知道已經決裂到了這種地步，如何才能和趙明溪重新聚在一起、修補裂縫——現在他們為她慶祝生日，她應該都不願意了吧。

因此明溪生日當天，趙家一大早吃早餐時，餐桌上的氣壓就很低。

大家都知道今天是趙明溪生日，但是看著餐桌上空蕩蕩的那個位子，大家都沉默著，機械地攪拌著碗裡的粥，不知道該說什麼，也不知道該做點什麼。

趙宇寧先前在飯店住了大半個月，死活不回家。但因為趙媛前去集訓，有十幾天不會回來，他還是被趙湛懷半強硬半哄騙地帶回家了。趙家不可能真的讓他一個十五六歲的小孩子在外面久待。

然而趙宇寧同意回家住的第一個條件就是，要養隻他在飯店附近撿到的流浪貓。

趙媛對貓毛過敏，皮膚容易搔癢和出現溼疹。雖然趙媛前不久闖禍，造成了趙湛懷公司的損失，但是趙母和趙湛懷還有趙父不可能因為生氣，就拿趙媛的健康開玩笑。

於是趙母和趙父私底下商量著，打算先答應趙宇寧，先讓他把貓帶回來，養這十幾天。

等趙媛回來住時，就趁著他不注意把貓送走，採取緩衝之策。

趙宇寧還不知道家裡其他人抱著不管如何先把他誆騙回來的心思，還以為他們真的讓自己養貓了，興奮地拉著自己的朋友去了寵物店，買了貓砂盆和貓砂、非常高級的自動飲水機和自動餵食機，在別墅三樓為他的小美安置了一個窩。

這兩天他有事情做了，一直待在別墅三樓沒下來。

早上他吃早餐時，一身的貓毛，看著他對面那個空的位子，猛然間悵然若失。現在貓有了，但是當初和他一起懷揣著刺激快樂的心情、偷偷養貓的人卻已經不在了。

趙明溪不會夾菜給他了，也不會半夜陪他打遊戲了。

趙宇寧心裡是孤寂的，他除了失去了一個姐姐，也失去了一個重要的玩伴。

趙宇寧恍然間算起日子，才發現，趙明溪居然已經兩個多月沒回家了。換算成年份的話，那麼就是四分之一年。時間過了這麼久，家裡人總算都意識到趙明溪短時間內是絕對不可能回來了。

趙宇寧即便不想接受，但也只能承認這個現實。

他這幾天養了貓，以為轉移了自己的注意力，自己不會再想起這件事。然而萬萬沒想到，趙明溪雖然才來家裡兩年，但家裡隨處都有她的痕跡——包括她那張椅子上的淺藍色坐墊。趙宇寧看到她的淺藍色坐墊上不再坐人，她的位子不再擺上餐具。心裡就很難受。

趙宇寧不說話。

趙母最近吃也吃不好、睡也睡不好，看起來蒼老了大半，也沒有說話的心情。

趙墨不在家。

趙湛懷低氣壓地吃著飯，吃完還得盡快去公司，解決前陣子的爛攤子。

只有趙父看著報紙，又看了眼明溪空蕩蕩的座位，心裡十分不是滋味：「如果我沒記錯的話，今天是明溪的生日吧，你們有沒有什麼想法？」

「她不認我們，也不肯回家，還能怎麼幫她過生日？」趙母啞聲說著話，說的時候有氣無力的，彷彿隨時要斷氣：「她現在最討厭的，恐怕就是我了吧。」

想想她這個做母親的還真失敗，趙宇寧不喜歡她，明溪也厭惡她。

好像就只有趙媛和她親近——可是想到這個趙母卻更加扎心，不是親生的和自己親近有什麼用？

萬一哪天趙媛找到了她的親生父母，跟親生父母走了怎麼辦？

那她豈不是一場空？

三年前發現趙媛並非親生的之後，他們就沒試圖找過趙媛的親生父母。

當時趙父提出來要找，因為趙父這個人骨子裡比較傳統，更加傾向於血緣關係，並非自己的女兒，那豈不是在替別人養女兒？

也是他堅持一定要找到趙明溪。

然而當時的趙母怎麼都捨不得讓趙媛走，於是哭著鬧著阻止趙父找趙媛的親生父母。

而後，這件事就不了了之。

「別說這些喪氣話。」趙父蹙眉道：「血緣關係是斬不斷的。」

趙湛懷道：「她一個小女孩在外面集訓，很辛苦，生日是一定要幫她過的。她長這麼大，已經十八歲了，我們卻只幫她過過兩次生日。」

最後一句話一說，餐桌上的四個人都沉默了。

若沒有提醒，他們還差點忘了，趙明溪長這麼大，竟然只得到過兩年的生日祝福。

其中第一年，還被趙墨氣哭過。

第二年，趙媛的那些朋友來到家，她和她們發生了爭執，也並不是什麼愉快的回憶。

趙父趙母、趙湛懷、趙宇寧忽然都無比心疼起趙明溪。

在趙媛無憂無慮長大，學著鋼琴、繪畫、騎馬各種才藝時，她在那個小地方等待領養，和她奶奶受到貧窮所困；在趙媛摔了一跤，都有家裡一群人輪流抱起來安慰時，她恐怕只能自己默默爬起來；在趙媛每年生日都有家人和一群朋友送一大堆禮物，禮物多到要拆上幾天時，她恐怕只有每年那額外的一碗長壽麵……

在這之前，他們其實很少想過這些。

因為明溪剛來的時候，看起來也穿得很體面，不是受了大苦的樣子，她奶奶對她也足夠的好，吃穿無憂。

他們雖然心裡歉疚，但更多的是陌生。

一開始儘管抱著補償心理，但時間久了，也就忘了明溪是中途才被他們找回來的。

然而現在幾人心中紛紛想，會不會當時明溪之所以那麼在意領養她的奶奶，原因就是因為兩人相依為命呢——甚至她來時較為體面的衣服，會不會也是用寒暑假打工賺的一點微薄的零用錢買的呢？

他們不敢細思。越想，心裡就越是泛苦。

「我挺對不起明溪姐的。」趙宇寧埋著頭，眼淚忽然大顆大顆往下掉：「當時化學競賽，我不知道她也那麼想參加，我見她桌子上有報名表，心想反正她在普通班，成績也不好，用不著，於是就拿去給趙媛姐了。」

「後來趙明溪和我發了很大的脾氣，還不和我玩了。我心中覺得有點愧疚，但是強著脾氣一直沒道歉。沒想到現在——」

沒想到現在，想道歉，都沒那個機會了。

趙宇寧說著說著就哭了起來，瘋狂抽噎，扔下筷子回房間了。

餐桌上一片死寂。

趙宇寧說他對不起趙明溪，可他們又有哪個人對得起趙明溪呢？

他們各自能想起來的事情，都一大堆，雖然都是一些小事，但在人離開之後，這些事情卻宛如一些細小的刺，時不時就扎心一下。讓他們恍然間想，會不會就是這些小事成為壓在明溪身上的稻草，稻草積累多了，以至於她徹底遠走？

趙父站起來，走到窗邊壓抑地抽了口菸，道：「明溪剛回來時，有一天她和媛媛放學回來，我出差回來，我下意識抱起了媛媛。她當時應該挺難過的。」

趙湛懷難堪道：「以前我也很離譜，每次週末都只接媛媛。」

趙母就更加罄竹難書了。

她盯著面前沒動過幾口的早餐，食不下嚥，眼圈紅了起來。

這一天同時發生了很多的事情，鄂小夏接到了醫院那邊她舅舅打過來的電話，通知她鑑定結果出來了。

她送過去的樣本，其中男性與兩位女性並無血緣關係。

而兩位女性的ＤＮＡ鑑定，卻表明兩人是母女關係。

鄂小夏簡直不敢相信自己的耳朵，驚奇得五雷轟頂，握著電話的手都在抖：「這怎麼可能？舅舅，沒弄錯嗎？」

她本來以為趙媛頂多是和趙宇寧同父異母或者同母異父，趙媛可能是私生女，但萬萬沒想到連血緣關係都沒有？？？

這到底怎麼回事？

而且為什麼趙媛和那個保姆會有血緣關係？確定沒弄錯嗎？

『小夏，妳送來的樣本是誰的？』她舅舅在電話那邊道：『我讓我從事這行十幾年的同事做的鑑定，怎麼會出問題？』

鄂小夏已經聽不進去她舅舅在說什麼了。

她差點沒拿穩手機，她完全驚呆了，好像失聲了一般，等好不容易回過神，她嚥了口緊張的唾沫，匆匆對她舅舅道：「舅舅，你把鑑定結果正本和影本都傳給我，電子版本能不能也傳一份給我，這對我很重要。」

可不重要嗎？

鄂小夏隱隱感覺自己發現了趙家的一個驚天大祕密。

怎麼處理這件事她還得好好想想。

鄂小夏掛掉電話，一屁股坐在地上，仍未能從魂驚魄惕中回過神。

她現在慢慢想起之前趙媛的一連串古怪的反應——

兩年前趙明溪來到趙家後，她說起趙明溪口罩下肯定長得平平無奇時，趙媛僵硬的臉。

她說起趙明溪根本就被趙媛家裡人嫌棄時，趙媛一面喝止她，讓她不要隨便亂講話，一面又鬆了口氣的神情。現在想起來，鄂小夏彷彿察覺到那神情裡好像還隱藏著細微的擔憂……

還有，怪不得趙媛對趙湛懷的感情很微妙。

如果兩人不是親兄妹，鄂小夏都要以為趙媛喜歡她大哥了！之前鄂小夏還拿兄控這件事調侃過趙媛，但是現在想來，可不就是喜歡嗎？！

這麼說來，趙媛其實知道她並非趙家親生？那麼趙家所有人都知道嗎？

還有，趙媛和張玉芬有血緣關係這一點，趙家又知道嗎？！

——應該不知道吧！

否則為什麼之前每次去趙家，趙媛和其他趙家人對待張玉芬的態度就只是對待一個普通保姆？

趙明溪兩年多前才回來，趙家人對外說是身體不好，小時候一直養在鄉下的另一個女兒。

但是這個圈子裡根本沒多少人信，包括鄂家在內，背地裡都覺得會不會是趙父的私生女。

然而萬萬沒想到，這居然可能是一個抱錯孩子的劇情？！

鄂小夏簡直被這家人驚奇得腦子嗡嗡響。

這要是讓學校的人知道了，從小嬌貴的校花趙媛，只是個鳩占鵲巢的傢伙，而一直受到排擠的趙明溪，反而才是那個應該從小就認識她們、在她們這個圈子裡被捧成公主的人。

朋友、資源、家人、金錢、身分，原本都應該是趙明溪的。

——學校裡的人得怎麼想啊。天啊！

而這邊。

趙家人做了決定之後，傍晚等趙湛懷從公司回來，一家人就開了輛大的休旅車，後車箱裝著訂製好的蛋糕和各自買的一些禮物，出發前往趙明溪所在的集訓地。

趙湛懷開車，趙墨戴著鴨舌帽坐在副駕駛座上，趙父趙母和趙宇寧則坐在後座。

從某種程度上來講，趙明溪與家裡決裂這件事，倒是讓一向難以湊齊的趙家人終於湊齊了一次，一起齊心協力去做某一件事。

只是他們去的時候，趙明溪已經不在集訓飯店了。

問過前臺和一個學生之後才知道，趙明溪和她的朋友去過生日了。

因為不知道她去了哪裡，又沒在她手機裡裝定位，趙家人只好將車子停在地下車庫，在飯店開了間套房，坐在沙發上等。

提起傅陽曦，趙家人都有些納悶。

「那位太子爺是不是喜歡明溪姐？否則為什麼上次為了明溪姐打二哥一頓？」

趙墨聽見傅陽曦的名字就無比惱怒：「趙宇寧，你解釋一下，什麼叫姓傅的小子打我一頓，明明是我們互毆，我也讓他掛彩不少好嗎？更何況那群小子以多欺少！」

趙父看了眼掛鐘，臉色有點難看：「已經晚上十點多了，明溪這麼晚還不回？該不會是早戀了吧？！還沒滿十八歲呢就早戀，即便那小子再有錢也不行！不行，我得去找找。」

趙湛懷連忙把趙父攔下。

「爸，您冷靜一下，現在她早戀——」趙湛懷頓了頓，道：「我們也管不著了。」

「還只會把本就僵硬的關係進一步惡化。」

這話一說，套房裡一片死寂，幾人又沉默下來。

一直到十一點半趙家人都沒見到趙明溪回來。

足足等了五個多小時，身體最吃不消的趙母臉色隱隱發白，疲倦地在沙發上半躺著。

趙父和趙湛懷忍不住又出去找了找，在飯店門口等了一下。

這一出去，就碰上了吃完宵夜回來的趙媛和一群趙媛身邊的朋友。

趙媛愕然：「爸，大哥，你們怎麼會在這？」

為了幫趙明溪慶生，特意來開一間房，還沒通知趙媛。

趙父和趙湛懷都有些尷尬，只有對她點點頭。

趙媛第一反應是他們是來探望集訓的自己，但隨即想起來今天是趙明溪的生日，欣喜的情緒立刻消失了。

而趙媛身邊的蒲霜等朋友則不知道今天是趙明溪生日，畢竟她們都以為趙明溪和趙媛一樣是十月十四。

於是見到趙媛的家人，就下意識以為是來找趙媛的。

幾個女孩子都很熱情，對趙父和趙湛懷道：「伯伯哥哥，要不要和我們一起吃點宵夜，今天媛媛請客。」

但趙父和趙湛懷則辨認出蒲霜和另外一個女生——據今天他們問的那個男生所說，這兩個女生先把趙明溪的書包、筆袋、試卷等各種東西都扔進了垃圾桶，而後趙明溪與她們發生了很大一場衝突，還被姜老師罵了一頓。

趙家幾個人當時聽見就氣得說不出話來。

然而萬萬沒想到，發生了這樣的事，明溪沒和家裡說，趙媛居然也沒和家裡人說。

如果不是問過小沈身邊的朋友，他們還不知道。

而且，現在趙媛還和蒲霜一起說說笑笑從外面回來。

趙父和趙湛懷看向趙媛，臉色都無比難看。

趙媛並不知道家裡人已經知道了今天下午發生的事，沒反應過來，不由得問：「爸，哥，怎麼了？」

正在這時，趙宇寧和趙母、趙墨剛好從飯店裡面出來。

趙宇寧一眼看到了蒲霜和另外一個女生，怒火立即占據了大腦，衝上來就罵出了口：「靠，下午越騰說的就是妳們吧，妳們兩個還有臉站在這裡？妳們是怎麼欺負趙明溪的？有本事現在說清楚！！」

蒲霜和另外幾個女生頓時一激靈，臉色煞白。

難不成趙媛的家人不是來找趙媛的，而是為了下午的事情來替趙明溪教訓她們的？

這也太大陣仗了吧？！一家人都來了？！

說好的趙家人都只寵愛趙媛，不怎麼在意趙明溪呢？

蒲霜也沒想過會被趙明溪的家長找上門來，頓時瑟縮一下，辯解道：「這事不是你們想的那樣，我們就只是朋友之間開玩笑。」

趙宇寧更加生氣了：「朋友間開玩笑？那我把妳扔進臭水溝裡也是在和妳開玩笑？！妳要不要試試看？」

說著趙宇寧就憤怒地過來拉扯蒲霜。

趙宇寧雖然年紀小，但到底是男生，有幾分蠻力，還真的使勁把蒲霜拉到飯店旁邊的臭水溝裡。

蒲霜一腳踩空，鞋子踏進水溝裡，冰冷又發臭的感覺頓時從腳趾處蔓延上來。

她又氣又急，推了趙宇寧一把：「趙宇寧，你幹什麼，我們好歹認識！」

趙宇寧怒道：「認識，妳也知道我們認識，早知道妳帶頭欺負趙明溪，我還會讓妳進我家的門？」

眼看著兩個小孩要打起來，在飯店門口一個男孩子和一個女孩子打架成何體統，趙父鐵青著臉，呵斥了聲：「夠了！」

蒲霜氣急敗壞地推開趙宇寧，從水溝上來，在一旁被兩個女孩子扶著勉強站穩。

趙父盯著蒲霜道：「叫蒲霜是吧，我回頭會找妳們班導師聊聊，妳們是不是真當趙明溪沒有家人？妳們這叫校園暴力知不知道？！還開玩笑呢，這是妳們這個年紀的學生應該開的玩笑嗎？！」

蒲霜臉色「唰」地一下慘白。

她和另外一個女生幹這事之前，根本沒想到趙家人會來啊，今天又不是什麼特殊日子，怎麼趙家一家人都跑過來了？而且多大點事，不過是扔了個書包，發生了點小衝突而已，趙明溪不是都報復回來了嗎？

——難不成是趙明溪還把這點小事跟她家裡人說了？她以前從來不說的啊。

這要是真的讓趙明溪的父親去跟班導師葉冰說了，那她還不得被請家長？

她家裡一向要求嚴格，要是被家裡知道，少不了一頓懲罰！

蒲霜心裡慌亂無比，趕緊看向趙媛。

如果不是為了趙媛，她和趙明溪無冤無仇，也不會這麼幹。

趙媛心臟更是怦怦怦直跳，煩躁、焦急一起湧上心，一邊惱恨蒲霜做事不動腦子，連累自己，一邊又氣又急，一點小事為什麼家裡人會這麼大動干戈。現在所有的同學都看著，都知道她家裡人重視趙明溪了——說不定明天就會傳到學校裡，她在家裡失寵了。

趙媛的第一反應就是和蒲霜撇清關係，丟車保帥。她立即對趙父、趙湛懷、趙母和趙墨驚慌失措道：「發生了什麼？！」

隨即震驚地轉向蒲霜：「我下午不在教室，妳把明溪的書包扔垃圾桶了？霜霜，妳怎麼可以這樣？」

蒲霜和另外三個女生：「……」

趙媛變臉變得太快以至於讓她們腦子嗡嗡響，一下子沒反應過來。

就在她們反應不過來時，趙媛連忙站到了趙父身後，臉色難看地對蒲霜道：「妳需要向明溪道歉。以後再幹出這種事，我們就不再是朋友了。」

趙家人見趙媛並不知道這件事，臉色多少好了點。

如果她明知道，還任由她的朋友們欺負明溪——那就真的不是他們認識的那個趙媛了。

唯獨趙宇寧和趙墨不大相信趙媛和此事完全無關。

趙墨抱著手臂，撫摸著下巴，端詳著趙媛的神情動作，怎麼看都覺得像是演出來的，這演技還有點拙劣，如果真的不知情，她慌張什麼？

「說謊！」趙宇寧指著趙媛，扭頭對趙母和趙湛懷等人道：「爸，媽，上次我說她為了搶主持人機會，在文藝部老師面前說趙明溪作弊，你們都還不信，這次你們總該——」

趙媛打斷了趙宇寧：「宇寧，現在不是翻舊帳，提我們之前的矛盾的時候。」

她轉過身對蒲霜幾人擰眉道：「早知道妳們背著我幹這件事，下午我就不離開教室了，難怪我回來時明溪一臉怒氣，我還不知道為什麼。」

蒲霜等人目瞪口呆：「………」

趙媛心說，她這也是為了自保，別無他法。

趙父臉色冷得可怕，道：「算了，這件事就先這樣！我一定會找妳們班導師好好談談的。集訓還有幾天，妳們這些小孩子不要再惹是生非！」

蒲霜心中憋屈，被趙父教訓得眼淚都快要掉下來，抹了下眼睛扭身就衝進飯店裡了。

其他幾個女生面面相覷，也跟了進去。

「妳也回去休息吧，等集訓完了回家再說這件事。」趙父皺著眉看了趙媛一眼。

多說多錯，趙媛不敢再說什麼，低著頭「嗯」了一聲，轉身進飯店了。

趙媛進去之後，趙家幾個人都忍不住扭頭看她的背影一眼。

不知道是不是他們的錯覺，近來的趙媛變得和以前很不一樣。

如果說是因為明溪離家、他們將注意力放了態度在明溪身上，她感到不開心，想爭爭寵，他們也是可以理解的。但是在他們的想像當中，趙媛善解人意，頂多就是為此而撒撒嬌，抱怨幾句——

可現在，為什麼發生一連串排擠趙明溪的事情，都和趙媛有關？

又或許，趙媛的本性並非他們認知到的那麼無暇。

趙家人今天等了五六個小時，連一眼趙明溪都沒見到，心情本來就差，現在因為這件事，心情更差了。他們心裡紛紛開始自我懷疑，以前為了一個並無血緣關係的孩子，把親生孩子逼走，難道是他們腦子有洞嗎？

明溪和傅陽曦是從飯店後門回來的。

趙家人等了快一通宵，也沒等到趙明溪，這一晚上的心情可想而知有多煎熬。

後來實在熬不住了。

趙母頭疼欲裂，在車子上吃了顆止痛藥，趙湛懷明天也得早起去公司。

實在不得已，趙父把禮物留在了飯店前臺，拜託前臺明天轉交給趙明溪，他們才開著車，怎麼來的，就怎麼回去了。

只是回去的路上，車子裡的氣氛更加壓抑。

趙媛這邊回到飯店房間，就被蒲霜找過來吵了一架。

「我問妳，妳難道不知道我為什麼要扔趙明溪的書包嗎？是因為前天晚上妳哽咽哭訴說，說妳家裡人最近只在意趙明溪，都忽視妳，我才為妳打抱不平的！我扔之前，和旁邊的人小聲說話，妳也聽見了，妳說妳不好摻和，才出去的——這就是妳所說的『我們背著妳幹這件事』？」

「趙媛，妳怎麼這麼不要臉？」蒲霜終於把這句話罵了出來。

她總算明白以前鄂小夏為什麼會說趙媛就是躲在她們後面，讓她們衝鋒陷陣了。因為是好朋友，所以她們才總是護著趙媛，覺得都是趙明溪的錯，一個「私生女」也敢甩趙媛臉色，所以才想幫趙媛教訓教訓趙明溪。

可現在呢？

「需要我們的時候就好姐妹，不需要的時候就讓我滾是嗎？看我們被妳利用，上下蹦躂，很好笑是不是？」

「妳冷靜點。」趙媛皺著眉，看了看走廊其他房間：「我們這一層還住著很多人，妳有必要把姜老師吵醒嗎？」

蒲霜冷靜不下來，她憤怒至極，看趙媛不冷不熱的這張臉，簡直覺得自己錯付了真心。

「妳好自為之吧。」蒲霜摔門進房。

她以後再也不會幫著趙媛了。

趙媛看著她進房，門被摔上，面上也一陣煩躁，心裡彷彿被個無形的大石壓住。

朋友、家人，她正在一樣一樣地失去這些東西。

可為什麼趙明溪什麼都有呢。

——這一切的源頭，都是因為趙明溪離家出走，家人才開始重視她。

趙媛咬了咬唇，轉身進房門，她打開電腦，下載了一份住校申請表。

就好像誰不會離家出走似的。

趙媛相信，同樣的，趙家不會讓自己一個人住在外面的，雖然並無血緣關係，但是有前十五年的感情基礎。況且，自己的親生父母現在也找不到，趙家知道，自己只有他們。

這邊發生了什麼事，明溪不知道。

直到第二天早上，她起來，才發現趙家人在飯店前臺寄存了一份禮物，服務生叫住她，將禮物轉交給她。

明溪當然是看都沒看一眼。

於是這些禮物在兩小時後，被飯店前臺快遞送回了趙家。

趙家人還在低氣壓地吃著早飯。趙母聽到門鈴聲，讓保姆過去收快遞，見到這些生日禮物被原封不動地退回來，差點沒氣出心臟病。

他們打電話問前臺什麼情況，前臺頗不好意思地轉述道：『趙小姐讓我們轉告你們，遲來的親情比草賤，你們與其浪費時間找她，還不如和趙媛和和美美在一起，不然到時候兩個人都要失去了。』

『還有。』前臺頓了下，又道：『她說，因為是一些廢棄物，所以快遞是貨到付款。』

趙母一看，門口快遞員還等著他們結快遞費。

當初趙母送給明溪的、被當時的明溪特別珍惜的一串水晶手鏈，也被直接退了回來。

廢棄物？？？

餐桌上一家人：「……」

說是一陣眩暈也不為過。

明溪將晾乾的試卷等物，抱著去了教室，又開始了一上午頭昏腦脹的刷題。

休息時她看了眼自己的盆栽，已經六棵小樹有餘了，換算成小嫩芽，就是三百二十五棵，整整齊齊生長在巴掌大小的小盆裡，綠綠茵茵，煞是可愛。

做題累了還可以看一眼放鬆一下眼睛。

隨著盆栽的生長，明溪感覺自己被扼制的程度越來越輕。做題時腦子突然堵塞的降智情況越來越少——不過，雖然少，但現在還是偶爾存在著一些。

比如說剛剛做的那道題，明明思緒一路順暢，計算紙上的答案也是對的，但到了最後一步，落在試卷上的答案卻變了個數字。

這要是真的競賽考試，就會直接丟了十分。

明溪不知道隨著自己盆栽的生長，別的人物會不會也開始提升智商，不再受到趙媛女主光環的影響。

她顧不上那麼多，她得先把自己的問題解決。

還有幾天就要初賽了，她現在當務之急，是盡可能地讓盆栽再生長一波，這樣她進決賽的機率才更大。

而且明溪還沒忘記她和蒲霜的打賭，誰考得差誰就退學。

於是明溪呼叫很久沒出現的系統：「最近盆栽生長越發慢了，可能是因為能幹的事情都幹過了。還有沒有什麼讓它更快生長的辦法？」

系統因為見她走上了正軌，於是兼職去幫扶更多貧困女配了，過了一陣子才回應：『我讓妳做的那些妳都已經做過了嗎？』

肌膚碰觸、擁抱，的確都要麼有意為之、要麼機緣巧合地做過了。

提起來明溪臉上就有點臊，她抓了抓臉頰，含糊道：「嗯。」

系統道：『那麼就只剩下親吻了。』

明溪下意識地「嗯」了一聲，等回過神來後，臉色「嗖」地一下漲紅：「啊？？？」

什麼鬼？？？

親、親吻？？？

系統道：『按照小說的法則，牽第一次手，讀者會激動，等牽第二次手，讀者就反應平平了。但是如果拿嘴唇狂甩對方的嘴唇，讀者又會激動起來。這是小說水到渠成的法則——而且注意了，最好是那種八個機位的接吻，而非蜻蜓點水，增長的氣運會更多。』

『當然，就看妳願不願意了。妳如果不願意的話，也是可以慢慢送甜品，做些小事慢慢攢嫩芽的，但是現在相對於剛開始而言，這些事情基本上已經增長不了多少氣運了。』

明溪：「……」

系統就這麼機械音平靜地說出「接吻」兩個字真的好嗎？！

系統：『沒關係，我能理解妳的不情願，畢竟去親一個還不喜歡的人，實在有點心理障礙。』

明溪的筆尖在計算紙上重重劃了一筆，心臟怦怦怦地直跳：「其、其實也不是不可以。」

系統話還沒說完就聽到明溪心裡來了這麼一句，它：「……」

？？？

它去幫扶別的女配的這段時間發生了什麼？！

因為得到了系統的提醒，再見到傅陽曦時，明溪心裡都懷揣了一種異常的、緊張的不正常的心跳。

而且視線總是情不自禁落到他的薄唇上。

宛如鬼迷心竅般，在腦子裡想像著有沒有什麼辦法能巧合之下吻到？

電視劇裡不是經常摔一跤就能親到嗎？

但是為什麼她和傅陽曦摔跤就只能摔斷腿？

是她站得還不夠高嗎？

「謝謝。」傅陽曦將芝士草莓從飲料店店員手中接過，將吸管插上遞給趙明溪時，明溪還在盯著他看。

今天天氣有點熱，傅陽曦沒穿外套，黑色休閒衣袖子挽起，露出瓷釉一樣線條好看的手臂，他高挑肩寬，長得又帥，周圍好些排隊的女生都朝他看過來。

明溪仰著頭，視線落到他的下頷骨與嘴唇上，睫毛微顫一下，眼神開始變了樣。

「怎麼了？」傅陽曦表面若無其事、高冷酷跩，單手插口袋隨時可以去走T臺，實則心裡很慌，恨不得當場掏出手機開始搜尋「女孩子說了把自己當老大但是一直盯著自己看是怎麼回事」。

傅陽曦差點又要頭腦發熱地自戀了。

忍住。

他開始理性分析。

是不是自己臉上或者頭髮上有什麼東西。

明溪嚥了下口水，瞬間清醒過來。

自己想什麼呢，牽手擁抱什麼的也就算了，要是突然踮腳親上去，傅陽曦會瞬間暴走，臉色黑掉，把自己揍成豬頭吧。

明溪接過飲料，胡謅道：「沒什麼，就是你頭髮上有個東西。」

果然如此。

傅陽曦慶幸自己沒自戀。

兩人走到旁邊。

明溪道：「低頭，我幫你摘一下。」

「女人就是麻煩。」傅陽曦臭著臉，一副「我堂堂傅少不是很情願別人碰我頭髮，但看在妳是頭號小弟的分上就勉為其難讓妳碰一下」的表情，「心不甘情不願」地彎下了頭。

明溪一隻手拿著飲料，另一隻手抬起來把他短髮上一小撮店裡掉下來禮炮彩帶之類的東西摘下來。

摘時觸碰到了他的頭髮。

男孩子的頭髮與女孩子竟然截然不同，短而硬，很是倔強，有點像剪岔了毛髮的、眼睛汪汪的黃金獵犬。

明溪沒忍住，上手摸了下。

等她意識到自己在幹什麼之後，連忙放下手，作賊心虛地扭開頭。

傅陽曦頂著一張不耐煩的黑臉，實則耳根也發紅，也扭開頭。

空氣黏糊又緊張了一下。

明溪道：「下午老師要講卷子，提醒我們早點去，半小時內我得回去了。」

傅陽曦點頭，冷酷道：「是得回了，別耽誤正事。」

兩人說著開始並肩往飯店方向走。

傅陽曦忽然不知道是從他的單肩書包還是哪裡掏出來一根糖葫蘆。

陽光下，糖葫蘆泛著閃耀的光澤。

靜靜地被他握在手上，遞過來。

林蔭道外面是車流，嘈雜被傅陽曦高大的身影擋住大半。

只剩下靜謐和時間在流淌。

糖葫蘆外面包裹著乾淨的塑膠紙，塑膠紙外面還有層報紙，露出來頂端一顆包裹著蜂蜜糖漿，殷紅的外面泛著金黃，看起來又酸又甜。

「給。」傅陽曦單手插口袋，偏頭看向車流，彷彿只是隨手遞給趙明溪。

明溪興奮了一下：「哪裡來的？」

「唉，送我來的司機買給他兒子的，多買了一串。」傅陽曦等趙明溪把糖葫蘆接過去之後，另一隻手也得意洋洋地插進了褲子口袋裡，滿臉嫌棄地道：「這種娘娘腔的東西小爺我不可能吃，不就只能給妳消化了？」

明溪嘗了一個，嚼了幾下，嘴裡含糊不清道：「感謝你家司機，他多大年紀了？帥嗎？」

傅陽曦頓時恨不得搖晃她的肩膀，怒道：「妳想什麼呢小李已經結婚了！」

明溪：「……」

她想什麼了？

她什麼也沒想啊！！

「話說，謝謝你的禮物，我很喜歡。」明溪舉著糖葫蘆，道：「要不然我先回贈你一個禮物吧。」

明溪說著這話，也有點緊張，忍不住舔了舔唇。

舔到的自然是甜到心裡去的糖漿。

「哦，什麼東西？」傅陽曦覺得回贈禮物這種事有點生疏，並不怎麼開心，但既然小口罩非要送，那他也只能受著了。

飯店門口的綠蔭道上，正午，陽光落在臉上，有些暖熱的刺痛。

明溪強忍著心臟亂跳，裝作只是從外套口袋裡隨手一掏，掏出來一條水晶髮圈。

深黑色，泛著鴉羽的光澤，在陽光下晶瑩剔透。

當然即便如此，也能看出是女生的髮圈。

傅陽曦還以為小口罩要紮頭髮，結果小口罩讓他攤開手：「這個是回贈你的禮物。」

明溪的指尖在傅陽曦的掌心一觸即分。

宛如羽毛輕輕掃過般，傅陽曦的掌心暈麻一片。

傅陽曦：？？？

髮圈？

可他頭髮這麼短不需要紮頭髮啊。

女孩子的腦迴路真的很難理解。

傅陽曦：「這什麼？」

明溪覺得雖然傅陽曦脾氣又臭又暴躁，整天像炸毛的榴槤一樣，沒什麼女孩子追他，但是他長這麼帥，身邊肯定很多鶯鶯燕燕——包括之前那個飛行棋。

雖然現在他還沒開竅，不確定他對自己到底有沒有喜歡的感覺，但是按照明溪的做事習慣，她要先搶在別人之前，宣誓主權，把他納入自己的占有範圍。

別的女生看到他戴上女孩子的髮圈，就知道他已經物有其主了，就不會再輕易靠近了。

——尤其是之前那個飛行棋。

「沒什麼。」明溪含糊地欺騙他：「就是一條髮圈，覺得好看，於是拿到山上去開過光。你戴上吧，戴上對你的運氣有好處。」

傅陽曦聽見趙明溪還專程為他去山上開光，白皙的脖子一紅，一臉「什麼小女生的東西真的有點嫌棄」，但還是拖拖拉拉地戴在了右手上。

的確有點娘。

一百八十八公分的高挑男孩戴這種髮圈。

但明溪忍不住笑，心情大好。感覺是在傅陽曦不知情的情況下，在他身上留下了「這是我的所有物」的印記。

「那我進飯店了，下週見。」明溪揮揮手進飯店。

「好。」傅陽曦也抬起手揮揮手，戲還得做足：「趕緊進去，不然要耽誤我來這裡辦正事了。」

等趙明溪進去之後，傅陽曦又在飯店門口站了一下，才嘴角上揚地往回走。

過了一下一輛黑色的車子開了過來，他上了車。

上車之後，司機就忍不住盯著他右手的髮圈看。

什麼情況？！！！

少爺談戀愛了？！

「看什麼？」傅陽曦雖然覺得手上戴這東西娘得很，但還是很寶貝，連忙把袖子放下來蓋住不讓小李看。

但放下來之後，他又忍不住炫耀，又捲了上去。

他臭著臉，將手腕遞到小李面前，得意洋洋道：「看你這麼想看，就給你看一眼，開過光，知道嗎？你沒有吧。」

小李：「……」

我的傻少爺喲。

集訓的時間過得飛快，蒲霜她們也就找過那一次麻煩，隨著競賽訓練的強度越來越大，隊伍裡二十一個人都過得昏天黑地，也沒心思再去搞那些歪門邪道。

在集訓的十天過程中，其餘選手倒是對明溪的印象有所改變。

剛來時覺得她是走後門得到的名額，在競賽圈根本沒什麼名氣，這次來參加競賽，恐怕也只是陪跑。

但萬萬沒想到，集訓過程中的很多難題，她都能解出來，並且速度不比沈厲堯他們校隊的幾個慢。

於是這些人漸漸對她刮目相看。

不過此時此刻這些人也只是初步改變了印象，覺得她確實應該是靠真實本領進來的，但也不覺得她真的能在這次競賽中取得什麼成績——畢竟百校聯賽高手如雲。

她即便強，但那也只是普通學霸選手的水準而已。

就這樣，忙碌當中，十天過去。

一行人啟程回學校。

回學校這天是週二。

大巴士緩緩抵達學校門口，正是上午十點鐘，第二節課的時間。

學生都在教室裡，學校裡沒什麼人，只有偶爾路過的幾個老師。

一行人朝著三個班那棟樓走時，遇見了幾個從常青班和國家班出來倒垃圾的值日生。

那些值日生都朝這邊看過來，還捂著嘴交頭接耳。

集訓回來的人感到有些奇怪——他們去集訓時，手機基本上是上交的，所以學校發生什麼事他們也不清楚。

難道錯過了什麼事嗎？

越走越近，集訓回來的人當中開始有人忍不住掏出手機，去論壇看看是不是發生了什麼事。

結果看了之後，有人低呼了一聲：「我靠！」

「發生什麼了？」有人問。

「你自己看。」

趙媛正走到教室門口，餘光瞥著趙明溪上樓，心裡琢磨著該怎麼扳回這一城。離家出走有用嗎？恐怕在離家出走之前還得做點什麼。

忽然感覺到，教室裡很多人都紛紛抬頭看來，那眼神有些異樣，帶著一種看八卦的興奮。

他們看的是——

自己？

第二十章　大八卦

趙媛皺了皺眉，朝著自己座位走去，她的座位在第三排，要經過講臺。

路燁正好在講臺上面擦黑板，低頭看了她一眼。

因為上次事情辦砸了的緣故，趙媛心中更煩路燁了，連那場電影都不願意和路燁出去看，對路燁變得冷漠無比。路燁這段時間對她，一直都是吞吞吐吐想靠近女神、但又不敢靠近的樣子。

然而此時，趙媛卻感覺他的眼神有些怪異——那絕非是對愛慕者的眼神，而是摻雜著一些微妙、不可思議、醒悟的眼神。

趙媛以為這又是他引起自己注意的一種手段，也沒多看他一眼，便回到座位上。

班導師葉冰老師很快就進來了，簡單交代了一下接下來的課程安排，並提醒參加集訓和初賽的同學盡快調整狀態，回歸日常課業當中。

葉冰一向語速很快，視線也不在任何一個同學身上多停留。

然而不知道是不是趙媛的錯覺，她感覺葉老師在看向自己時，很明顯的視線頓了下，然後兩秒鐘後匆匆移開視線。

？？？

趙媛心中突突直跳，不好的預感越來越強烈了。

她耳朵裡又傳來一些細小的議論聲，其中彷彿正摻雜著「趙媛」兩個字，趙媛渾身緊繃地看過去，卻對上右側一些同學紛紛避開她視線的神情。

她的隔壁桌是蒲霜，因為在集訓時兩人關係降至冰點，此時此刻的蒲霜冷著臉，也完全沒有要幫她打聽發生了什麼事的想法。

而不遠處的鄂小夏則一直用餘光看著她，見她看過去，也趕緊別開臉。

到底發生什麼了，為什麼集訓回來大家都盯著她看？

難道是路燁幹出什麼事情了？

親自去問有點丟臉，趙媛咬了咬唇，掏出手機來打開了論壇。

上面還在講話的葉冰老師見她上課用手機，猶豫了下，選擇睜一隻眼閉一隻眼。

趙媛起先還不明白發生了什麼，直到她一登錄論壇，看到被掛在第一頁的最熱門標題。

那篇文章實在太刺眼了，因為點擊和回覆非常非常多，一直掛在第一，想不第一時間注意到都難。

『樓主的一個親戚在醫院工作，這裡有前校花趙媛和趙家一個保姆的ＤＮＡ鑑定，奇怪，為什麼兩個人被鑑出母女關係？』

？？？

趙媛一瞬間還沒反應過來是什麼意思，只是見到這個標題，她血液就一下子衝到了腦門上，無法控制自己的憤怒。

這是誰在胡亂造謠？

她怎麼可能和張玉芬有血緣關係？！

一個保姆？！

主樓是一張鑑定書。

下面的回覆樓層已經將近幾萬樓，總共有兩百多頁，各種說法都有。

——『真的假的？僅僅憑藉一張鑑定書，能說明什麼？我還能隨便取兩根頭髮說有親子關係呢？』

——『樓主和趙媛有多大仇多大恨？』

一開始大部分人懷疑鑑定書是假的。

但是A中和附近學校的學生都是有錢家庭居多，有的學生父母都是幹醫生這行的，還有的學生電腦厲害，紛紛都去求證了一番。

大約在兩百多層樓，一個出身醫生世家的高二男同學出來說這份鑑定書如假包換，真的就是醫院的鑑定書，完全合規，而一個擅長電腦的高三普通班男生也去檢測了下，站出來說這份鑑定書也沒有P圖的痕跡！

從這裡開始，漸漸有人相信鑑定書是真的了。

但是立刻又有人提出疑問：『那萬一根本不是趙媛和那個誰誰誰保姆的呢，而只是誰為了誣賴趙媛，隨便取自己和自己老媽的頭髮，專程用來誣賴人？也太居心叵測了吧？』

事情發酵之後，有個一直在看八卦、家長在第三醫院工作的女生忍不住插了句：『本來不想說的，但是上週末，第三醫院的確有過趙媛和張玉芬這兩個名字的樣本。』

這話一出，整個論壇都快爆炸了！

話題完全被導向了不可預計的方向！

一開始還有人懷疑鑑定書的真假，然而從四百層樓之後，大部分人幾乎都相信這份鑑定書是真的了。即便其中還摻雜著少數趙媛的追求者駁斥的聲音，也很快就被淹沒了。

爆炸性的討論一個接一個。

——『所以這是什麼情況，前校花是她爸爸和保姆的私生女嗎？！！我查了下，趙家幾個大大小小的公司，居然在本市還挺有名欸，財產不少！趙媛的老爸叫趙宏志！天吶！！他老婆和他的員工們知道他出軌保姆，還生下了私生女嗎？！！』

——『回樓上，趙宏志老婆肯定知道吧，不然怎麼會讓趙媛在家這麼多年。』

——『那也夠憋屈了，替保姆養私生女？』

——『那麼假設趙家都知道趙媛是私生女，那麼為什麼她哥哥對她那麼好，我們班上的人以前都見過她哥哥開車來接她。』

——『樓上的暴露了你是高三常青班的了。算了這種時候就不罵你對同班同學落井下石了，畢竟大家都在八卦hhhhh，誰知道什麼情況啊，趙家好亂啊。』

——『聽說趙媛的二哥還是個小明星，就是叫趙墨什麼的，發生這件事，會不會對他的藝人生涯有影響啊？』

——『還有個問題，既然前校花是保姆和趙宏志生的，那麼為什麼叫張玉芬的保姆還能留在趙家這麼多年？（別問我是誰，趙媛在家辦過生日宴，大家都知道張玉芬兩個月以前還在她家當保姆。）』

——『還是忍不住感嘆一句，那保姆的照片看起來那麼醜，趙宏志好歹身家過億，可真不挑啊！』

爆炸性的言論一個接一個。

趙媛是剛剛集訓回來才知道這件事情，而文章是三天前發的，也就是說學校和附近學校有很多人看過這篇文章，並且參與討論了。

怪不得剛剛進來時大家的眼神都有些異樣。

就連班導師也是欲言又止的神情。

趙媛又羞又憤，完全不敢再繼續看下去，她心臟氣得怦怦直跳，拿著手機的手發著抖，渾身血液往頭皮上湧，眼前發著黑，憤怒和恐懼排山倒海般衝來。

憤怒是因為她根本就不是什麼私生女。

恐懼是因為害怕被發現她其實連趙家的孩子都不是！

但到底是誰幹的？！

趙媛憤怒至極，葉冰還在講臺上說話，她就突然站了起來。

「怎麼了趙媛，坐下。」

「論壇裡說的都是假的！」趙媛心臟狂跳，對著班上的人喊道。

她渾身發顫，眼淚唰地一下就流了下來。

葉冰對她安撫性地道：「趙媛，妳要不要先跟老師去辦公室平靜一下，論壇上的這件事情學校會解決。」

常青班還有一些正在小聲議論這件事的人見狀，都紛紛停止八卦。

趙媛委屈成這樣，是不是論壇裡那些事情真的是造謠？

下一秒趙媛就抓起書包衝了出去。

幹出這種事的還能有誰，這麼恨她的還能有誰，肯定是趙明溪！

趙媛紅著眼睛一跑出去，常青班紛紛都躁動了，整個教室都沸反盈天。

葉冰怕趙媛出什麼事，也趕緊追了出去。

因為葉冰不在，整個教室更加喧鬧起來，還有一些人忍不住也跟著衝了上去。他們見到趙媛是往樓上衝。

「我靠，嚇死了，高中三年第一次看到這麼大的八卦。」

「論壇上的鑑定到底是誰放出來的？這是和趙媛多大仇？編造出這麼離譜的事情！」

「你覺得是編造嗎？我感覺很真實啊，那樓主說得有板有眼的，就是不知道為什麼趙家明知道趙媛是私生女，還將她養在家裡——搞不清楚！總之好亂好刺激啊！」

「我也感覺那文章有百分之八十說的是真的，話說你們聽說了嗎？我爸昨晚回家說，他們和趙氏企業有合作，這件事好像昨晚在趙氏也傳開了！趙媛老爸應該昨天也知道這件事了！」

「？？？學校論壇的事怎麼還會傳到那種大公司去？」

「聽說是有人在趙媛老爸的公司門口貼了一份。」

「……………」

教室吵嚷一片當中，蒲霜目瞪口呆，忍不住嚥了下口水。在一片混亂當中，她好像察覺到了什麼——難道這就是趙湛懷最近不來接趙媛的原因嗎？因為發現了她是私生女？

但是解釋不通啊，那趙明溪又是怎麼回事？

學校這邊吵吵嚷嚷時，趙父同樣在家大發雷霆。

昨晚他就感覺公司前臺那幾個人叫他「趙總」時的眼神和平時有點不一樣，今早去了公司才知道一個爆炸性的消息——昨天有人在公司門口貼了一份親子鑑定。

昨晚幾個員工發現之後，迅速從大廈玻璃門上撕了。但是鑑定上的內容卻宛如長了腿一般，今早傳遍了整個公司。

趙父現在已經不想去回憶助理是怎麼滿頭大汗地進來跟他講述這件事情的了。

他看了那張鑑定，臉色簡直發綠！揉成一團稀巴爛，砸在地上！

趙父氣得語無倫次：「這他媽誰幹的？！」

他問助理，助理也不知道，助理連忙道：「我去保全部調一下監視器？！」

但是現在當務之急顯然不是去查誰故意在公司門口貼親子鑑定，而是弄清楚這親子鑑定到底是真是假，是怎麼回事？

趙媛怎麼會和張玉芬有血緣關係？！

張玉芬是誰？

趙父差點想不起來，等想起來了是他家那個被開除的、平日裡不怎麼刷牙的保姆，他高血壓差點當場發作！

助理不知該不該講，道：「您家小孩所在的學校論壇好像也在談論這件事，對方也在論壇上發了一份。現在都在傳……」

「傳什麼？」趙父氣得青筋暴起，在辦公室走來走去，摔了三個杯子。

助理心驚膽戰看了他一眼，硬著頭皮道：「說您和您家保姆有一腿，才生下了趙媛。還說你真不挑，保姆也能下嘴。」

「……這怎麼可能？！」趙父憤怒到滿臉通紅，一直紅到髮根，發出獅子般的怒吼：

「誰再亂嚼舌根就趕出公司！」

然而這種出軌的流言是茶餘飯後最為津津樂道的，一個上午還沒過完，不只是趙宏志的公司員工都心照不宣地知道了，就連隔壁辦公大樓的人都快笑噴了出來。

趙父額頭青筋暴起，從地下車庫開車衝回家時，兩個隔壁公司的年輕白領拿著咖啡還在說這件事：「真的假的？就隔壁大樓那老總？」

說著說著還噗哧一聲笑了：「有那保姆的照片嗎？我靠，長這樣？說是五十歲，但看起來都六十多了吧，劈腿誰也不好劈腿家裡的保姆啊，口味真重！」

「……」

趙父心臟病快要發作，拉開車門猛地摔上，眼睛瞪得比拳頭大。

「趙媛怎麼可能是張玉芬的孩子？！這麼多年我們也完全沒有看出端倪啊！」

整個趙家都如遭雷劈。

這意味著很多事情——

可能意味著當年孩子的掉包是故意為之！也可能意味著他們的孩子是被人故意拋棄，成了受苦受累差點凍死的棄嬰！對方塞了一個和他們完全不相干的自己的女兒進來，多年來吃好、穿好、教育好，甚至對方還在他們家當這麼多年保姆，與趙媛關係也一直很親近！

對方什麼損失都沒有，還和她的孩子一起，惡意偷走了他們的孩子的人生！

但凡想到這個可能性有可能成立，趙家人都噁心憤怒得不行。

假設這件事成立，那麼張玉芬就是凶手，他們替凶手養育了十八年的孩子！並且因為過於疼愛凶手的孩子，還將他們自己的孩子逼得與家庭決裂！

趙母臉色煞白地癱坐在一邊，還沒能完全反應過來這是怎麼回事。

「這簡直匪夷所思。」趙湛懷臉色難看：「誰想得出來這麼大的腦洞，還到處宣揚。」

他完全沒辦法去想這個毛骨悚然的可能性。

「趙宇寧呢？」趙墨問：「他在學校知道這件事嗎？」

趙湛懷道：「他不怎麼上論壇，高一和高三也分區，應該是不知道。但是李助理說三天前他們學校的論壇就已經有人發文了，現在鬧得很大，也難保今天他不知道。」

「這他媽都是什麼破事？」趙墨煩躁地捋頭髮：「都有人去我的社群底下八卦了，我經紀人讓我趕緊回去，不然找我的記者可能會來家附近堵人。我不能繼續待在家裡。」

趙父怒氣如火山般，強忍著讓自己稍微冷靜一點：「那你就先回公司！你待在家裡也只會闖禍，也無濟於事！」

趙母撿起地上那張親子鑑定，慢慢回過神，捂著心臟哭著問了一句：「所以，趙宏志，你這個殺千刀的，你該不會真的和張玉芬有什麼——」

「怎麼可能？！」趙宏志氣得跳腳，毫無形象地跳起來：「我即便吃野味也是去找嫩模，張玉芬是個保姆，我怎麼可能會和她有什麼關係？！妳知道現在外面說我什麼嗎？我公司的員工背地裡都在看我笑話，妳這個時候就別來胡攪蠻纏地添亂了！」

趙湛懷稍微理智一點，道：「這件事現在還不確定，就怕是爸爸的公司競爭對手故意攪混水。如果想要證實，還得由我們親自把張玉芬和趙媛的頭髮送過去做一次檢測。趙墨，你先回公司，王姐，扶我媽上樓休息。」

然後問趙父：「爸，你覺得現在該怎麼解決這件事？」

說著趙湛懷也忍不住吸了口氣：「不能再讓輿論發酵下去了，不然你的名聲都要被搞臭了！下個月的峰會還怎麼參加？我都沒臉參加了！」

和家裡的保姆搞在一起，這事可大可小。

問題是，關乎趙父的顏面。

他一把年紀還出軌家裡的保姆，這讓他們這個圈子裡的人怎麼看？

以後談生意打高爾夫時，那些中年男人會怎麼在背後笑他？

還有那些太太圈的人，更加碎嘴，不出兩天，這事就該傳遍圈子了。

「您必須得盡快做出決策。」趙湛懷和助理都道。

趙父煩躁地抓了抓頭髮。

鄂小夏坐在教室裡心不在焉地看著小說，看著所有人兵荒馬亂，尤其是趙媛——有種大仇得報的感覺。她情不自禁地晃起雙腿，解開耳機線戴上。

接下來就是看好戲了。

她之所以只放了能證明趙媛和張玉芬是親生母女的那一張，而沒放趙媛和趙宇寧並非姐弟的那一張，是因為，導演系講究的就是層層往前推嘛。

要是一次性讓大家知道了，趙媛並非趙家的女兒，而是保姆的女兒，爆點一次性放完了，那還有什麼看點呢。

就是得讓大家誤以為趙媛是趙父和保姆的私生女，這水才夠渾嘛。

蒲霜奇怪地朝嘴角揚起的鄂小夏看了眼。

趙媛身上爆發出驚天大八卦，她有這麼開心嗎？

但是話又說回來，以前趙媛要是發生這樣的事，她們兩個絕對先衝出去罵人、維護趙媛。但是現在她們卻都不再站在趙媛那一邊了，反而還有點幸災樂禍——這是趙媛的問題還是她們的問題呢。

蒲霜撇了撇嘴，覺得自己和鄂小夏仍不是同類人。她不屑和鄂小夏為伍。

明溪這邊在回到教室，放下書包時，也知道了這件事。原因無他，哪裡的八卦少得了最愛看八卦的柯成文？

柯成文一見到她，眼睛立刻就亮了，飛快地湊腦袋過來：「趙明溪，論壇那事真的假的啊，妳知道了嗎——」

話還沒說完，被傅陽曦一把將腦袋推開。

傅陽曦不悅地瞪了他一眼，道：「說話就說話，總把腦袋伸那麼長跟烏龜一樣湊過來幹什麼呢，口水都噴到我這裡來了。她剛從集訓那邊考完初賽回來，能知道論壇發生了什麼事？」

「你們在說什麼？」明溪心裡咯噔一下，以為發生了什麼和自己有關的不大好的事情。怎麼自己從下大巴士一路進到教室，就一直聽見有人在議論些什麼。

她看了眼傅陽曦，見傅陽曦沒有要說的意思，她坐下來，又扭頭去問柯成文：「到底什麼事？和我有關？」

柯成文八卦欲熊熊燃燒：「這事說來話長！」

明溪：「你就長話短說唄。」

「快上課了！」傅陽曦不太高興她和柯成文湊得那麼近，抬手按在她腦袋上，將她腦袋擰了回來，嘟囔道：「說話就說話，背對著也能說，扭頭扭那麼厲害，也不怕閃到脖子。」

明溪看著傅陽曦：「啊？」

傅陽曦道：「也和妳沒什麼關係，有關係的是常青班的趙圓，但是那關妳破事？」

柯成文趁機插了句嘴，簡要概括道：「有人在論壇上放了趙媛的黑料！」

三個人正熟練地插科打諢，盧老師進來了，一進來就朝他們這邊恨鐵不成鋼地說了句：「趙明溪，競賽的機會得來不易，妳得好好念書吶！去集訓之前就一直盯著妳隔壁桌看，怎麼集訓回來還是這樣？！」

「要不然我乾脆幫你們換個座位？」

傅陽曦差點拍桌而起，怒道：「盧張偉你不要沒事找事！」

明溪也嚇了一跳：「老師，算了吧……」

兩句拒絕的話竟然異口同聲。

說完這兩句，明溪和傅陽曦同時都有點僵硬。

空氣窘迫。

兩人耳根發紅，作賊心虛，趕緊別開頭，互不相看。

盧王偉正要繼續說話，外面突然傳來一陣騷動。

「怎麼了？」

只見常青班的葉冰老師和一群學生忽然衝到了這邊來。然而和上次不同，這次跟在後面的學生好像只是興奮地想八卦，只是跟著最前面的那個女生衝過來的。

而最前面的那個女生——

盧王偉認出來是常青班的趙媛。

見她臉色蒼白，怒氣沖沖，眼圈發紅，盧王偉頓時心生警惕，有種她是來找他們班學生麻煩的預感，於是還沒等這群人衝過來呢，就一馬當先地幾步衝過去：「幹什麼？！」

「來我們班幹什麼？！」

趙媛死死地從窗戶外面盯著教室後面冒出一顆腦袋的傅陽曦和趙明溪，泣不成聲道：「是你們幹的吧？！簡直欺人太甚！」

傅陽曦的火氣蹭蹭往上冒，桌子一拍就想站起來，不敢置信地指著自己的鼻子：「她剛才對著我說這話？？？是對著我嗎？活不耐煩了？」

明溪剛回教室，還沒弄清楚發生了什麼事，皺了皺眉，在柯成文的指導下，打開了學校論壇。

而還沒等傅陽曦出馬，國際班的一群小弟已經出奇地憤怒了：「什麼鬼，什麼事情都往我們老大身上潑？妳也不看看妳是誰？夠資格讓我們老大多看妳一眼嗎？」

眼看著場面要混亂起來。

那邊從樓梯爬上來一個人，正是趙父的助理李葉。

趙媛見到熟悉的人，眼睛就更加紅了。

李葉西裝革履地走過來，先遞了一張名片給葉冰和盧王偉，然後道：「我是趙宏志先生的助理。是這樣的，我們老闆有事不能來，但這件事也傳到了我們老闆耳朵裡，他讓我先來處理一下這件事。」

走廊上吵吵嚷嚷的聲音立刻靜了下來，都在興奮地八卦。

等待著李葉說點什麼。

這可是代表八卦另一當事人趙宏志的人來了！

所有人的心臟都激動直跳。

人群中有個人忍不住問：「所以，趙媛到底是不是趙父和保姆的私生女？」

「不是。」李葉堅定地搖搖頭：「大家可能不知道，趙媛小姐和趙家沒有血緣關係。」

此言一出，譁然四驚。

李葉繼續道：「趙家只是一直把趙媛當成了親生女兒養。現在她和保姆有親子關係，我老闆和我老闆一家人也是現在才得知。也感到非常震驚，並且讓我把趙媛小姐帶回去，再仔細做次DNA鑑定。」

趙媛臉色一變，呼吸都急促起來，不敢置信地盯著李葉——「沒有血緣關係」這六個字，是誰讓他說出口的？

所以她拚命想要掩蓋的，就這麼被趙父毫不留情地揭開了是嗎？！

趙家人有想過說了這些話後，她還怎麼在學校立足嗎？

什麼鬼？

人群中沒反應過來，有人忍不住問：「沒有血緣關係，那為什麼要當成親生女兒養？」

李葉道：「因為剛出生時抱錯了。明溪小姐成了棄嬰，而趙媛小姐被當成親生的帶回家了。趙家和趙明溪小姐都是受害者！現在得知保姆張玉芬可能和趙媛小姐有關係，我們也很震驚，決定先驗證這件事情真假，若是真的，必定會追究保姆的責任！」

李葉的聲音很清晰，擲地有聲。

這話落下，走廊上所有人瞬間想像了一場大戲。

每一句話都令人瞳孔地震！

換句話說就是，十八年前抱錯了，趙明溪才是真千金，趙媛鳩占鵲巢，但是卻被趙家當成真千金疼愛。

而現在，發現一直待在趙家的保姆，很有可能就是趙媛的親生母親——也就是當年換孩子的那個凶手是嗎？

訊息量簡直太大了！所有人驚駭至極。

李葉努力鎮定。

就在他來之前，趙父和趙湛懷做出了決定。事情發展到這個地步，最重要的當然是保住代表著公司顏面的趙父的形象，不可以讓趙父和保姆出軌這件醜聞再繼續傳下去。

那麼就只有一個辦法——澄清趙父和趙媛也沒有血緣關係。

趙家幾個人現在滿腦子想的都是那張親子鑑定，又哪裡會去想可能是凶手的女兒的趙媛此時此刻的心情。

趙媛臉色煞白地盯著李葉，在這一刻，她明白了，自己成為了被放棄的棋子。

趙家明白這件事必須得盡快解決，本來上次趙湛懷的公司就損失重大，直到現在還沒恢復元氣。若是趙宏志的名聲也被搞臭了，那麼趙氏企業在這個行業內就會遭遇非常嚴峻的信任危機了！

名聲和清譽倒是小事，關鍵是沸沸揚揚的醜聞會影響上下游合作企業對趙氏的評估，不解決掉，損失的可不只是上次的那幾千萬！

因此，與其讓趙氏的董事長成為一個和保姆劈腿的丑角，倒不如把趙氏摘出去——向公眾聲明，趙氏當年女兒被掉包，趙家不知情，趙家一家也是受害者！

所以在李葉來學校走了一趟之後，趙父也立刻命人群發郵件給公司股東，心力交瘁地試圖解釋這件事。

而趙湛懷也一方面讓人去查學校論壇的IP和公司門口的監視器，看到底是誰在故意把這件事情鬧大。另一方面，讓李葉先把趙媛從學校帶回來，然後再去找到那個被開除的張玉芬。

這一次趙家要親自送她們去做鑑定！

在趙家焦頭爛額收拾這爛攤子時，A中學生可謂是看了三年來第一爆炸的八卦！一群人看八卦看得找不到東南西北，就連老師們也面面相覷，不知道該說什麼。

現在趙家重新去做DNA檢測了，二次鑑定結果還沒出來，但是真假千金的事情卻已經坐實了。

「我現在震驚得說不出話來，讓我緩緩……電視劇裡才會發生的事情，現實生活中居然也發生了……」

「如果真的如趙宏志的助理所說的那樣，那麼趙家和趙明溪也太可憐了吧！趙家無緣無故替別人家養了孩子，還花了那麼多錢在根本毫無關係的人身上，你們看到趙媛身上穿的了嗎？雖然不至於是奢侈品，但也都是最潮的名牌，而且聽說她每年寒暑假在國外參加夏令營冬令營的費用都是幾十萬。換了是我——我真的肉疼，甚至還想要趙媛和她親生父母還錢給我！」

「趙家有什麼可憐的，聽那個助理的意思是，兩年前就發現趙媛不是親生的了，他們還要繼續養，這能怪誰？！而且他們家有錢，不用你操這個心！趙明溪才慘吧！無緣無故的，一出生就成了棄嬰！而且我怎麼覺得之前趙家對趙明溪都沒有對趙媛好？！」

「你沒感覺錯……」這話是一個常青班的女生說的，她臉上的表情一言難盡，道：「去年家長會，她們家好像只有幫趙媛開，沒有幫趙明溪開，這事我還記得很清楚。」

「而且現在趙明溪還在住校吧？是趙家不想讓她在家裡住，把她趕出去住校的？！」

說著說著大家更加同情明溪了。

「我的天，趙家真的有病，我收回剛剛對他們的那點同情了。他們全家除了趙明溪以外的人腦子都有洞吧？！對不是自己親生的那麼好，反而對終於認回來的親生的那麼糟糕？！」

「你不懂，養了多年的孩子畢竟養出感情了，而親生的剛回來，難免生疏。」

「所以最可憐的還是趙明溪……」

全校都在議論這件事情。

「趙家」、「趙媛」、「趙明溪」這三個關鍵字出現在校內各種地點，各班教室、男女生宿舍、學生餐廳、操場，甚至連老師辦公室都忍不住提一兩句。

趙宇寧雖然被家裡勒令不准三心二意，別管這些事情好好念書，但是他哪裡有心情好好念書？

一下課就連高一都在說這件事。

還不斷有人興致勃勃地來問他各種問題，譬如說怎麼發現趙媛不是親生孩子的，又是怎麼找到趙明溪的，這兩年不把趙媛送回去，反而兩個孩子一起養，他爸媽是怎麼想的。

趙宇寧被弄得煩躁不已，把書一摔。

現在這些人的問題，就猶如一道一道的巴掌搧在他臉上。

看，這些人都知道其中最無辜的是趙明溪，但是為什麼他和家裡人不知道呢？

正是因為這兩年來他們一家對趙媛的偏愛，才導致現在的趙明溪與他們離心。

這也就罷了，現在還發現趙媛很有可能是那個保姆張玉芬的女兒？！

趙宇寧簡直憤怒到快吐了。

身邊的同學只看八卦，不知道張玉芬平日裡在趙家是什麼模樣，但是趙宇寧卻是知道的。

這個保姆，仗著自己在趙家工作了十幾年，當時趙媛剛出生，她就來到趙家了，於是平日裡對趙家其他員工——司機、王保姆等人，都是莫名有一些優越感的。

趙宇寧素來不大喜歡她，因為她一直只圍著趙媛轉，每次趙媛放學，她都恨不得把趙媛身上的書包摘下來，把趙媛抱到樓上去，生怕趙媛累著一點。

她對趙宇寧倒也不敢不好，只是這兩者之間，難免就有些差異。

但是畢竟只是個保姆，手腳還挺俐落，幹活也勤快，趙宇寧一個大大咧咧的男孩子倒也不至於因為這麼點小事和她過不去。

於是這個保姆這麼多年來吃趙家的、穿趙家的，享受著高薪。

若不是先前因為冒犯趙明溪，剛好被大哥的助理看到，恐怕現在她還待在趙家。

然而就是這樣一個保姆，可能是趙媛的親媽？？？

那麼她對趙媛的那些偏愛，就不是出於盡責，而是出於母愛了？

那麼她對趙明溪的那些不好，都懷揣著惡意了？

趙宇寧現在回想起那些細節，越想越毛骨悚然，越想胃裡越像是被一隻手擰住，狠狠翻攪，噁心得反胃。

假如這件事是真的，那麼他們一家這麼多年來是在家裡僱傭了怎樣一個凶手！

趙媛被趙父的助理李葉帶走之後就沒回來，聽說向學校方面請了七天假，剛好DNA鑑定結果出來的時間也得七天。

而另一個當事人明溪，一整天則收到了來自全校師生的同情的目光。

國際班的小弟們就不說了，平日裡就因為傅陽曦的緣故，對趙明溪多加維護。

現在這一件事曝出來之後，一群小弟看趙明溪的眼神宛如看迪士尼貧窮流浪公主，把明溪的值日做了，幫明溪把桌上水杯的水裝了，還不停有人買零食過來投餵明溪。當然差點被傅陽曦當成是想追趙明溪，臉色一黑嚇跑了。

可能是李葉說的「棄嬰」那兩個字實在震撼人心，全校師生不知道到底想像了多少明溪從小顛沛流離的劇情，可能還有人按照小燕子在翰軒棋社被毒打[5]的劇情來想像，忍不住特地來國際班看明溪身上是否有疤——

結果就看到趙明溪膚白貌美，手腕皓白，有哪門子的鞭傷？

於是一群女生忍不住小聲討論起了趙明溪用什麼護膚品。有人道：「從小生長環境那麼艱苦，也沒什麼護膚品吧，還能這麼漂亮，看來的確是基因問題了。」

盧王偉和六班班導師也心裡十分不是滋味，一臉慈愛地在下課時把明溪叫到辦公室安慰了一番。

5 小燕子在翰軒棋社被毒打，為電視劇《還珠格格》的劇情。女主角之一的小燕子被一家黑心棋社綁架並遭到虐待。

中午明溪回宿舍去拿忘在宿舍的課本，宿管阿姨還特地探出頭把她叫住，眼淚汪汪地遞給她兩塊自己醃製的臘肉，讓她補補身體。

明溪：「……」

這事一直發酵到下午。連常青班都開始有人過來道歉了，在教室外面對明溪道：「對不起，之前嘲笑妳成績，是我們太傲慢，實際上妳經歷了那些，剛來A中就能在普通班考到中游，已經非常勵志了。」

金牌班也有人過來給她比心。是一個一起去參加初賽集訓、沒有參加蒲霜她們扔書包行為的戴眼鏡的女孩子，比心的方式也很酷，對她道：「趙明溪，期待在決賽考場和妳相逢。」

論壇上開始有了新校花後援會。

雖然還沒有之前趙媛的後援會那麼壯大，但是也零零散散，開始形成。

明溪頭都大了！

「太會想像是你們學校的人的傳統嗎？怎麼能從李葉的一句話延伸出那麼多版本的悲慘故事？」

柯成文用紙巾擦著眼睛，哽咽地問：「所以妳小時候真的是棄嬰嗎？」

「也沒那麼慘吧。」明溪無語地看著柯成文根本不存在的眼淚，道：「小時候的事情沒什麼記憶，但是也不至於像論壇說的那樣，遭受趙媛生母毒打什麼的，事實上我從有記憶開始，就跟在奶奶身邊了。也不存在什麼吃不飽穿不暖的情況。」

就是資源的確及不上城裡這些富二代的千分之一。

但是奶奶當然不會讓她凍著餓著，奶奶開了間小雜貨鋪，補補鞋，送送貨，交完學費後，偶爾能買肉，因此趙明溪的童年時期過得還是相當輕鬆的。

明溪對張玉芬這個人根本沒有印象，因此現在趙家要重新做DNA檢測，她也在等一個結果。

如果當年的事情真的和張玉芬有關，那麼張玉芬必須得坐牢。

傅陽曦看著趙明溪，許久沒說話。

他心裡苦苦的，想安慰些什麼，但是又從來沒有安慰人的經驗，於是忽然站起來，把那群小弟買來的零食全搜刮過來，嘩啦啦一大堆放在明溪的桌上，用冷酷的語氣：「妳的。」

接著他把自己的降噪耳機戴在了明溪耳朵上。

銀色的降噪耳機罩住耳朵的那一刻，世界都安靜了。

什麼聲音都傳不到耳朵裡，陷入了一種絕對的真空般的寂靜，只有雙耳感受到被耳機包裹的柔軟觸感，眼睛的視線則落在傅陽曦臉上。

明溪看著傅陽曦，有點哭笑不得，想說這些事都過去了，實在沒必要把她當易碎的花瓶對待。

但轉念一想，男生不都會對柔弱的女生有種保護欲嗎。讓傅陽曦對她產生同情，意識到她是個有胸的女孩子，而非動輒能跑三十圈的小弟，說不定能促使他這種傻直男早日喜歡上自己。

明溪懷揣著這點小心思，往桌子上一趴，將腦袋埋在手臂裡，不說話了。

？？？

哭了？

傅陽曦震驚地看著她。

傅陽曦急了。

完了，除了醉酒那次，還沒見小口罩哭過。

傅陽曦站在旁邊手足無措，想碰一碰明溪的肩膀，但是明溪沒穿外套，就只穿了一層薄薄的毛衣，女孩子的肩膀羸弱而纖細，像是振翅欲飛的蝴蝶。彷彿還散發著些許的香氣。

雙手不用握上去就知道很柔軟，很暖熱。

傅陽曦根本不敢碰。

小弟們在教室裡擠擠攘攘，還有人大著膽子走過來遞紙巾。

傅陽曦暴躁地拉長了臉，一眼把湊過來的人瞪走，壓低聲音道：「湊什麼熱鬧？那麼閒整天嚼舌根，沒事做就先去把外面外班的人趕走！以後我們班也不許再提這件事了！」

「都怪你，你也不准提！」傅陽曦回頭對柯成文怒道。

柯成文：「……」

托傅陽曦的福。

明溪終於得以安靜半晌，國際班不敢再有人提真假千金這件事了。

過了一下，傅陽曦還在絞盡腦汁。

明溪腦袋上的降噪耳機突然被抬起來一點點，傅陽曦的聲音傳過來。

「小口罩，別哭了，我幫妳繫鞋帶行不行？」

傅陽曦竭力想用溫柔和緩一點的語氣，但因為沒溫柔過，以至於說這種話給人的感覺還是「妳讓不讓我繫，不讓我就砍死妳」的嚇哭小孩的語氣。

見明溪不吭聲，傅陽曦手足無措，再接再厲嚇小孩。

「實在不行，跑個三十圈也行。或者妳想吃什麼？」

說著說著傅陽曦就開始咬牙切齒，想去暴打趙家人了。

「再不行，妳想打妳家裡人一頓嗎？或是揍那個叫什麼什麼的保姆一頓。」

明溪嘴角不受控制地上揚，她腦袋繼續趴在桌上埋在臂彎裡，雙腿往右邊側了側，示意，繫吧。

傅陽曦高挑的個子在座位蹲下去實在有點艱難，不過他還是把椅子挪開，蹲下去了。他擰著眉，幫她把打死結的鞋帶解開，然後重新繫成蝴蝶結。

明溪悄悄將腦袋抬起一點，餘光落在傅陽曦的頭頂上，又落在他錦衣玉食十指不沾陽春水的修長手指上，心裡瘋狂心動，也得到了一種異常的、被寵愛的滿足——雖然可能是騙來的。

等傅陽曦繫好抬頭，她迅速重新將腦袋埋了回去。

因為想笑，明溪肩膀瘋狂抖動。

傅陽曦：「……」

這他媽怎麼還哭得更厲害了呢？！

是他哄人的方法不對？！

趙家這邊。

李葉開車將趙媛帶了回去，對趙媛道：「這段時間妳就別去上學了，一來是親子鑑定需要幾天時間，二來是學校的流言蜚語對妳不太好。」

當然主要是前者。

趙家現在一家人都陷入了混亂當中，別說趙家人了，就連李葉都想像不出來，如果是自己，養了一個女兒十幾年，把最好的給她，最後卻發現她是丟棄自己親生女兒的凶手的孩子，會做出什麼行為。

趙媛聽了李葉的話，死死咬著下唇，沒說話。

她坐在副駕駛座上，全程眼前發黑，心臟怦怦亂跳，血液也往腦袋上竄。

她一方面根本不相信張玉芬就是她親生母親的事實，然而另一方面回憶起從小到大張玉芬對自己格外好的那些細節，心中越來越恐懼——

所以，如果她真的是張玉芬的孩子，趙家會拿她怎麼樣？！

很顯然，她是無辜的，爸媽和大哥應該不會遷怒於她。

但是張玉芬當年換了孩子，還來趙家隱姓埋名做保姆，這完全是凶手行為！趙家可能放過張玉芬嗎？！張玉芬的死活姑且不論，張玉芬活該，可是一旦DNA鑑定結果出來，趙家還會像以前那樣把自己當親生孩子照顧嗎？

當然不會了！

趙媛很清晰地看到，自己面臨的是即將失去一切，被打回原點。

不再擁有良好的教育資源、不再有花不完的錢，更無法在同學之間受到追捧。

她無法接受這一切，更無法接受自己只是個保姆的孩子。

這一瞬，對於趙媛而言，就彷彿正看到自己的命運軌跡直直砸落，回到最低的貧窮原點。什麼都將沒有了。

趙媛努力想讓自己冷靜下來。到了現在，只有一個辦法，那就是讓趙家沒辦法做這個親子鑑定，讓他們找不到張玉芬！

助理李葉將車子停在趙家別墅院子外，趙家別墅一片死寂，透著風雨欲來的氣息。

一路上都在李葉的眼皮底下，沒辦法操作，就在李葉關門下車時，趙媛飛快地掏出手機，傳了則訊息給張玉芬。

『我被發現是妳女兒了，為了我好，妳快走，走得越遠越好，不要被找到。』

傳完這則訊息，也不知道張玉芬收到沒有。

趙媛定了定神，下了車，跟著李葉往趙家走。

關於是誰發文的問題，不僅趙家在查，學校裡也都在議論。

「曦哥，論壇上的人懷疑是你發的文！」吃完飯時柯成文刷著手機，忍不住爆笑出聲，而且論壇上的八卦群眾還不敢帶傅陽曦大名，怕帳號不見，或者被找麻煩，紛紛用X代替。

柯成文還要念幾則搞笑的言論。

傅陽曦眉梢便警告性地挑起，把湯匙往餐盤上「啪」地一放：「很有意思是不是？」

「沒沒沒，沒意思。」柯成文只好迅速閉嘴。

明溪坐在傅陽曦對面，將嘴裡的食物嚥了下去，忍不住好奇地問了句：「論壇上說什麼？總結一下。」

柯成文看向傅陽曦。

傅陽曦：「人家問你話呢你啞巴了？」

柯成文：「……」你他媽的你剛剛不准我說，做人能不能別這麼雙標？！

柯成文道：「就是論壇裡的人在查這篇文到底是誰發的，查出來發文的ＩＰ在學校，很顯然是學校裡的人發的，而那幾天趙明溪妳在集訓，所以肯定和妳沒關係。那麼是誰發的？他們就懷疑到了我們班的人上。」

坐在柯成文對面的賀漾道：「很顯然這件事像是別的恨趙媛的人幹的啊，我都懷疑是不是鄂小夏幹的呢，但是鄂小夏有這個本事都可以去幹間諜了。」

明溪看向傅陽曦：「要不要我幫你澄清？」

傅陽曦擺了擺手：「無所謂，小爺我才不在意這些流言蜚語。就是很搞笑，這群人是不是低估了我的品味？換我做這件事，我會用這種匿名畏首畏尾的做法嗎？」

「就是。」柯成文驕傲道：「很顯然曦哥是會讓人開直升機，把親子鑑定影本往下灑的作風。」

傅陽曦財大氣粗地點點頭，得意洋洋地「嗯」了一聲。

明溪：「……」

這有什麼好得意的啊喂！

「反正不管怎樣，在還沒查出來是誰幹這件事之前，委屈你背一部分鍋了。」

明溪說著忍不住把自己盤子裡的牛肉夾過去給傅陽曦。

她抱著一種「喜歡的人嘛，就是想讓他多吃點，長好點」的心態。

傅陽曦看見她夾菜給自己，耳根微紅，但是又立刻夾回去，扔回她盤子裡。

她自己那麼瘦了幹什麼還夾給他？

明溪訝然地看了他一眼，又要夾回去，傅陽曦伸出筷子擋住了她的筷子。

「妳不喜歡吃的就夾給我？我才不要！」傅陽曦竭力掩飾自己的耳根發燙，擰眉怒道：「我是什麼吃剩下垃圾的人嗎？」

明溪只好悻悻地把筷子縮了回來，將牛肉放進自己嘴裡。

這是什麼沒開竅的直男？連喜歡他、對他好都看不出來。

之前都是明溪和賀漾兩人在學生餐廳吃飯，而傅陽曦和柯成文大多出去吃，或者十分不健康地叫外送。

但是自從明溪和他們打成一片之後，四人就經常一起吃飯了。

而姜修秋大多情況下都和不同的女孩子一起吃飯。

吃完飯，傅陽曦吊兒郎當地站起身，拿起自己的餐盤，又拿起趙明溪的。

明溪看他敞著外套，拉鍊一晃一晃，就怕餐盤的油滴到他身上去，也怕餐廳地面太滑，他平衡不穩摔跤，趕緊走過去，把自己餐盤接了過來，道：「不用紳士風度了，你收拾你的就好。」

說完明溪拿著自己的飛快去餐盤處理區倒掉了。

傅陽曦站在她後面：「……」

這是什麼一根筋直女？連喜歡她、對她好都看不出來？！

賀漾和柯成文在更後面對視一眼，想要一腳踹飛面前的狗糧。

雖然這兩人還沒在一起，但是為什麼總感覺已經在吃他們的狗糧了？

第二十一章 揍情敵

「什麼？！張玉芬已經不在她之前的賓館了？沒找到人？！」

趙父晝夜裡積壓的怒氣如火山一樣爆發了，每一根頭髮絲都充斥著狂躁和怒火：「為什麼找不到人，一個保姆而已，很難找嗎？！她之前來工作的時候所有的聯絡方式不是都有登記嗎？電話號碼、緊急聯絡人呢？住址呢？！你們光會吃飯不會工作？！」

底下的人被他吼得戰戰兢兢不敢說話。

大多時候趙宏志還算是一個通情達理且較為寬厚下屬的老闆，薪水開得夠高，但大約這次事情實在是鬧得太大了。

找不到張玉芬，趙宏志的名聲就完蛋了。

圈子裡的確有出軌的人，但是都沒有影響這麼惡劣的——尤其是和年長的保姆出軌，將私生女放在家裡養育十八年。

因而趙宏志暴怒到血壓直線上升，也是情有可原。

「她填寫的住址是一處偏僻小山村的地址，靠近桐城附近的山上，我們已經加派人手去找了。至於她的電話，現在打過去是無訊號，恐怕她是將手機卡扔掉逃走了。」

「打不通？！我來打！」

幾聲嘟嘟嘟之後，果然傳來無法接通的人工語音。

趙父氣急敗壞地將手機砸在對面牆上，四分五裂，摔在地上。

客廳裡的人都下意識震了一下。

「逃走。」趙父如困籠裡無處發洩的鬥獸，咬牙切齒地念著這兩個字。

「很好，居然逃掉了。」

每念一遍，在場趙家人的血液都往上竄幾分，憤怒的情緒在每個人的大腦裡蔓延。

假如張玉芬無罪，這件事只是一個誤會，只是趙家的哪個仇人想出來的陷害方法，那麼，張玉芬為什麼要逃？

她現在逃走了，也就意味著，趙媛她們學校論壇上的文章內容與那個真相無限接近。

趙父暴跳如雷道：「那就繼續找！」

趙湛懷也對保全公司下了最後通牒：「務必要在三天之內找到。」否則三天之後，事情可能已經發酵到了無可挽回的地步，所有人心中都已經留下了他父親亂搞的印象。這就是造謠一句話，闢謠跑斷腿。

保全公司的人走後，趙父還是心急如焚。

趙湛懷眼看著他高血壓就要發作，可能會住院，趕緊倒了杯水給他：「您要不要先去休息下，剩下的事我來處理。」

「我怎麼睡得著？」趙父揉了揉眉心，只覺得自己印堂發黑：「最近真是諸事不順，你那邊也損失了大大小小兩三個專案，我這邊也亂成這樣！股東那邊已經把我的電話打爆了，晚上我還得去開個會。」

話說到這裡，他心裡忽然咯噔一下，忍不住看了進門之後，就一直臉色發白站在旁邊不敢說話的趙媛一眼。

雖然很不想去懷疑，但趙父已經被最近的事折騰瘋了，他收回視線，對趙湛懷嘀咕道：「張玉芬就是一個保姆，待在我們家十幾年了，整天就是買菜打掃衛生，手機還是幾年前的舊款，網路都不怎麼會用，是有人通風報信嗎？不然她怎麼會知道發生了這麼大的事，居然還能及時逃走？」

趙父的聲音不大，但中氣很足，趙媛自然聽見了。

不得不說趙父繼承家業後，利益能滾雪球般越賺越多，還是有幾分敏銳性。

趙媛抹了下眼淚，沒有開腔，知道自己這時一開腔就完了。

坐在沙發上的趙母見了，有些不忍心，趙媛到底是她親手養到大的，也沒有辦法見到趙媛這麼淚如雨下。

她對趙父道：「好了，別神經兮兮地懷疑什麼了，這家裡能有誰給張玉芬通風報信？再說，現在張玉芬到底是不是媛媛的親生母親，還未必可知呢。萬一這件事完全是造謠，是你生意場上得罪了誰呢？對方就是為了不讓你洗白，拖延時間把張玉芬轉移走也是有可能的。」

趙父沒心情應付趙母，煩心地擺擺手，道：「妳和趙媛兩個人都上樓去。」

說完，趙父盯向趙媛：「妳這幾天先待在家裡自習。」

趙媛含淚點了點頭，從沙發上站起來，身姿如弱柳扶風。

趙父和趙湛懷目送她上樓，都能看出來她最近瘦了不少，但卻都沒有心思再關心。

趙媛回到房間裡，將門關上，靠在門板上，心緒已經亂成了一鍋粥。

事情從集訓回來之後就已經走向了一個完全無法預料的方向。

在集訓之前，家裡人還只是因為趙明溪的離家出走、以及親耳聽聞蒲霜她們對趙明溪的惡劣，而對她心生隔閡。

她以為自己還能扳回一局。

但是萬萬沒想到，集訓一回來，居然爆出了這麼大的新聞。

什麼趙父商業上的競爭對手，趙媛是完全不信的。

那論壇上的文章完全就是針對她的。

而且還很會找她的痛點——讓趙家人知道她是張玉芬的女兒，比告訴全校人她只是個假千金，這一棍更加來勢凶猛。

趙媛真的想不到這麼卑鄙的事情除了是趙明溪和傅陽曦幹的，還能是誰。

而且還有一個最大的問題是，她和張玉芬到底有沒有血緣關係？

趙媛非常害怕，以至於渾身血液冰涼。

她抱住自己雙肩在地面上坐了一下，咬了咬牙，掏出手機，想傳訊息給張玉芬，讓她滾得越遠越好。

但是掏出手機那一刻，卻立刻想到不能再傳了，保全公司的人說張玉芬的手機已經打不通了，現在再傳訊息，說不定會被人發現。

想到這裡，趙媛立刻抖著手將訊息全部清空，然後將張玉芬的手機號碼也封鎖並刪除。

做完這些還不夠，她膽戰心驚地將手機還原成原廠設定，直到不留下任何蛛絲馬跡。

圈子不大，何況傅陽曦還特地關注著這件事。

晚上消息就傳到了他的耳朵裡。

「跑了？」傅陽曦停下了吃蘋果的手，將蘋果扔進垃圾桶，皺起了眉：「是不是有人通風報信？」

電話那邊道：『傅少，需要去三家電信公司查一下嗎？』

「查，當然得查。」傅陽曦想了想，又道：「還有，查一下這個保姆之前五十年的履歷，籍貫哪裡，有沒有其他犯罪紀錄，對以後加州有幫助的都要全方面查到。然後查一下她最後這幾天的提款紀錄，她要跑，總得先取一筆錢吧。她是不是沒有護照？應該還在國內，那麼就只能坐高鐵或者長途客運了。跑不遠的，最遲後天就要把她找到。」

『找到後呢？』

「送去趙家，我倒是想看看趙家到底要怎麼處置。」

傅陽曦道：「還有高律師最近是不是出國了，讓他火速回來帶著律師團候著，等人找回來就是法庭見的事情了。」

傅陽曦今天一天表面都很平靜，語氣也很冷靜，但心裡恨不得讓這保姆碎屍萬段。

電話那邊應下，過沒多久，似乎是聯絡上了趙家那邊，對傅陽曦道：『傅少，我們把一部分資料發給趙湛懷了。趙湛懷打來電話，說想道謝。』

「幫的不是他，不想和他說話，晦氣。」傅陽曦冷冷道，直接掛了電話。

掛了電話，傅陽曦心中的那口鬱悶之氣終於得以舒緩。

他躺在沙發上，屈起一條長腿，點開和趙明溪的對話方塊，不知道她現在睡了沒有，他想傳點什麼過去，但是絞盡腦汁又不知道該說什麼。

訊息停留在今天早上，趙明溪問他吃什麼，他就把自己吃的早餐找了一個好點的角度拍了張照片傳過去，接下來兩人隨意聊了幾句去學校的時間。

傅陽曦往前翻聊天紀錄，發現不知道從什麼時候起，兩人聊天的次數開始多起來了，對話內容也開始多起來。

趙明溪還會主動問他一些別的事情了——比如集訓時問了次洗衣粉洗不掉衣服上的油漬怎麼辦。

見鬼的，這種事他怎麼知道？

他都沒洗過衣服！

於是當天他火速跳起來差點扭到腳，打開電腦搜尋了一小時，把各種辦法總結一下成了萬字文件檔案傳給她，甚至開始考慮要不要讓人送洗衣粉過去，或者把這個當作藉口親自過去。

但是就在他考慮時，小口罩一句鋼鐵無敵直的「太感謝了，那我明天洗，先睡了」把他打回了冬風瑟瑟中。

「……」他俊臉立刻開始發燙，為自己想要半夜跑過去的衝動想法感到頭腦發熱，這樣豈不是會嚇到她？

總之，傅陽曦也沒那麼遲鈍，他能夠發現，趙明溪現在傳給他的訊息，不再是剛開始轉班時那種非常沒營養的、彷彿把他當機器人帳號測試的三個句號了。

她清晨通常起得比較早，如果下雨，她會傳訊息讓他帶傘。

如果在社群上看到什麼好玩的梗，或者在路上看到什麼有趣的事情，也會和他分享。

傅陽曦一面快樂著，但一面又患得患失不敢多想，生怕又是上次那種情況。

比起從沒擁有過，更讓人難受的是從天堂掉入地獄。

此時此刻，傅陽曦這邊拿著手機，在聊天對話方塊打兩個字又刪掉，糾結的程度不亞於那邊的趙明溪。

明溪坐在檯燈前，打算傳訊息給他，結果就見他一直處於「正在輸入中」的狀態。

明溪打算看看他想傳什麼，於是等了十幾分鐘。

一邊等一邊又刷了一套題，他還沒傳過來。

於是明溪又去洗了個頭髮，吹頭髮時忍不住拿起手機一看。

對方還是在輸入中！

？？？

傅陽曦是要發表總統競選演講嗎？

明溪看了眼桌上的鬧鐘，都已經一個小時了，他還在打字？？！

傅陽曦那邊還在冥思苦想該怎麼安慰人，明溪的訊息就猝不及防地跳了出來。

趙明溪：『怎麼了？』

傅陽曦嚇了一跳，手機直接沒拿穩，劈裡啪啦地摔下沙發。

他人也翻下去，面紅耳赤地伸長了手一撈。

撈起手機後，怕趙明溪下一句就是「睡了晚安」，於是他顧不上擦掉手機上的灰塵就趕緊火急火燎地回了句：『妳怎麼還沒睡？！』

那邊明溪覺得傅陽曦對「睡覺」這件事格外執著，上次也是，自己打算傳訊息，他立刻讓自己去睡覺。

她以為傅陽曦又要跟個老父親似的催，連忙道：『馬上就睡了，晚安。』

傅陽曦：「……」

看吧，自己每次找她，她就立刻說要睡覺。

傅陽曦心裡好苦。

他突然酸溜溜地想知道要是沈厲堯傳訊息給她，她會在五秒之內說要睡覺嗎？

明溪雖然說要睡覺，但還是每隔一秒就看傅陽曦有沒有傳訊息過來。

下一秒，手機亮起，傅陽曦傳來了訊息。

明溪心裡立刻悸動了一下，嘴角不由自主地彎起，趕緊點開。

『最近的事，妳沒有什麼話要說嗎？』

傅陽曦剛剛瘋狂搜索了一堆如何安慰人的辦法，得知最重要的三個步驟就是傾聽、共情和解決，先去傾聽女孩子的壓力和委屈，然後站在她的角度解決問題。

他打算先作為一個成熟的男人，聽小口罩訴訴委屈。

而那邊明溪擦著頭髮的手頓時一頓，盯著傅陽曦傳過來的這一行字，她眼神一滯，臉色莫名有些發燙——什麼意思？最近的事？最近發生了什麼事？！也就送了他一條髮圈，然後上課時忍不住盯著他看了呀。

難道被發現暗戀他了？！

明溪心跳頓時急促起來，屁股發虛地坐在床上，盯著手機手足無措。

因為上次追沈厲堯的失敗經驗，明溪其實也不敢貿然表白。

就在明溪回覆之前，傅陽曦的下一則訊息跳了出來。

『我是指妳如果有什麼不開心的事，講出來會好很多，不要憋在心裡。』

「……」

明溪在鍵盤上打的一大堆「你什麼意思你是猜到什麼了嗎你能不能把話說明白點」瞬間刪除。

這人知不知道她剛才心都跳到了喉嚨！

明溪長長吐出一口氣，捂住心跳，感受到了一種坐雲霄飛車般刺激的感覺。

她恨不得捶傅陽曦一頓：『你打字能不能一次性打完？』

傅陽曦：『怎麼？嫌小爺我打字慢？』

他費了好大力氣才磕磕絆絆地拼出這一句長這麼大從沒這麼溫柔過的話來。

她還嫌棄他打字慢。

就沈厲堯打字快唄，死章魚。

明溪知道傅陽曦也是擔心趙家的事情影響自己的狀態。

她想了想，才認真地回：『曦哥，我真沒事，我很好，明天的太陽照常升起，明天的小鳥也會叫，有你們這群朋友在，我沒什麼不好的。』

傅陽曦看著她這近乎自暴自棄的發言，只覺得她心情肯定糟糕，說什麼很好都是騙自己的。

然而她又不和他說！

他到底該怎麼辦？

這樣的事情以後肯定還很多，可偏偏他長這麼大最不擅長的就是安慰人。

傅陽曦恨不得立刻半夜就去報一個「如何安慰人」班。

傅陽曦心情急躁地站起來，繞著六十坪的公寓走了兩圈。

然後腳步頓住，靈光一閃。

作為一個成熟男人，他轉了一筆錢給明溪。

那邊的明溪看到手機上方彈出一則通知，不敢置信地瞪大眼睛，點開反覆數了一下到底有幾個零。

等數清楚後，她吸了口氣。

『？？？』

明溪震驚了：『你轉五十萬塊給我幹什麼？』

傅陽曦：『存款零頭太多，看著礙眼，不如妳幫我花掉。』

明溪：「……………………」

對不起，白天沒有因為趙家的事情生氣，晚上因為您這句話拳頭癢了。

翌日，關於趙媛和趙明溪真假千金的話題還沒散去，甚至越演越烈。

幸好其中一個當事人趙媛請了一週假沒來學校，否則上至高三下至高一，絕對有一大群人要來瞧瞧趙媛現在是什麼感受。

而感到非常離譜的是常青班的這一群人。

大家都緩過神了。

「按照趙媛她爸——不對，現在是養父，她養父的助理的說法，兩年前他們家就已經把趙明溪帶回來了，並且，全家人包括趙媛本人都已經得知了她並非親生的、趙明溪才是真千金的事情。那趙媛她這兩年為什麼還能若無其事聽著我們對她的誇獎？上次我誇她的新包包好看，她家裡給的零用錢真多，她臉上根本沒有任何心虛的表情啊！」

「何止是這樣，我們班不是還傳過趙明溪是私生女的謠言？趙媛聽見了這一點，也沒否認過吧。這種中傷趙明溪的小道說法到底是從哪裡傳出來的？」

「還有還有，之前鄂小夏針對趙明溪的校花投票事件，她是不是也說過趙媛表面一套背後一套？只是當時大家都站在趙媛那邊罷了。」

女生們八卦八卦著，心思細膩地揪出了更多的細節。

有一部分男生抱著對趙媛的好感，覺得女生們太過敏感。

但是也不太好說什麼，因為事實上就是，趙媛對待他們男生也是十足的利己主義——上次路燁幫了她，還遭到了他老爸的一頓毒打，雖然最後事情聽說是失敗了，但是她也不能立刻就撕了路燁的電影票吧？！一點顏面都不留？！

路燁從頭到尾像隻卑微的舔狗，失魂落魄了好幾天。

當時因為趙媛是趙家的千金小姐，一十男生也沒有立場去指責，只覺得可能並非故意的，只是有錢人的心高氣傲。

但現在只覺得好笑，既然她自己都知道自己是冒牌貨，哪裡來的底氣心高氣傲？

鄂小夏聽著班裡這些女生的議論，心中只覺得出了口惡氣。

天知道這兩三個月她在班裡簡直像是被趙媛帶頭孤立了一樣！

背英語單字沒有人願意和她一起！吃飯沒有人願意和她一起！甚至除了苗然，全班男生女生都不會和她說任何一句話！

就連體育課上打排球強制性分組都沒人和她一組！當老師奇怪地問過來，沒有一個人幫她，她只能無措地站在原地腳趾頭摳緊時，趙媛感受過她的心情嗎？！

鄂小夏深吸了口氣，朝那幾個小聲議論的女生走過去，嘗試著和她們恢復以前的關係，打了聲招呼：「妳們在聊什麼？能一起聊嗎？」

誰知道那幾個女生見了她，還是宛如見到什麼毒蠍一般，迅速收拾課本出了教室。

鄂小夏：「……」

他媽的，為什麼？

傅陽曦今天上午也沒有和往常一樣趴在桌子上睡覺，他戴著降噪耳機，暗地裡背著趙明溪刷著論壇。

傅陽曦以往的確是從不踏進論壇半步，只覺得烏煙瘴氣耽誤他的睡覺時間，然而自從在論壇上看見大範圍的趙明溪和沈厲堯的緋聞後，他就註冊了一個亂碼的小號，是論壇的常客。

他一邊看一邊氣得心臟疼，但隔段時間又忍不住戳進去找虐。

這段時間風向似乎有點轉變。

因為小口罩和沈厲堯的交集少了，那群愛看他們八卦的人也變少了。轉而有一小部分人八卦起了他和小口罩。

傅陽曦揚起眉，竭力控制住自己得意洋洋的表情，低著頭就點開了那些有關於自己和小口罩的文章。一邊看那些人「意淫」，一邊嘴角上揚到太陽穴。

然而刷著刷著他很快就不滿起來。

憑什麼？

自己和小口罩的討論量少也就算了，零星幾篇文宛如雨後秋霜般凋零也就算了。

就連意淫，這些人意淫得都沒有小口罩和姓沈的來得有感覺！和姓沈的有大量細節故事，同框照片也一大堆，和自己居然連幾張同框照片都沒有！這不科學！

傅陽曦還沒嗑到一點關於自己和趙明溪的糖，就已經把自己再一次氣得七竅生煙了。他心臟肺臟肋骨都生疼，很快扭過頭，瞪了柯成文一眼。

柯成文正寫著作業，一頭霧水。

傅陽曦揚了揚手機。柯成文會意，迅速頂著講臺上老師的壓力，掏出自己手機看了眼。

傅陽曦：『你看看論壇，我和趙明溪一張照片都沒有！這是為什麼？我他媽不比姓沈的上鏡嗎？為什麼沒人拍我！』

柯成文不敢說三年前開學第一天就有女生偷拍過你，只是還沒等第二天你就讓人把照片刪除了，並且向對方發去了律師函警告，還把對方女孩子嚇哭了！

才過去三年這種事情傅少您都忘記了嗎？你腦子是草履蟲嗎？！啊？！

當然柯成文只敢在心裡如馬景濤咆哮般崩潰一下，他老老實實地回：『要不然我找個機會找個角度幫你們偷拍一下？』

傅陽曦不想表現出自己對他的回答很滿意，只高冷不帶標點符號地回了一句：『你看著辦』

柯成文秒懂。

他的看著辦的意思就是現在立刻馬上聯絡論壇的人，把沈厲堯和趙明溪的照片該清空的清空，該刪除的刪除，如果能強制性換成他和趙明溪的照片，那是最好的了。

柯成文心裡吐槽，這和按頭逼人嗑CP有什麼區別？

但柯成文不敢說，他立刻照辦。

傅陽曦幫柯成文找了點事做，又切回論壇上去，實在按捺不住心頭的火。和幾個說「沈厲堯和趙明溪天生一對」的人開始大戰三百回合。

『你們到底在說什麼屁話？趙明溪都說了她不喜歡沈厲堯了，你們聽不懂人話嗎？？？？』

四個問號代表傅少真的出奇憤怒了。

他發完以後才意識到，小口罩雖然親口說過不喜歡沈厲堯了，但是知道的人好像不多。

論壇上這群人就不知道。

全校都不知道，還在繼續編排他們。

傅陽曦側頭看了低頭專心刷題的小口罩一眼，又繼續去盯著論壇上那些他們同框的照片，想著想著，他就感覺自己現在像男小三，還是那種沒上位成功、正在擠破頭絞盡腦汁想上位的，心裡就酸得不行，也委屈得不行。

但他總不能，按頭讓她去論壇上澄清一番。

明溪正刷著題，就餘光感覺到今天的傅陽曦又生無可戀了。

他耳機一戴，誰也不理，趴在桌子上埋頭睡覺。

那顆漆黑短髮刺蝟頭每一根髮絲都寫著「毀滅吧渣渣」。

他這麼高挑的個子，在座位上睡覺真的很不舒服，明溪想著有機會一定要好好搞清楚他為什麼晚上總是睡不著。

正在上課，明溪也不好問，於是趴在桌上，小心翼翼湊過去，小聲問：「怎麼了？是不是一大清早起來心疼錢了？我就知道，我轉給你。」

傅陽曦：「……」

她的氣息落在他耳朵上，他耳朵都紅了，還以為她要說什麼呢，結果就聽到了一句和「肚子疼嗎，多喝熱水啊，那我先打遊戲了哦」氣人程度不相上下的話。

「……」

明溪只覺得傅陽曦氣壓更低了。

她撓了撓頭，那麼這筆錢是該轉回去還是不該轉回去呢。

金牌班雖然大多數人注意力都放在念書和競賽上，但是對於趙媛這件事也有討論度。

沈厲堯兩天都心不在焉。

他緊抿著唇，第一次在課堂上盯著手機看。

他在猶豫怎麼去和趙明溪談這件事。

他家和趙家是世交，所以趙媛和趙明溪的身分關係，他兩年前就知道。

只是這件事當時對於趙家來說是醜聞，於是趙家並不願意爆出來。

這兩年他也裝作不知道，只是受了董阿姨叮囑，多照顧趙明溪一二。

手指按在對話框上，傳出去的卻全是紅色驚嘆號。

沈厲堯這才反應過來，趙明溪為了不再和他產生任何聯絡，已經全方位把他封鎖了。

正如她所言，他不再去試圖進入她的生活，他們之間朋友還有得做，他如果再像上一次那樣利用董慧將趙明溪找出去，她便會將他從朋友列表也清除。

那麼，真的再也回不到過去了嗎？

沈厲堯的人生字典中，第一次出現了「不甘心」這三個字。

下課後，葉柏在旁邊嘰嘰喳喳地叫嚷起來：「堯神，你查查ＩＰ，論壇上這個用戶95835968的是什麼品種的傻子，一直按著我的頭，逼我承認趙明溪不喜歡你了！」

「話說這件事沒幾個人知道吧？他怎麼知道的，還是他臆想的？！還沒到終點呢，你和趙明溪的事情怎麼能由他說了算？！」

「我為了和他大戰三百回合，一上午沒認真聽姜老師講什麼，氣死我了！」

沈厲堯不耐煩地瞥了葉柏一眼，沒有理會。

葉柏也察覺到沈厲堯的心煩了，頓時訕訕，也識趣地沒再哪壺不提開哪壺了。

柯成文家裡的企業都受到傅氏的照顧，和傅陽曦做朋友，簡直就是抱住了金大腿。

於是他的辦事速度一直都相當快速。

中午吃飯的這點時間他就去找了一趟學校論壇的幾個負責人，並且還趁機在傅陽曦和趙明溪並肩去學生餐廳時，猥瑣地跟在後面，拍了好幾張兩人同框的照片。

因此下午第二節課時，就有一部分人發現論壇上很多討論趙明溪和沈厲堯之間粉紅泡泡的文章被全面刪除了，宛如嚴厲打擊網路犯罪活動一樣，消失得簡單粗暴不留半點痕跡。

很多人覺得莫名其妙之後立刻感到不悅，還有沒有一點言論自由了？？？

嗑沈厲堯和趙明溪這一對的人也感覺自己的家一瞬間被摧毀了。

高中生活一點八卦的樂趣都沒了。

尤其是葉柏，上午大戰三百回合後，下午還想繼續罵那個大傻子。

結果就發現他和對方差點打起來的樓層不見了？

就這麼不見了？

什麼情況？！

葉柏發現不見了，立刻找上了沈厲堯。

沈厲堯也皺了皺眉。

這邊傅陽曦則剛誇完柯成文的辦事速度，就忍不住鬼鬼祟祟，背著趙明溪，對著牆角，登錄自己的小號，上論壇看了眼。

看到沈厲堯和趙明溪的那些歷史照片被清空了，他心情終於舒爽了一點，頭也不回地對柯成文豎了個大拇指。

然後他就開始翻找柯成文新發的有他和趙明溪照片的文章。

他嘴角得意洋洋地拽起，搓了搓臉，努力讓自己正常點，不要讓小口罩發現。

結果，本來以為會在文章裡看見一大堆「我靠，這是什麼神仙ＣＰ顏值！」「我靠太登對了！」「我靠我嗑這一對了！」可他看見的卻是「什麼鬼，和沈厲堯的文章不見了，就變成了和校霸的這幾張背影照片？」

傅陽曦：「……」

『和校霸的這幾張，誰偷拍的呀，敢偷拍校霸，找死了不是？以為校霸頭髮染回黑色就從良了？而且連背影都看得出來沒有任何ＣＰ感啊！』

傅陽曦額頭青筋暴起：這位網友你是有火眼金睛連背影都能分辨出來有沒有ＣＰ感是吧？那是不是要頒個獎給你送你上月球讓你看看火星和地球有沒有ＣＰ感？

『而且標題掛羊頭賣狗肉吧，說是神仙ＣＰ，我還以為是堯神和校花，才點進來看呢。』

傅陽曦：你是不是瞎這也能看錯點進來？

『那位爺不好惹，脾氣太爆了，不適合我們小仙女。』

傅陽曦：怎麼就不適合了我也沒那麼差吧？

『樓上加一，而且他根本不會體貼人吧，為什麼現在邪教這麼多啊？』

傅陽曦臉色已經徹底發黑了：我和小口罩是天造地設的一對，輪得到你來叫囂邪教？？？！！！

傅陽曦強行忍住自己的怒火，努力按捺住讓自己不要去噴這些人。

但是深呼吸三分鐘後，他還是忍不住，這他媽誰能忍得住？

這群人都有眼無珠吧？！

他開始在手機上劈裡啪啦地瘋狂打字。

明溪根本不知道他到底在幹嘛，就只見他今天一天都沒睡覺，明明頂著兩個黑眼圈還沉迷於網路，而且看起來還很憤怒，看起來像是要和誰約架。

明溪覺得自己簡直是烏鴉嘴。

她前腳剛覺得傅陽曦像是要和誰打架，後腳今天最後一節課的體育課，她正在教室裡偷懶做題，就聽見外面有傅陽曦的小弟跑進來，說她們國際班和金牌班的男生打籃球時，發生衝突，打起來了！

讓教室裡的男生趕緊下去助陣！

明溪迅速站起來：「那傅陽曦呢？」

「大——」小弟把差點脫口而出的兩個字收了回去，變成：「大明溪，妳趕緊下去勸架，曦哥現在正在按著隔壁班的沈厲堯打。」

明溪：「……」

大明溪是什麼鬼？

二十分鐘之前。

金牌班和國際班的場地互不干擾，籃球場也是分在鐵網兩邊的。

但是沈厲堯打著籃球，就發現鐵網對面的傅陽曦脫了外套擦汗，露出來的白皙手臂上戴著一條黑色水晶的髮圈。

沈厲堯手中動作頓時一頓，腳步也停住，心裡忽然突突直跳。

他忽然放下籃球，徑直抬腳，繞過鐵網朝對面走去，死死盯著傅陽曦手腕上戴的東西——如果他沒看錯的話，那不是曾經出現過在趙明溪頭髮上的東西？

越走近，沈厲堯越能辨認出，那的確就是趙明溪的東西。

是傅陽曦自己搶過去的？他那種校霸，無惡不作。

還是趙明溪自己送的——

不，這一點絕不可能。

沈厲堯無法描述自己此時此刻的心情，只感覺一直以來繃緊的那根理智線即將斷裂。

他一走過去，葉柏和越騰等幾人生怕發生什麼衝突，也連忙跟著過去。

幾個人一走過去，傅陽曦那邊自然注意到了。

傅陽曦看沈厲堯不爽很久了，心裡早就憋著一股來自於情敵的火氣，要不是顧忌趙明溪的感受，他那天從學校資訊部出來，扭頭就要去拎著沈厲堯揍一頓。

現在沈厲堯還敢過來？找死？

傅陽曦手中籃球往地上一砸，彈出三公尺高，他抱起手臂盯著走過來的沈厲堯，瞇起的眼神冷冽囂張。

見沈厲堯一直盯著他手腕上的東西，他刻意活動了一下手腕，把手臂上的東西炫耀給沈厲堯看，嘴角拽起一個弧度，冷冷道：「怎樣？找架打？」

捲起袖子後，他頓時又覺得沈厲堯不配看，於是琢磨了下，又把袖子放下來。

小口罩送的東西，被沈厲堯盯著看了好幾眼，傅陽曦覺得虧了。

他火冒三丈：「看什麼看，再看挖了你眼睛。」

「這是你從趙明溪手裡搶過去的？」沈厲堯強忍住怒氣：「你欺負別的女孩子也就算了，你憑什麼欺負趙明溪？還讓她替你跑圈跑腿做甜品？」

旁邊的柯成文也急忙和一群小弟走過來。

傅陽曦懶得和沈厲堯在這一點上多說，但柯成文忍不住冷哼一聲解釋：「金牌班的別以為有好分數就能傲慢，你哪隻眼睛看見我們曦哥逼迫趙明溪了？」

沈厲堯幾乎是壓低聲音吼：「別以為有錢就能仗勢欺人！那不然她為什麼要為你做這些？！」

傅陽曦冷冷道：「關你屁事。」

沈厲堯心裡有個一直被他自己強行忽略掉的聲音，告訴他，趙明溪是不是不僅不再喜歡他了，而且還喜歡上了傅陽曦？否則為什麼她上次拉著傅陽曦走掉時，也沒回頭看自己一眼？

想到這一點，沈厲堯的胃彷彿被一隻手擰住。

而且他很懷疑傅陽曦可能不知道搶走女生髮圈是什麼意思。

這個人，太惡劣了，趙明溪絕不能喜歡他。

「我認識趙明溪的時間，遠遠比你久。」沈厲堯忽然沉沉道：「趙明溪剛從桐城來這裡時，第一天我們就見面了。」

他不知道自己是以什麼心情說這番話的，或許是妒忌，又或許是被趙明溪和眼前這個人刺傷，於是想刺傷眼前這個人。

沈厲堯譏諷地道：「第一天見面你知道是在什麼地方，她穿什麼，怎樣的天氣，她見到我的第一個表情是什麼嗎？」

傅陽曦盯著沈厲堯，胸膛起伏，拳頭緩緩捏了起來。

「趙明溪以前做甜品給我的時候，你認識她嗎？你甚至都不認識她，她兩耳不聞窗外事，一心只圍著我，也不知道你這號人物。」

「你是不是找死？」傅陽曦牙縫裡擠出這句話，臉上宛如結了一層冰霜，雙眼發紅地盯著沈厲堯，神情冷得可怕。

柯成文和葉柏等人只覺得兩邊忽然開始劍拔弩張起來，氣氛一瞬間緊張到極點。

「而且你這一頭黑髮，莫不是學——」

沈厲堯還要說什麼，臉上就挨了一拳，傅陽曦將他過肩摔在了地上。

「堯神！」

「我靠，敢打曦哥！」

兩邊一觸即發，頓時混亂大戰起來。

明溪跟著小弟跑過來時，看到的就是已經被強行分開，還在蹬著長腿試圖踹死對方的兩個高挑少年。

到底發生了什麼事，居然打得這麼凶？？

明溪嚇了一跳，視線顧不上去掃沈厲堯，第一眼就落到了傅陽曦身上。

傅陽曦長袖微微凌亂，短髮也凌亂，眼眶發紅，像隻受傷的小豹子，拳頭攥緊，指關節看起來還出血了。

明溪心驚膽戰，立刻衝過去，抬手碰了碰他的臉：「沒事吧？沒事吧，啊？」

傅陽曦還在瞪著沈厲堯，一副恨不得咬死對方的樣子。

確認傅陽曦臉上沒事後，明溪又迅速撩起他的衣服看了下，見他肋骨上也沒任何瘀青，明溪才鬆了一口氣，好像只是指骨上擦破了皮。

眾目睽睽下她當眾掀傅陽曦衣服：「……」

「走走走，先去擦藥，趁著教務主任來之前。」明溪拉著傅陽曦就想走，見拉不動他，她對柯成文道：「你們能不能把他拖回教室？」

那邊的沈厲堯見到這一幕，身上疼痛，心中卻更加刺痛無比，他沉沉開口：「趙明溪。」

明溪這才意識到那邊和傅陽曦打架的沈厲堯。

她轉過身去，掃了沈厲堯一眼。

不掃不知道，一掃心中突突跳了下。

沈厲堯嘴角出血，衣服上還有好幾個鞋印，熟悉傅陽曦幾十雙鞋的趙明溪一眼就看出來了，是傅陽曦穿的鞋。

沈厲堯太陽穴旁還有一塊青紫，看起來比傅陽曦狼狽多了，慘多了。

但是……傅陽曦拳頭可是出血了啊！

明溪沒意識到自己偏心偏到天涯海角了，沒理沈厲堯，拽住傅陽曦的手臂就把他往教室拖：「打架的事情等等再解釋，先擦藥，愣著幹什麼，走了！你們把他丟在地上的外套拿一下。」

校競隊的一群人眼睜睜看著明溪的視線從沈厲堯身上掃過去了，就這麼掃過去了？？

靠！也太偏心了吧！

旁邊圍觀的其他班的人都驚呆了！趙明溪是不喜歡沈厲堯了嗎？

這看起來分明就是移情別戀了啊！

眾人紛紛面面相覷，感覺自己之前是不是聽了洗腦包——這哪裡看得出來趙明溪喜歡沈厲堯？

反而喜歡傅少才對吧？？？

而傅陽曦被趙明溪吼了一句，心裡本來委屈得不行的小鳥下一秒眼淚就要掉下來。

可隨即他手臂被明溪拖住，往教學大樓那邊拖。

溫熱從手臂傳來。

傅陽曦冷不丁意識到——等等，小口罩她沒看到沈厲堯被他揍得多慘嗎？

他剛剛餘光看見趙明溪衝過來，還以為趙明溪要教訓他揍了沈厲堯呢！結果小口罩只是關心他拳頭有沒有破皮？？？？

她不管沈厲堯嘴角的血，只管他的手有沒有破那麼一點「再不及時處理就要自動痊癒了」的皮？

傅陽曦：「……」

？？？

什麼情況啊？

！！！

傅陽曦看著拉著自己火速往教室衝的趙明溪，腳步忽然輕飄飄了起來。

他垂下眼，舔了舔唇，繃住開心和羞赧。

恕他冒昧揣測一下。

——在她心裡，他是不是比沈厲堯更重要了？

明溪一幫傅陽曦塗完藥，教務主任果然馬上就憤怒地拿著教鞭來抓人了。

教務主任氣得臉紅脖子粗，瞪著辦公室站成一排的國際班和金牌班的男孩子們。他的視線尤其嚴厲地瞪向為首的傅陽曦和沈厲堯。

傅陽曦滿不在乎地站著，還拽著唇角，故意把右手拳頭揚起來，在沈厲堯眼前晃來晃去，秀他指關節上被塗抹上的青青紫紫的藥水。

金牌班葉柏一行人狗眼都要被他晃瞎，心裡都咆哮不停，太氣人了吧，仗著有趙明溪的寵愛欺負人啊！沒看見他們班堯神臉色越來越難看了嗎？！

——同時一行人心裡都閃過疑問，為什麼在那種打架的場合下，趙明溪想也不想去維護的，是傅陽曦。

她沒有看到堯神腫起來的嘴角嗎？

退一萬步講，即便沈厲堯沒有受傷，趙明溪在那種眾目睽睽的場合之下拉走的是傅陽曦，也十足讓沈厲堯下不來臺，她難道不清楚嗎？

先前那一次趙明溪在走廊上親口說不再喜歡沈厲堯，這一行校競隊的男生還沒意識到真實性，然而這一刻，葉柏等人終於紛紛意識到，搞不好，趙明溪說的都是真的。

而且搞不好，一直都是他們在臆想了。

他們一開始以為趙明溪轉到國際班，是為了氣堯神，可是，人家說不定就真的是衝著傅陽曦去的呢？他們以為趙明溪之後對傅陽曦跑圈送甜品的一連串操作，不是為了讓沈厲堯吃醋，就是被傅陽曦這種惡霸脅迫——但萬一，趙明溪就是心甘情願的呢？

幾個人越想越虛，尤其是葉柏，他驚恐地發現，自己極有可能就是導致沈厲堯和趙明溪走到今天這一步的絆腳石。

「……」

他心虛地嚥了下口水，下意識看向站在傅陽曦旁邊的沈厲堯。

而沈厲堯臉色已經難看到了一種鐵青發黑的顏色。

今天的沈厲堯彷彿失去了一直以來的理智。

他甚至出格地去挑釁傅陽曦、激怒傅陽曦。

——這不像他，幾乎是他以前根本不會做的事情。

於是校競隊的幾人都意識到，事情恐怕已經發展成了一個最壞的結果。

現在的情況很有可能是，趙明溪真的不再在意沈厲堯，而沈厲堯卻在意趙明溪了。

完了。

教務主任對沈厲堯恨鐵不成鋼，指著旁邊的傅陽曦對沈厲堯道：「他打架也就算了，你為什麼要參與？沈厲堯，你一個優秀學生怎麼也跟著摻和？！」

柯成文一行人聽著這句話，感覺哪裡都不順耳。

什麼意思，就是拐著彎說他們曦哥打架家常便飯，沈厲堯打架就是天方夜譚唄。

傅陽曦對這句話也極其不滿，看了教務主任一眼：「您搞清楚，是姓沈的先來挑釁我的！」

傅陽曦說著冷笑一聲，瞪向沈厲堯，惡劣十足地把沈厲堯送給他的話還回去：「剛才她幫我塗藥你知道是在教室哪個地方，她是什麼表情嗎？我說你不會打架還打架，該不會也是學我？」

沈厲堯猛地扭頭看向他，太陽穴突突直跳。

眼見著沈厲堯臉色越來越難看，兩人之間越來越劍拔弩張，戰況又要升級一觸即發。

教務主任趕緊把兩人拉開。

教務主任吼道：「所以打架的原因是什麼？！」

教室裡面。

明溪也在問這一個問題。

「所以打架的原因是什麼？搶占籃球場地？」

圍觀了全場的小弟撐著膝蓋氣喘吁吁，以為趙明溪要責怪老大，趕緊替傅陽曦辯解道：「不是老大先惹的禍，是沈厲堯先來挑釁的！他說什麼認識妳多久了，吃過妳多少甜品了，而且他認識妳的時候，妳甚至都不知道老大是誰。」

明溪：「……」

她都要不認識沈厲堯了。沈厲堯可真能吹牛，她送了他幾次甜品？還沒送給傅陽曦的零頭多！追人和求命能一樣嗎？前者她當然能偷懶就偷懶，後者她可是玩命般的去完成。

「妳說曦哥聽了能不發火嗎？對了，他還說曦哥染黑頭髮是模仿他。雖然還沒說出口，就被曦哥揍了，但是我懷疑他隱射的就是這個意思。」

小弟因為著急說得語無倫次，但是明溪聽懂了。

傅陽曦和沈厲堯打架，是因為，沈厲堯說和她認識得久？

太好笑了，就這點理由？

這換了別人，明溪都要以為對方是吃她喜歡過沈厲堯的醋，才頭腦發熱一拳揍上去了！

——等、等等。

那發生在傅陽曦身上，為什麼就不是傅陽曦吃醋了？

畢竟傅陽曦看起來雖然凶橫囂張，但也不是那種不講道理隨隨便便打架的人，沒道理因為對方幾句挑釁，就火大無比啊。

明溪心裡突突跳。

她總覺得傅陽曦沒開竅，把女生當成男生小弟一樣對待，任何事物，包括手機殼和圍巾，都是全體小弟都有。

但事實上，如果自己感覺完全錯誤呢？

如果傅陽曦說了很多「早餐不是送給你的只是為了拿外套」、「即便是柯成文我也會讓他住進我家」這樣的話完全是口是心非呢？

明溪腦子裡瘋狂頭腦風暴。

如果「他吃醋了」這件事成立的話，那麼似乎，之前他一連串讓自己無法理解的反常都有跡可循了。

那次自己提到和沈厲堯看過的電影，他莫名其妙地失落低沉，不想再看那部電影了。

那一陣子他一直生無可戀，整天一副「我死了別管我」的樣子，直到自己在他面前說了不喜歡沈厲堯了，他就立刻生龍活虎了。

以及他今天的舉動。

好像，完完全全可以用吃醋來解釋啊。

這個想法猝不及防地在腦子裡跳出來，驚得明溪血液一下子竄到了頭頂。有什麼東西在一瞬間就宛如被撕開一般茅塞頓開了。

明溪呆呆地看著面前的小弟，以至於小弟忍不住拿手在她面前晃了晃。她驟然回神，吞了下唾沫，屁股重重坐在座位上，整個人心跳陡然加快，臉色也發燙。

教務主任訓斥完，都已經放學了。

傅陽曦從辦公室出來，是得意洋洋地橫著走出來的。

沈厲堯在他身後，他便故意負手在身後，恨不得把指關節上的藥水給沈厲堯多看幾眼，多扎幾下沈厲堯的心。

沈厲堯果然氣得臉色鐵青，攥起來的拳頭就沒放下過。

葉柏一行人拚命拽著沈厲堯，才沒讓沈厲堯又幹出什麼不理智的舉動。

到了國際班後門口，沈厲堯和葉柏一行人又被扎了一下心。

趙明溪還在教室裡，很顯然是在等傅陽曦。

柯成文還有幾個小弟跟著傅陽曦走進教室，將籃球丟進角落，脫下外套抖了抖被金牌班那群人踹上來的灰塵。

傅陽曦則大搖大擺回座位上收拾東西。

他先前憋悶了那麼久，今天的心情用旗開得勝、小鳥展翅來形容也不為過。

他現在不管論壇是怎麼說的了，也不管趙明溪以前是否喜歡過沈厲堯了，反正現在在小口罩心裡，他比沈厲堯重要得多。

但是他一抬頭，就對上了趙明溪有幾分探詢的視線。

傅陽曦不知怎麼地緊張起來，後背下意識貼牆：「怎、怎麼？」

他揍沈厲堯說是找個機會公報私仇也不為過。

他怕被小口罩發現這一點。

「以後別打架了。」明溪盯著他，慢吞吞地道。

傅陽曦悄悄鬆了一口氣，將書包從桌子抽屜裡拉出來，扔在桌子上抖了下，抱怨道：「妳以為是我故意想打架的嗎，還不是金牌班那群人故意挑釁，妳知道姓沈的那小子——」

傅陽曦還沒抱怨完，就聽趙明溪道：「我覺得你黑頭髮比他帥，別聽他瞎說，你什麼顏色都好看。」

猝不及防的傅陽曦：「……」

同樣猝不及防的柯成文：「……」

怎麼回事啊，怎麼一條狗好端端地跟著走進來突然開始被虐？

傅陽曦的臉紅成了番茄。

明溪又道：「而且我和他認識哪裡算久了？才兩年好不好。假設兩年內一週見兩次，每次半小時——」

明溪頓了下，拿起桌上的計算機，飛快運算道：「那麼總時數計算出來是一百零四個小時。」

「再算算我和你認識多久，三個月了！一週至少五天，每天十個小時待在一起，都有六百個小時了！」

明溪又一鼓作氣道：「曦哥，你也別聽他說的送甜品給他的話，我敢保證，送的絕對沒有送給你的零頭多。」

「……」

傅陽曦的動作靜止了，他耳根全是紅色，和走廊外面的夕陽融為一體。

他竭力不讓自己得意的情緒露出來，然而他還是像一隻受傷的豹子得到了安撫，嘴角和額前的頭髮都翹起來了。

「我在意的是這個嗎？」傅陽曦努力繃住，一臉「我是為這點小事和別人打架的人嗎」，口是心非道：「小爺我根本沒聽清姓沈的在叨叨什麼，就是看不慣那群人的囂張氣焰而已！不行嗎？」

「行行行，那走吧。」明溪忍住笑。

她心想，你說什麼就是什麼吧。

但我不信你了，怎麼看都覺得你是在吃醋。

明溪解釋清楚了，心裡也安心多了。

她看著傅陽曦朝門外走，嘴角都快上揚到天上去了，還在努力裝冷酷，她心裡就已經隱隱有了個猜測，但她又不敢完全確定。

於是心臟就像是被螞蟻小心翼翼啃噬著，又癢又麻。

那種感覺就像是一顆期待已久的青蘋果即將落到手上，心中雀躍無比，可又因為忐忑和重視，不太敢確定。

明溪決定再等等。

還不能百分百確定，還得再試探試探。

一個問題的答案可能有多個解，並不代表其中一個解就是完全正確的。

這次不能貿然行動，不然就丟臉了。

她記得她上次搜索的答案——怎麼知道一個男生是否喜歡自己。

第一則赫然就是：『他會吃醋。』

假設這一則傅陽曦已經完全符合，那麼就是看接下來幾則他是否符合了。

第二則是：『他會克制不住地盯著妳看，並且覺得妳漂亮。』

明溪跟在傅陽曦後面出教室門，心不在焉地盯著他的背影，心裡抓狂地想，傅陽曦會覺得她漂亮嗎？

這個羞恥的問題她要怎麼樣才能問出口？？？

「小口罩，妳快撞上我了。」傅陽曦不知道什麼時候轉過身，在她額前輕輕點了一下：「去吃個飯然後再送妳去圖書館？柯成文說他不想這麼快回家。」

柯成文：「……」

不，我想回家。外面如寒風一般寒冷，我只想回到孤獨的角落獨自聽單身情歌。

明溪回過神，剛要說話，口袋裡手機卻突然震動起來。

明溪比了個手勢，先把電話接通。

傅陽曦臉上的紅色和開心之色還未散去，雙手插著大衣口袋，佯裝看風景，其實餘光全在趙明溪身上。

「找到了？」握著手機的趙明溪臉色卻變了變。

傅陽曦外套裡的手機也同時震動起來，是他派出去的人打來的電話。

通知的是同一個消息：張玉芬，找到了。

——《我就想蹭你的氣運》未完待續——

高寶書版集團
gobooks.com.tw

YH 166
我就想蹭你的氣運（中）

作　　者　明桂載酒
封面繪圖　單　宇
封面設計　單　宇
責任編輯　楊宜臻
內頁排版　賴姵均
企　　劃　何嘉雯

發 行 人　朱凱蕾
出　　版　英屬維京群島商高寶國際有限公司台灣分公司
　　　　　Global Group Holdings, Ltd.
地　　址　台北市內湖區洲子街88號3樓
網　　址　gobooks.com.tw
電　　話　(02) 27992788
電　　郵　readers@gobooks.com.tw（讀者服務部）
傳　　真　出版部(02) 27990909　行銷部 (02) 27993088
郵政劃撥　19394552
戶　　名　英屬維京群島商高寶國際有限公司台灣分公司
發　　行　英屬維京群島商高寶國際有限公司台灣分公司
法律顧問　永然聯合法律事務所
初版日期　2024年06月

原著書名：《我就想蹭你的氣運》由北京晉江原創網絡科技有限公司授權出版。

國家圖書館出版品預行編目(CIP)資料

我就想蹭你的氣運/明桂載酒著. -- 初版. -- 臺北市：英屬維京群島商高寶國際有限公司臺灣分公司, 2024.06
　冊；　公分. --

ISBN 978-626-402-013-8(上冊：平裝). --
ISBN 978-626-402-014-5(中冊：平裝). --
ISBN 978-626-402-015-2(下冊：平裝). --
ISBN 978-626-402-016-9(全套：平裝)

857.7　　113008714